ディーノ・ブッツァーティ

動物奇譚集

長野徹 訳

動物奇譚集

目次

カバー画

ディーノ・ブッツァーティ
《サン・ペッレグリーノの大きな犬》
Dino Buzzati “Cagnone a San Pellegrino”
1969年　アクリル　カンヴァス　100 × 70cm
ミラノ、個人蔵

ホテルの解体

Demolizione dell'albergo

閑寂な佇まいと、素晴らしい森と、主人の心のこもった客あしらいとで、古びたホテル・ラウレンティは何年ものあいだ人気を誇っていた。ホテルは、狭い谷間の、渓流のほとりにそそり立つ巨大な岩山に面して建っていた。車で進めるのは一キロ手前までで、そこからはゆったりとした小径が伸びていた。ホテルの営業期間は二、三か月だった。人々は盛大な狩りや、夜のダンスパーティーや、松の木立の梢を越えて雄大にそびえ立つ岩山に囲まれた静かな生活を楽しんだ。

だが、戦争がすべてを変えてしまった。司令部として選ばれ、それから軍隊が攻めてきて、瀟洒《しょうしゃ》なホテルは荒れ果ててしまった。近年大規模な補修が施されたが、かつての輝きを取りもどすことはなかった。谷沿いに道路を建設することが決まって、ホテルは閉館することになった。周囲を大きな岩山に囲まれている山間の狭い土地に道路を通すには、どうしてもホテルを取り壊す必要があったのだ。詰まるところ、ホテルの主人にとってはうまい話だった。

いまや客のいなくなった建物の地下室には、およそ七十四のネズミの一族が暮らしていた。純血の、貴族のような一族だった。最初のネズミたちは、何十年も前に、食料品の箱に紛れてここにやってきて、数を増やしていった。食料を食い荒らされて、ネズミの存在に気づいたホテルは、罠を仕掛け、毒餌を置いた。

次の日、夜が明けると、廊下は小さな死骸でいっぱいだった。わずかな生き残りの一匹で、一族の長だったネズミは怖れおののき、ひとりで屋根裏部屋に逃げ込み、至る所に仕掛けられた罠を怖れるあまり、そこで何日も、昼も夜もほとんどじっと身を潜めていた。そして、嵐の中の海辺の岩を描いた古い絵の画布をかじって飢えをしのいだ。岩の上には十字架を握った、みすぼらしいなりの女が描かれ、その下のほうに、金色の文字でspes（希望）とあった。この避難生活の間、彼は単語の最後の文字を食べてしまい、それにちなんで「S」と呼ばれるようになった。

ようやく、屋根裏部屋から降りて、残ったわずかな仲間のもとにもどった「S」は、厳格な掟を課した。地下室にはごちそうがある。要は、人目につかないようにさえすればいい。そこで、定期的に、天井からソーセージを吊るす紐を嚙み切って下に落とすことにした。そして落としたソーセージは秘密の広い巣穴に運ばれた。ホテルの所有者たちは、食べ残しを目にしないかぎり、ネズミには気づかない。だが、ホテルのあちこちで見つかる食べ物に手をつければ、大変なことになるだろう。ただし例外的な状況においては、非常に鋭い洞察力を備えた「S」が、他にどこで食料を略奪すべきかを指示した。

みな同じ地下室で生まれ、外の世界とつながりを持つこともなく、比類のない狡猾さを備えた

「S」の導きの下で、居心地のよい生活を独占してきたネズミたちは、配達される食料品や客のトランクの中に紛れてやってくる他のネズミたちの侵入を許さなかった。侵入者たちは手ひどく追い払われ、中には殺される者もいた。そんなわけで、ホテルに暮らすネズミたちの一家は色々な点で恵まれ、大いに栄えたが、一方で、外のネズミたちからはひどく憎まれていた。とはいえ、他のネズミたちがいるのは遠く離れた場所だったし、森の中には周囲何キロも家がなかった。

ある八月の夕方、ホテルの所有者が扉と窓にかんぬきを掛けてホテルをあとにしたとき、ネズミたちは、秋になっていつものように営業期間が終了したのだと思った。例年のように、彼らは集まってお祝いした。それから階段を上って、部屋をひとつひとつ確かめていった。偵察隊は闇に沈んだ広い食堂に静かに入った。時折、家具がきしみを立てても、もうびくびくしたりはしなかった。時計はまだ、チック、タックとよく響く音で時を刻み、十五分おきに小さな扉がバタンと開いて、中から現れたカッコーが哀調を帯びた声で鳴いた。それから一行は、重苦しい匂いで満ちた寝室を見てまわった。たくさんの顔、たくさんの思い出が「S」の心によみがえった。だが老いたネズミは、何も言わずに仲間たちのもとにもどった。

翌日、家具の運び出しが始まると、驚きが広がった。そのあとで地下室の食品収納庫も空にされた。だが、心配する必要はなかった。いつものように「S」の助言にしたがって、秘密の穴倉の中に十分な食料を備蓄していたからだ。だが夜になると、ネズミたちは不安に駆られながらホテル中を走りまわり、無くなったものを数えていった。ここにあったピアノが無くなっていた。ロビーからは、ろうそくがしまってあった大きな戸棚が運び去られていた。

まもなく、つるはしによる破壊が始まった。家中が震え、その音は地下室まで響いてきた。瀟洒なホテルも取り壊すのは難しいことではなかった。ある晩、静寂がもどると、いつもの偵察に出かけたネズミたちは屋根裏部屋に上ってみた。妙に寒かった。彼らはあまり目が利かなかったが、屋根のあった場所にいくつもの小さな光がまたたいているのを見た。それらの光が遥か遠い場所にあることを理解するのに、時間はかからなかった。

ついに、ある悲しい朝、地下室に大音響が響き渡った。石工たちが開けた穴から、正真正銘の日の光が初めて地下室に射し込んだ。ネズミたちは目がくらんだ。驚きのあまり震えていた。食料はほとんど尽きていた。恐怖で気が狂いそうだった。最後の日々、「S」は動かず、黙していた。彼だけが事を理解していた。そのとき彼は仲間を集めて、みなに伝えた。

生き埋めになりたくなければ、全員ホテルから立ち去るしかなかった。それまで知らなかった世界が、蔑み見向きもしなかった広大な世界が、ホテルの廃墟のまわりに突如として恐ろしげに広がった。建物は、その残骸しか残っていなかった。屋根裏部屋はすっかり底が抜け、白い壁には、運び出されずに残された二つの大きな鹿の角が掛かっていた。

「S」は疲れを感じていた。脚を引きずるようにして歩いていた。ひとりになりたかった。住み慣れた家で最期を迎えたかった。ほかのネズミたちは恐怖をおぼえた。だが、あえて異を唱えようとはしなかった。別れの挨拶を交わし、「S」は、わずかな食料が残る秘密の穴倉に降りていった。仲間たちは、最後の力を集めて、出入り口の上まで大きなレンガの欠片をなんとか押していった。「S」は永久に生き埋めになった。牢獄が閉ざされても、みなはなおもリーダーの言葉を聞きたくて耳をすませた。だが、墓からは何も聞こえてこなかった。澄んだ朝に、轟音のような渓流のせせらぎと、森にあふれる鳥たちの耳障りな歌声が響いていた。

知恵の回る年寄りネズミのひとりである、「S」の息子がリーダーに選ばれた。ネズミたちは、今ひとたび周囲を見渡した。だがそこに、彼らの幸せな王国はもうなかった。みなぞろぞろと穴から出てゆき、森に向かった。新しい棲み家を見つけなければならなかった。

リーダーは、バラバラにならないように命じた。森の中で散り散りになれば、ふたたび出会うのは不可能だった。必死に歩き、昼も夜も旅を続けた。飢えを経験するのはこれが初めてだった。草やキノコや花を齧る者もいた。だが、まずさに食べるのをやめてしまった。

恐ろしい三日間が過ぎ、リーダーは、ここまでくれば一安心だ、と伝えた。まだ見えないが、遠くないところに家があるはずだというのだ。ようやくそこにたどり着いた。それは、数か月前から使われていない木造りの粗末な山小屋だった。幸運なことに、羊飼いたちがチーズの塊を半分置き忘れていた。それで数日をしのぐことができた。

このまま探索を続けるのは無謀だった。そこで、本隊は山小屋に陣取り、その間、三、四匹からなる六組の偵察隊が偵察に派遣された。そのうち、もどってきたのはたったの一匹だった。彼は仲間とともに、ずっと遠くにある一軒の家にたどり着いたという。ホテルよりも大きな家だったが、そこにはすでに複数の家族からなる、敵意に満ちたネズミたちが住んでいた。彼らは、かつてホテルで追い払われたことへの仕返しをした。四匹のうち三匹が攻撃され、たちまち八つ裂きにされてしまったのだった。

日々はのろのろと過ぎていった。秋の長雨が始まっていた。ネズミたちは、黒々とした森の中で、もはや行く当てもない難儀な行進を続けていた。何か食べ物を見つけた者は仲間に奪われるのを怖れて黙っていた。道中、弱い者から、一匹、また一匹と、脚を宙に向けたまま動かなくなった。ある日、ノスリも現れて、六回にわたって空から急襲し、仲間たちを次々と殺していった。

今頃はもう、「S」は死んだにちがいない。はるか遠くから歌声が聞こえる夜もあった。鳥たちは急いでねぐらにもどった。地面の上では、疲れ果てた流浪の民の一団が脚を引きずるように歩き続けていた。

冬がやってきた。ある凍てつくような晩、まだ歩き続けているネズミは十二匹だった。これまで弱音ひとつ吐かずに先頭を進んでいたリーダーは、夜明けの光が射してきたとき、小さな叫び声を上げた。待ち望んでいた救いだった。一種の密やかな直感から、みな、探し続けていたものが近いことを確信していた。そして不思議な呼び声にむかって走り出した。仲間は今では十匹になっていた。

そのとき、森の中に空き地が開けた。ネズミたちは周囲を見まわした。あの恐ろしい音とともに、空き地の奥には岩山が垂直に切り立っていた。石ころと瓦礫が広がっていた。材木の破片に混じって、折れた鹿の角があった。濡れて泥まみれの画布の欠片もあった。その黒ずんだ切れ端の下のほうに「spe」の三文字が見えた。端が齧られていた。

こうしてネズミたちは、取り壊された元の古巣にもどってきてしまったのだった。もはや命運が尽きていた。陰鬱な朝に、篠突くような冷たい雨が降っていた。雨は、建設中の道路の砂利に当たって物悲しい音を立てていた。まもなく雪が降るだろう。ネズミたちは、新しい道路のそばで凝然としていた。みな、見る影もないほどにやせ細り、髭は弱々しく泥の中に垂れていた。その目は、ゆっくりと羽ばたきながら渓流の上を舞うカラスの群れを不安げに追っていた。「カラスめ、カラスどもめ」一匹のネズミがつぶやいた。「おまえたちだって、どこで死ぬことになるか、わかりゃしないんだからな！」

（「ポーポロ・ディ・ロンバルディア」一九三二年）

動物界のファルスタッフ

Il Falstaff della fauna

今宵、暗くなると、庭のシデの木の根元でかすかな物音が聞こえてくる。物音は草の上を進んでゆく。ほら、小径の砂利の上までやってきた。ボトン、ボトンと連続した小さな音が聞こえている。月明かりの下、一匹の年老いたヒキガエルが、個人的な用事のために、見るからに急いだ様子で進んでいるのだ。

もしヒキガエルも眼鏡をかけるなら、我らのヒキガエルは鼈甲のつるがついた眼鏡をかけていることだろう。それは、まさに絵に描いたようなヒキガエルだった。どこか学者を思わせる雰囲気で、威厳に満ち、肩幅は広く、機嫌の悪い時には袋状の喉がふいごのように動く。（きっと）騎士の爵位を授けられているにちがいない。

その学者然とした風貌から、これからキノコの傘の上で講演を行うところなのだと思ってもおかしくはないだろう。家のほうから、合図の口笛が彼を呼んでいる。いつもなら、彼はそれに応える。

忍耐強く、ともかく呼びかけに応える。けれども今宵は、気に留める様子もない。どうやら急ぎの用事があるらしい。

昨年の夏、人間たちが口笛で彼を呼んだときには、ヒキガエルは光に誘われ、男女や子どもたちが集まっている部屋の前までやってきた。その場で彼は、言わば少々困惑した様子で、じっとしていた。要するにヒキガエルは、ただ親切心から、単に礼儀上、顔を出したにすぎないようだ。それから彼は、来た時と同じように、静かに黒い草の間に消えていった。

あの突き出た目と、ぬるぬるした疣《いぼ》と、関節炎患者のような動きとで、見た目は醜いうえに――といっても本人はそうは思っていないのだが――（あまり役に立たないとはいえ）体には毒を持っているが、Bufo vulgaris（ヨーロッパヒキガエル）は、春の訪れを告げる使者のひとりである。その意味で、敬意を表すべき生き物だ。まだ大地が休息し、ツバメたちが旅の途上にあるとき、ヒキガエルはその優れた感覚で、空気中の変化にすでに気づいている。冬眠は――それは半年間にわたる完全な絶食期間でもあるが――終わった。だがいま彼に、聖母被昇天の祝日の前にたらふく食べたバッタや、納屋の近くに集まっていた蜘蛛たちや、蟻の巣の話を振っても無意味だろう。それは、まったく無粋というものだ。今宵ヒキガエルは、いっとき、詩人になる。その確かな目で月を眺め、まさにこの時にふさわしい素晴らしい月だと思う。枝の間を流れる甘やかな西風の音に耳を傾け、心地よい気分になる。そして、すっかり春に抱かれているのを感じている。

不思議な呼び声で、遠く離れた場所で冬眠していたヒキガエルたちをも目覚めさせ、招集をかけている池に向かって、彼は歩き出す。比類のないエゴイストで、（失礼な言い方を許してもらえるなら）社交嫌いなヒキガエルも、春には、仲間たちと顔を合わせることを厭わない。ヒキガエルたちを池に導く何百ものキャラバン道があり、道は池を中心に放射状に延びている。それは、自然科学者たちが証拠を示して証明してくれなかったならば、ほとんど信じられないような驚くべき移動だ。最後の道のりでは、道は必然的に接近し合う。昼の間は休息し、夜には毎晩八十メートルばかり進みながら――若い頃には百二十メートルでも行けたが――ゆっくりとした歩みで体を引きずるようにここまでやってきた年老いたヒキガエルは、自分のそばを、若い仲間たちが優雅な跳躍で通り過ぎてゆくのを目にする。彼らは、彼の息子か孫か、ひょっとするとひ孫かもしれないが、彼には目をくれることもなく、追いつき、追い越し、よどんだ水と腐った葦が放つ、甘美で繊細この上ない匂いを目指して、闇の中に消えてゆく。

ヒキガエルの雌もまた、春と池の呼び声を感じている。だが、奥ゆかしく少し遅れて待ち合わせ場所に到着しようとする。雌は、自分を求め、精一杯セレナーデを歌う求婚者たちの声に耳を傾けるのが好きだ。ナイチンゲールはヒキガエルよりも歌がうまいことはよく知られている。だが、姿が醜いわりには、ヒキガエルもなかなかの歌い手であることを認めねばなるまい。ある者は失礼にも、ヒキガエルの歌声を子犬の唸り声に喩えている。通は、ひよこがピヨピヨ鳴く声に似ていると言う。だがいずれにせよ、それは素朴でひたむきな、まごうことなき愛の歌なのだ。

物憂い霧が立ち上る静かな池の中では、すでにほかの蛙たちが産んだぬるぬるした卵塊の下で、毎年、すこぶる不細工な役者たちによって、春の魅惑的な英雄叙事詩が演じられる。池に到着するや、我らのヒキガエルは、心配そうに周囲を見まわす。自分よりも敏捷で逞しい仲間たちがすでに何十四も到着している。例年のごとく、花嫁の数は足らない。そのため、雌をめぐって、血は流れずとも熾烈な決闘を伴う面倒な争いが生じることになる。すでに恋人をしっかりと抱え込んだ幸運な者も、花婿の地位を奪わんとする、二匹、三匹あるいは四匹のライバルたちに取り囲まれている。抵抗しても無駄である。雌は、無頓着に、もっとも強い雄が自分を捕まえるのを待つ。

三週間後、酩酊状態は過ぎ去る。老ヒキガエルは、少々度を越してしまったらしいことに、ふさわしい慎みを失っていたことに気づきはじめる。岸辺の水草にぶよぶよした包みにくるまれた卵が巻きつき、もうすっかりひとけのなくなった池へ一瞥をくれる。この景色を眺められるのも、これが最後だろうか？

何事もなかったかのように、ヒキガエル騎士は、ふだんの落ち着いた態度を取りもどし、らんちき騒ぎの仲間に出会っても、知らぬふりをする。そしてたったひとりで帰途に就く。酔いから醒めると、激しい空腹感に襲われる。あそこの葉の上に虫がいる。ヒキガエルは狙いを定め、シュッと長い舌が飛び出す。だが、虫は飛び去ってしまった。失敗に終わったのだ。ヒキガエルは、見られていなかっただろうかと心配しながら周囲に目を遣る。もしもこのことを知られたら、数メートル四方の近所の連中の笑いの種にされてしまうだろう。

古き孤独の習慣を取りもどすのはすてきだった。おやつは蜘蛛で、昼食は蟻。デザートには蛆虫を頂こうか。暑い時間にはまどろみ、夕暮れとともに動き出し、ああ！　すたれゆく古きよき習慣にしたがって、庭の主たちのもとを訪れる。そして雨の日の、周囲の葉に当たる雨音のなんと心地よいことか。草の陰から道行く人間たちを眺めると、細い柄のついた、黒くて丸いおかしなものを頭の上に掲げている。その丸いものの縁には、何の役に立つのかわからないが、刺がいくつもついている。雨の夜には、すばらしいコンサートが開かれる。歌い手は、小さな「産婆」ガエル。蛙一族のテノール歌手だ。愛情深く卵の世話をするので、こう呼ばれている。サンバガエルは池の中に卵を産みっぱなしにせずに、父親が卵を自分のお尻のほうに持っていき、後ろ脚に巻き付かせる。そして卵が孵るまで、時々、水の中に飛び込むのだ。悲しい嘆き声のような、フルートの音に似た優しい声をしていて、その声は田園に響き渡る。雨の音を伴奏に、ゆったりとした会話を続けながら、歌い手たちは、長い間隔を置いて、深いため息を返し合う。人間たちでさえ、聞く耳を持つ者は、それは耳を傾けるに値するものだと言う。

我らのヒキガエルに家族はいない。妻はと言えば、池での婚礼の時以来、もう目にしていない。兄弟たちについては、完全に忘れてしまった。彼の記憶力は極めて弱いのだ。彼は、約六千匹の仲間とともに卵で産まれた。大家族はその後、どんどん小さくなっていった。卵の大部分は——仮に五千としよう——孵ることさえなかった。卵から孵った千匹のオタマジャクシたちには、忘れることのできない虐殺が待っていた。実に九百八十四匹ばかりが、池に棲む鴨や魚やイモリや昆虫たちの餌食になったのだ。その結果、まだ完全に尻尾が吸収されていない二十匹ばかりの子ガエルだけが、ヒキガエルとしての本当のキャリアを歩みはじめることができた。一匹はこちらへ、また一匹はあちらへと去ってゆき、二度と会うことはなかった。

その後十九匹の兄弟たちがどのような末路を辿ったか、もしもヒキガエル氏が今日知ることができたなら、彼はきっと震えおののくことだろう。一匹残らず、もう何年も前から日の光を見ることはなくなっている。四匹は、まだごく若いうちに水蛇の腹の中に消えた。また、ほかの三匹の運命は、近くの森に棲むミミズクがよくご存じだ。さらに四匹は、猛禽のくちばしにくわえられて、とつぜん宙に連れ去られた。すでに十分に成長していた二匹は、むごいことに、生きながらに蠅の幼虫にむさぼられた。

こうして、全部で七匹が生き残った。

ここで、虐殺の完遂に手を貸した者として、人間が登場する。入手した情報が間違っていなければ、虐殺は次のような形で行われた。生き残ったうちの一匹は、ある晩、農場の麦打ち場にやってきたところを、農家のおかみさんに見つかった。おかみさんは、ヒキガエルににらまれると災いに見舞われると恐ろしく騒ぎ立てて、熊手でひと突きにした。もう一匹は、チフス患者の熱を下げるために枕の下に敷かれて、窒息死した。さらにもう一匹は、まだ目にすることができるが、家畜を病気から守る魔除けとして、何年も前から家畜小屋の天井に吊るされて、カラカラに干からびている。

一方では迷信深い者たちが、もう一方では科学者たちが彼らの命を奪ったのだ。後者は、残った四匹の兄弟のうちの三匹を、大人になり、それなりの地位を成すことのできたわずかな者たちを死に追いやった。三匹のうちの一匹目は体が弱かったが、ある自然科学者から虐待を受けて死んだ。その科学者は、ヒキガエルの再生能力を試したくて、体のあちこちを切り刻んだのだ。二匹目の運命は悲喜劇的だ。逞しい雄ガエルだったが、ジャン・ロスタンの興味深い小著『ヒキガエルの暮らし』（ストック社刊）に記述されているように、優れた外科手術によって、雄から雌に変えられた。

彼は、初めて卵を産んだ時、恥ずかしさのあまり、胸が張り裂けて死んでしまったのだ。おしまいに、不幸な一族の最後から二番目のヒキガエルが死んだ状況は、涙なしには思い出せない。餌なしでヒキガエルがどれだけ生きられるか知りたかったひとりの科学者が石膏でできた容器の中に閉じ込めたのだ。囚人は、光も射さず、体をまったく動かすことができず、わずかな慰めもないその容器の中で、ついに息を引き取るまで、実に六年間も耐えたのだった。

自分のことしか頭にないヒキガエル氏は、夥しい不幸も知らずに、今のところ平穏に生き長らえている。百歳まで生きたいという野心を抱いているのが——どうしてそれを望んではいけないだろう？——容易に見て取れる。体は健康そのものだし、家族の心配をする必要もない。うるさい妻もいない。きっと次の春も彼は池への郷愁には抗えないだろうから、新しい年には、また別の妻を娶ることだろう。

ふたたび冬眠から目覚めた彼が、前の年よりもわずかに遅い歩調で——ほとんど気づかないほどの違いだが——歩き出すさまが目に浮かぶようだ。今回は無事に池までたどり着けるだろうか？ほら、いま彼は、旅の途中、滑らかな開けた草地で夜明けを迎えてしまった。ヒキガエルは命の危険を感じてすっかり落ち着きをなくし、息を切らせながら懸命に進んでゆく。空には大きな鳥がいる。タカの仲間だ。それはぐるぐる輪を描きながら、どんどん地面に向かって降りてくる。

（「コッリエーレ・デッラ・セーラ」一九三三年三月二十七日）

ひとりぼっちの海蛇

Un serpente di mare spaiato

大洋の真ん中においても、いわゆる大海蛇の存在を本気で信じている者はもういない。

時折、若い魚が息を切らしながら母親のところに行き、荒い息をつきながら言う。「ねえ、知ってる？　母さんの少なくとも四百倍は大きいんだよ」

「一体、何の話？」母親は少々むっとしながら答える。「落ち着いて、わかるように説明してちょうだい」

「ぼく、恐ろしい魚を見たんだ。クジラみたいな大きな怪物を。長さはここからあそこの岩くらいあった。すごいスピードで通り過ぎた。白い歯で、尻尾も白かった。恐ろしくて気絶するかと思ったよ」

「また、あなたのいつもの空想癖ね」母親は笑いながら言う。「よく聞く話だわ。時々、誰かが海蛇を見たと言う。でも、それを確かめた者はいない。母さんが子どもの頃からずっとくり返されてきたお話よ。何も目新しいことが起こらない日が続くと、きまって海蛇のニュースが飛び出してくる。バカげたことにうつつを抜かすのはやめなさい。あなたももう大きいんだから」

いつの間にか周囲には、話を聞きに魚たちが集まってきて、うわさが広がっていく。通りかかったイワシが、自分もしばらく前に、三十日か三十五日くらい前に、それらしいものを見たと言う。たちまち、そのあたりの海の界隈では、海蛇のうわさでもちきりになる。そして数日間はみな、奇跡をひと目見たらいつでも逃げられるように、目を見開いて用心しながら泳ぐ。

けれども、変わったことは何も起こらない。海の中は穏やかそのものだ。ある日、美味しい遭難者をどっさり乗せた、神の恵みでいっぱいのすばらしい船が海の底に沈んでくる。みなの注意はすっかりその出来事に引きつけられ、おしゃべりの話題は移り、海蛇の話は忘れさられてしまう。

それでも、海蛇の名は時折よみがえる。魚の親たちは、言うことを聞かない子どもたちを怖がらせるための脅しの手段として、その名を持ち出す。子ども相手に話をするのが好きな長生きの年寄りたちは、いにしえの知識のひとつとして海蛇の話をし、孫たちの尊敬を得ようとする。深い海の淵において、海蛇は、えてして間抜けな者がその犠牲者になる、奇妙で不可解なことの例を挙げるときに思い出されるのであった。

ある者たちは――大人の魚たちだが――怪物は意外と繊細な胃をしているがゆえに小食で、餌は小魚なのだと主張する。別の者たちは――子どもの魚たちだが――海蛇は、小さな魚なんか相手にしない、餌に選ぶのは、大人のイヌホシザメよりも大きな、とりわけ巨大な種類の魚なのだと言い張る。だが、海蛇を間近に観察した者はいないし、実際のところはどうなのか、しかと語れる者はいないだろう。

それでも、海蛇は存在している。たった一匹だけ。それは、すべての生き物の中でもっとも不幸な生き物で、魚の中でもっとも憂鬱な魚だ（そもそも魚は、あのように表情に乏しいので、あまり陽気な生き物とは言えないのだが）。

大海蛇は、非常に大きくて、恐ろしい姿をしている。その体の特徴をここで詳細に記すことは控えるが、些細なニュアンスの違いを除けば、それは、運よく船から海蛇を目撃した船乗りたちの語るところと合致している。

非常に年老いているので、古代の生物と言ってよい。彼は、ドコサウルスの肉の味をまだはっきりと覚えていた。数限りない世代のホオジロザメたちが生まれ、繁栄し、消えてゆくのを見てきた。数多の時代が、ぬめりを帯びた彼の皮膚の上に、細く小さな皺を――深さが四センチを超えるものはひとつもなかったが――わずかに刻みつけながら過ぎていった。かつて、他の個体がいたのかどうかわからない。幾世紀にもわたる記憶の中を、その曖昧模糊とした記憶の保管所を探ってみても、どうしても思い出すことができなかった。

数千年前までは彼は肉食だった。下から腹をひと噛みするだけで、マッコウクジラを仕留めた。一口で、マグロの群れを丸呑みにした。フェニキア人の船が喉につかえた日には、ひどく苦しんだ。彼は、蒼き深海のアッティラだった。

だが、長年の痛ましい経験を通して、魚やクジラたちは、貪欲な敵の魔の手から逃れるためのさまざまな方法を見出した。海蛇が尻尾を軽く一振りするだけでも、それによって引き起こされる水の動きは相当なものであったので、用心深い海の住人たちは事前に危険を察知するようになった。彼に対する、今日で言う組織的妨害行為のようなものが編み出された。海蛇は飢えに苦しみはじめた。最後に腹一杯肉を食べたのは、何百万という生き物が溺れ死に、海底に沈殿した、ノアの箱舟の時代だった。

食べ物がなくなり、怪物は窮地に立たされた。安全のための規範を無視して海蛇の手の届くところに姿を見せる、向こう見ずな魚の数は日に日に減っていった。抜本的な解決策が必要だった。そして、海蛇は草食に転じた。それまで待ち伏せするための隠れ場所としてしか役に立たなかった海藻を餌にするようになったのだ。最初はいやいやほんの少し口にし、苦労しながら呑み込んでいたのが、次第に満足感をおぼえるようになった。色や形や味から種類の違いを学び、私たちがいくつもの皿に分けて食べるように、最初にこれ、次にこれといったふうに、一種の食事のルールを作った。新しい食べ物のおかげで、目に見えて肉体が若返ったことに気づいた。活力に満ちあふれることは少なくなったものの、泳ぐときの身のこなしが軽やかになり、心も穏やかになった。

しだいしだいに、彼のうちで、魚を食べたいという欲求が小さくなってゆき、ある日そのような欲求はすっかり消え失せてしまった。それどころか時間が経つにつれて嗜好は完全に逆転し、魚やクジラたちは、怪物にとって、絶対的な嫌悪の対象になってしまったのだ。以前は貪欲に魚たちを狩っていたのが、今ではむしろ彼らを避けるようになった。魚たちは臆病だったし、怪物が遠くに見えるだけでもすぐに逃げ出したので、それは難しいことではなかった。かくして、海蛇は、たいていは、魚のほとんどいない遠洋域と深海域からなる広大な領域を行き来し、海面近くに上ってくるのは、ごくたまにホンダワラの葉を少し齧るときだけになったのだった。

怪物に食べられることを心底怯えていた世代が消え去ると、海蛇のことを何とも思わないばかりか、ごく稀にしか海蛇を見かけないせいで、その存在すら疑うようになった新しい世代が突如として現れた。それでも海の中では、おぼろげな伝説が、散発的な奇跡の出現によって命を保ちながら、根強く生き残っていた。

もし、自分は独りではないはずだという希望を持ち続けていなければ、大海蛇は、苦労せずに無尽蔵の食べ物を手に入れられるサルガッソ海に完全に腰を落ち着けたことだろう。

仲間を見つけることは、彼にとって生涯の願いになった。何かが――それは儚い本能であったが――この水の世界のどこかに、彼と同じ生き物が、おそらくやはりひとりぼっちの怪物が、自分によく似た友が存在すると彼に語っていた。自分は永遠に独りなのだという考えは、その原始的な脳においてさえも入り込む余地はなかった。仮にそのような考えを抱いたならば、おそらくこの恐るべき生物はもう生きてはいけなかっただろう。それは、どれほど孤独な生活に慣れていても、けっして抑えつけることのできない、きわめて強力な生存本能だった。

こうして大海蛇は、けっして見つけることのできないものを求めて、休むことなく大洋から大洋へとさまよい続けた。誰も足を踏み入れたことがないような暗い峡谷に潜り、大陸に沿って進み、島々の周囲を探り、湾やフィヨルドを覗きにいった。時折、自分に似たものが見えたように思えたときには、胸を高鳴らせながら近づいた。だがそれは、ただの、不気味な形に突き出した岩や、壊れた船の残骸だった。そんなとき海蛇は、しばしの間立ち止まり、深いため息をついてから、またつらい旅路についた。

水面に顔をのぞかせるのは、ごく稀だった。というのも、そうするたびにかならず、ああ、かならず近くに船がいて、船の上には、袖章のついた服を着て双眼鏡を手にした人間がいて、じろじろ周りを見回しているからだ。正直なところ、それが海蛇にとっては何より屈辱的でうっとうしいことかどうかはわからないが。

運よく海蛇を目撃した人間たちは、ふたたび会えることをむなしく期待する。けれども時間が経つうちに、もう、旅から帰ったばかりのときのように、自信たっぷりに冒険話をしなくなる。やがて、何度も思い返すうちに、その日はたっぷり酒を飲んでいたことを思い出す。そして彼ら自身、あれはただの目の錯覚だったのだと思うようになる。

こうして人々は、大海蛇の存在を信じていて、また信じていない。人間たちにとって海蛇は存在し続けるだろうが、一度も存在したことはないのだ。豪華客船の乗客たちは、暇を持て余した夕べに、プロムナードデッキで冗談めかしながら海蛇のことを話題にする。だがあとで、真夜中、船室でひとりきりになったときに、『ひょっとしたら、今、この下にいるかもしれない』と思う。とどのつまり、人間たちは海蛇が大好きなのだ。心のどこかで、一生、海蛇の存在を真面目に信じているのだ。もしもいつの日か、海岸の波打ち際に横たわる大海蛇の死骸が見つかれば、大切なものを永久に失ってしまったことに気づくだろう。

そう、実は、数か月前にネス湖に現れたのは彼なのだ。一回だけ水面に顔を出してから、回れ右をすると、またしてもがっかりしながら、広々とした外海にもどっていった。その後も周辺の岸辺で見たと言い張る者たちがいるが、信じてはならない。

海蛇が今どこにいるのか、それは誰も知らない。だが、確かなことは、この広大な海のどこかにいるということである。非常に強大であると同時に無害であり、他のすべての動物たちと人類にとって謎めいた存在である彼は、すでに何度もむなしく探索した場所を、そうとも気づかず、未知の海域を探査していると思い込んで、泳ぎ続けている。もしいつの日か、また水の外に顔を出したときには、その近くにきっと船がいて、その船の上には、望遠鏡を手にした航海士がいることだろう。だから、彼にとっては、海の底を泳ぎ回って、存在しない仲間を探して過ごしているほうがいい。正直、我々にとっては、大変つらいことだが。もしおそらく彼は死ぬことがないとすればなおさらである。

(「コッリエーレ・デッラ・セーラ」一九三四年三月十五日)

いつもの場所で

Al solito posto

二十年の沈黙を破って、錠がカチリと音を立て、扉は埃と静寂に満ちた家の中にジュゼッペ・コーロを迎え入れた。

まだ夜ではなかったが、閉め切った窓からはごく微かな光の条が射し込んでいるだけで、ほとんど目がきかなかった。ジュゼッペ・コーロは、懐中電灯を点けると、その中で子ども時代を過ごし、二十年間も打ち捨てられていた壁を驚きをもって眺めながら、長い入り口の廊下を進んだ。それから一続きの階段を上り、まっすぐに暖炉のある大きな部屋に向かい、中に入った。そこは言わば、一家がその歴史を生きてきたと言える屋敷の中心だった。

やっとのことで窓の鎧戸を開け放つと、ジュゼッペ・コーロは外に、かつて庭だった矩形の草地に目を遣った。空に重々しい雲が浮かぶ、九月の陰鬱な夕暮れ時だった。

その荒れ放題の一片の土地はかつて庭だった。ジュゼッペ・コーロの記憶にあるのは、澄んだ陽射しに、花壇とそれを取り巻く白い小径、虫の、よい虫たちの穏やかな羽音と、その中で、兄弟たちといっしょに何の心配もなく遊んでいたことだけだった。そして、その遠い時代には、夜もいつも穏やかだった。月は弧を描きながら空を旅し、聞こえてくるのは噴水の水音と、遠くの生き物の鳴き声だけで、庭は、眠りに就いた家の前で、穏やかで安らかな光に輝いていた。それは、この世で誰しもが何らかの形で知っている幸福なよき時代だった。失われ、けっしてもどることのない歳月だった。ジュゼッペ・コーロが窓辺にもたれかかって、静かな田園を眺めながら思い出に浸っていると、ひとつの声が部屋の中から彼に話しかけてきた。

「こんばんは、ジュゼッペ」

「誰?」ジュゼッペ・コーロはドキンとして声を上げた。だが、実のところ、声の主が誰だかよくわかっていた。それは、暖炉の中に、暖炉の正面に嵌め込まれた石の紋章のあたりに宿っている古い家の精霊だった。ジュゼッペは漠然と憶えていた。だが、長い歳月が経って屋敷にもどってみると、それは子どもの頃の空想だったのか、それとも現実だったのか、確信がもてなかった。

「こんばんは、ジュゼッペ」精霊はコーロの問いかけにかまわずくり返した。

「こんばんは」コーロは聞こえていることを伝えようとするかのように、挨拶を返した。

ジュゼッペは困惑していた。よくは思い出せなかったが、不愛想で厳しい精霊にちがいなかった。二十年もほったらかしにされて、どれだけ腹を立てていることか。弁解するのはなんと煩わしいことか。

ところが、家の精は黙り込んでしまった。ふたたび沈黙を破ったのはジュゼッペだった。「ここへはちょっと見に来ただけなんだ」彼は言った。「すぐにまた発つんだ」

精霊は、異議を唱えようとはしなかった。するとジュゼッペ・コーロは、薄暗い部屋の中で、かつて彼の人生を形作っていた家具や角や壁を思い出そうと、じっくりまわりを見回した。厚く積もった埃や、閉め切っていた匂いや、長く人が住んでいなかった家が帯びる奇妙な空気を除けば、何もかもが当時のままだった。ジュゼッペの視線は、部屋の片隅の白っぽく見える奇妙な物体に引きつけられた。

懐中電灯をふたたび点けて、光をそこへ向けた。動物の死骸だった。

「何だい、これは?」ジュゼッペは、怯えたような声で、暖炉のほうに向き直りながら尋ねた。

「犬のジュストだよ。憶えているだろうに」穏やかな口調で家の精は答えた。

ジュゼッペ・コーロは慄いた。この二十年の間、一度も、ただの一度もジュストのことは頭の中をよぎらなかった。ジュストは近くの農家で飼われていた犬だったが、コーロ家の人々になついて、一家が屋敷に住んでいた頃、彼らといっしょに暮らしていた。素朴で忠実で、野良犬のような顔をした、どこにでもいるような犬だった。

この二十年、ジュストのことなど一度も考えなかった。それでも、ジュゼッペ・コーロはいま、長い不在の期間に時折心に浮かんだ、あの説明しがたい不快な感覚の正体を理解したのだった。あの遠い秋の日に屋敷を去ったあと、捉えどころのない想念に何日も苦しめられたことをはっきりと思い出した。時間の経過とともに、重苦しい感覚は薄らいでいき、時によみがえることもあったが、それも次第に間遠になり、ついにはほとんど消えてしまった。だがそれでも、その漠然とした不安は、時折何の脈絡もなく、過去から暗い逆流のようにとつぜん彼の心をよぎることもあった。

今、すべてが明らかになった。重苦しい亡命生活のわけが分かった。意識の奥底の謎めいた動揺に説明がついた。当時少年だったジュゼッペ・コーロは、屋敷を去る前、犬をふたたび預かってもらうために、彼がジュストを持ち主に返しに行くことを兄弟たちと取り決めていた。ところが彼は、すっかりそのことを忘れてしまい、犬は誤って屋敷の中に閉じ込められたままになってしまったのだ。

今、すべてが明らかになった。だが、その間に二十年という歳月が過ぎ去り、犬のジュストは、部屋の隅で小さな骨の山に成り果てていた。ジュゼッペ・コーロは、いまさら誰も元にもどすことのできない事態の残酷さを噛みしめながら、言葉にできない苦悩が胸の中で膨れ上がっていくのを感じていた。憐れみを乞うように、彼は、すがりつくような目で暖炉のほうを見た。家中から、暗闇に沈んだ他の部屋から、まどろんでいるかのように見える家具から、狂気を宿した屋根裏部屋から、地下室の奥から、長年積もりに積もった憎しみが彼にむかってどっと押し寄せてくるように思えた。犬のジュストは死んでいた。ずっと昔に死んでしまった。だが、それを目撃した者たちはまだそこにいた。厳めしい家具や、奇妙な青白い顔が描かれた絵や、眠たげな書架から暗い顔をのぞかせている本たちが、コーロが彼らを置き去りにしたときのままに、そこにいた。外では、しとしとと雨が降りはじめた。

「家の精よ、言ってくれ、言ってくれ！」沈黙に耐え切れなくなったジュゼッペ・コーロが救いを求めて叫んだ。「言ってくれ、ぼくのせいではなかったと！　どうか、話してくれ」

「すでに歳月が消し去ってしまった」家は言った。「すべては時の本の中にしまいこまれてしまった。どうして悲しい出来事を思い出す必要があろう？」

「そうだとしても、話してくれ」ジュゼッペ・コーロは懇願した。自分にのしかかっている重荷から解き放ってくれるのは家の精だけのように思えたからだ。

「私はすぐに気づいた」精霊は語った。「あの朝、私はきみを呼ぼうとした。だが、きみたちは全員すでに屋敷の外に出て、扉に閂をかけているところだった」

「彼はいつもの場所で眠っていた」家の精は語り続けた。「あの骨のある場所で。そして彼のことは誰も気に留めていなかった。犬は日がすでに高く昇った頃に目覚めたが、どうして鎧戸がぜんぶ閉まっていて、台所からいつもの声が聞こえてこないのか、わからなかった。

そこで、ひとつひとつ壁の匂いを嗅ぎながら、きみたちを捜して家の中を歩きはじめた。黙々と走り回って、夕方までそうしていた。舌を垂らして、すっかり息が切れていた。

日が暮れる頃、食べ物を探しはじめた。台所の食器棚の下にパンのかけらが落ちていた。だが、ほかには何も見つけられなかった。どこもかしこも鍵がかかって閉まっていた」

「それじゃあ、水も見つけられなかったの？」ジュゼッペ・コーロが口をはさんだ。

「いや、水はあった。水は飲むことはできた」家の精は言った。「流しの蛇口がしっかり閉まっていなくて、滴が垂れていたのだ。彼は流し台の縁によじ登り、ぬれた流しの底を舐めていた」

「で、いつ、気づいたの？　いつ、閉じ込められたことに気づいたの？」ジュゼッペ・コーロはなおも尋ねた。

「翌日だ。今日のことのように憶えているよ。鎧戸が閉まっているので夜になったのかどうかもわからぬまま、ジュストは時々うとうとしていた。だが、ふたたび夜が明けたときには、すぐに気づいた。家の外から、庭から鶏や鳥の鳴き声が聞こえてきたからだ。すると、犬は吠えはじめた。ああ、なんとすさまじい鳴き方だったことか！　声は壁を越えて、ひとけのない田園地帯に響き渡っていた。だが、その辺りを通りかかる農夫もいなかったし、誰も助けには来てくれなかった。

二日間、ほぼひっきりなしに鳴いていた。二日と二晩、呼び続けていた。彼はひとりぼっちだと思っていた。だが、私たちがいた。きみたち人間も気づいていないようだが、この家のすべてのものたちがいたのだ。そう、私たちがいた。だが、どうすることもできなかった。他ならぬ私たちが、彼を閉じ込めていたのだから。

ジュストは扉を責め立てた。『開けてよ！　ここから出してよ！』と叫んでいた。『ぼくは何度もきみを爪でひっかいて、ペンキをぼろぼろにしてきたよ。だけど、だからって、ぼくを殺さないでよ！』そう言っていた。犬がわめき続けるのをやめさせるために、できるものなら、扉は喜んで外に出してやっただろう。だが、閂が掛けられている扉に何ができただろう？

ジュゼッペ、あの間、一体きみはどこにいたんだ？　たぶん、友だちとふざけたり、家族と食卓を囲んだり、心地のよいベッドで呑気に眠ったりしていたんだろう。ここでは、地獄のようなありさまだったというのに。

三日目の夜に、川のほうに向かって道を歩いていた二人の農夫が犬の吠え声を聞いて、足を止めた。私は遠くから彼らを見ていた。彼らの会話も聞いていた。『おい、犬がえらく吠えているぞ』

ひとりが言った。『何かあったんじゃないのか』『犬は夜、吠えるもんさ』もうひとりが言った。『何もありゃしないよ。三日前にも、おれはあのデ・コッレんとこの犬のせいで一睡もできなかったんだ。おおかた影に怯えたんだろう。よっぽど撃ち殺しに行ってやろうかと思ったぜ』『おまえの言うとおりかもしれない』もうひとりが言った。『ただ、おれは犬をよく知っているけど、どうもふつうの吠え方とは違うような気がするんだ』

誓って言うが、あの二人がここに見に来てくれるか、誰かに知らせてくれるなら、私はどんな犠牲も厭わなかっただろう。この壁が焼かれても甘んじて受け入れただろう。だが、二人は歩き続けて、まもなく見えなくなってしまった。

四日目に、犬は吠えるのをやめた。よく晴れた日で、この辺りの村々は祭りだった。ジュストはもう見る影もないほどにやつれていた。目は飛び出て、舌は乾き、弱った脚はもう体を支えることができなかった。部屋から部屋へと体を引きずるように移動し、時々思い出したように扉をひっかいていた。

鼠たちさえ、日頃ジュストが手にかけていた鼠たちさえも、彼を憐れんでいた。彼が見ていないすきに、一体どこで手に入れてきたのか、パンのかけらなどを廊下に置いてやった。だが、それくらいではとても足りなかった。そのうちに、鼠たちも疲れてしまった。無駄な努力だということがわかっていたからだ。鼠たちは穴から顔を覗かせて、腹をすかした犬が休みなくふらふら歩き回るのを眺めていた。

ジュストはもう、ほとんど吠えなかった。時折、不意にバカげた希望がよみがえりでもしたかのように、一、二度声を上げるだけだった。だが、その希望はすぐにしぼんだ。この世の営みは静かに続いていた。いつもと変わらず、鐘の音や、猟銃の銃声や、鳥の歌声や、時々川のほうにむかって通り過ぎる馬車の音が聞こえてきた。

四日目の夕方頃、どこかの農家に飼われている犬がジュストの呼び声を聞きつけて、それに応えはじめた。だが、遠すぎて、お互い相手の伝えたいことがよくわからなかった。そのうち、ジュストは声が出なくなり、数時間もすると、もうジュストの声は相手に届かなくなった。それでも、その犬は気になり続け、ひょっとして応えてくれるのではないかと思って、時折ジュストを呼んでいた。すると、ジュストはふらつきながらも立ち上がり、ありったけの声が出せるように天井に向かって頭を上げた。だが、かすれたような唸り声しか出なかった。

彼は、自分は死ぬのだと、ついに悟った。ほかの多くの動物たちのように、ひとけのない場所で死にたかっただろう。草むらの奥か、ちょっとした小さな谷間か、鳥くらいしか通りかかる者のいない河原で。だが、彼は家で死を迎えるしかなかった。いつもの場所で。かつて暑い夏の午後に、きみが座って本を読んでいる間、いつも眠っていたあの部屋の片隅で。

七日目、横になると、二度と歩くことはなかった。私は、流しの下で死にたいのではないかと思った。そこなら最後まで、少なくとも渇きの苦しみを癒すことができたから。だが彼は、幸せな日々を思い出させてくれる懐かしい場所に留まることを望んで、水はあきらめたのだ。

ひっきりなしに頭を左右に振り動かしていた。観念したような悲しげな声をかすかに漏らしていた。そのとき鎧戸からわずかな日の光が射し込んでいたことを憶えている。夕方の四時頃には尻尾に当たっていた光は、最後に頭を照らし、日没とともに消えてしまった」

「それで、恨みながら死んだの？」ジュゼッペ・コーロは、一種の期待を込めて尋ねた。

「いや」家の精は言った。「ちょうど十日目だった。犬がもう動けないのがわかって、鼠たちが部屋の入り口に姿を現し、彼を眺めていた。鼠たちの一匹が、これが最後の支援だとでも言うように、かなり大きなチーズのかけらを運んできた。だが、仲間たちが制止した。『無駄だ』と彼らは言った。『もう手遅れだ』と。そのとおりだった。静けさの中で苦しげな息遣いが聞こえていた。それは次第に弱まっていき、やがて静かになった。

もう九日が過ぎていた。何も食べずにもっと長く持ちこたえた犬もいる、と聞いたことがある。だが、けっして数え間違えてはいない。私は、あの恐ろしい日々を一日ごとにはっきり憶えている。ジュストがどの部屋に何回入ったか、何回、地下室に面した柵の間に鼻先をつっこんだか、何回水を飲みに行ったか、言うことだってできる。

九日が過ぎていた。最後まで動いていた時計も、ゼンマイが解けきって止まっていた。朝の九時半頃だった。彼は目を閉じていた。ふつうに眠っているかのように。幸運なことに、その時刻、外では、庭では、鳥たちが鳴いていた。六、七羽のゴシキヒワが庭の隅のシデの木にとまっていたのを憶えている。家の中からでもよく聞こえた。その鳥たちの歌声を聞きながら、目を閉じたジュストはきっと、自分がのどかな川辺にそびえる大きな木の下にいるのだと、尊厳を奪われることなくたったひとりで死に臨むことができるのだと、想像していただろう。彼が息を引きとったとき、鳥たちも飛び去っていった」

古い家は口を閉ざした。ジュゼッペ・コーロは、窓辺にもたれかかり、田園に背を向けたまま、動かなかった。雨音が聞こえていた。ある安らぎの感覚が、開いた窓から暗い部屋に押し寄せ、そこに積み重なっていた悲しい影を追い払った。

「葬ってやらなければ」ジュゼッペ・コーロは言った。「きみが言った場所に。川のほとりに。木の下の草地に」

「そうだ」家の精は言った。「そうすれば、彼も喜ぶことだろう」

（「ラ・レットゥーラ」第三十六年次、第九号［一九三六年九月］）

空っぽの牛

Il bue vuoto

ある日の午後、たまたま農場の庭先を通りかかった地主は、家畜小屋に干し草を運ぶ農夫のベルトに出会った。

ベルトは熊手を地面に置くと、少しばかり雑談するために仕事の手を休めた。見たところ、二人とも大した用事はなく、時間もうってつけだった。

「こんにちは、旦那さん」ベルトが声を掛けた。それから、扉の開いた家畜小屋を指差しながら意味ありげにうなずくと、憐れむような表情を浮かべて言葉を継いだ。「ほら、鳴いています。一晩中鳴き続けることでしょう」

地主はわけが分からなかった。

「どうして？　なぜ鳴いているんだね？」

「あの牛です」ベルトは答えた。「明日、屠畜場に行く牛ですよ。きのう売ったやつです」

すると地主は思い出した。そうだった。ベルトが市場で、牛一頭を千二百七十五リラで屠畜業者に売却したのだった。明日の朝、取り決めどおりに、誰かが屠畜場に牛を連れていくだろう。

「それで?」地主が尋ねた。「どうして鳴いているんだね? まさか、殺されることを知っているわけではあるまいに」

「もちろん牛は何も知りません」ベルトが答えた。「鳴いているのは、今日は餌を与えていないからです」

「餌をやってないだって? なぜ? 可哀想じゃないか」

地主は家畜小屋の扉のほうに目を遣り、一番手前にいるその牛を見た。そのとき牛は、誰かが干し草を持ってきてくれるのを期待して、扉のほうに頭をめぐらせた。その結果――似たようなことは実際起こりうるものだが――牛と地主の目と目が合った。

ベルトが説明した。

「明日、屠畜場に連れていくときには、腹の中を空っぽにしておかないといけないんです。もし餌をやれば、むこうの連中は余分に税金を払うことになるので。たしか、百キロにつき四十五リラだったと思いますが。もし餌をやれば、あとで腹を裂いたときに気づくでしょう。そうなると、文句を言ってくるので、気をつけないといけないんです」

「でも、どれくらいの違いがあるというんだね?」と、地主は訊いてみた。「牛は、一日に何キロの干し草を食べるんだね?」

「あれは若い牛で、三月で二歳になるところでした」ベルトが答えた。「それでも、一回の食事で十キロ食べます」

「十キロ？」地主は驚いた。「で、一日に何回餌をやるんだね？」

「一日に二回です。牝牛なら一回に十五キロ食べることだってあります。そう、けっこう食べるんですよ」

「それで、餌をやったら、どれだけの差が出るんだね？　何キロ違うんだね？」

「三十キロは違うでしょう」

「三十キロ？　そんなに？」

「それに水も飲みます」ベルトは言った。「二十リットルは飲むんです。致し方ありませんが、水も与えることはできないんです。明日までに出ちまったとしても、三十キロの差はあります」

地主は、全く健康であるにもかかわらず、死ぬ前の日に餌も水も与えられない牛の苦しみを考えた。そして、憐れみの念をおぼえた。三十キロの違いのために、要するに十五リラを節約するために、殺される運命にある罪のない牛が丸一日も苦しみ続けるのだ。

二人は、しばしのあいだ黙りこんだ。やがて、ベルトが口を開いた。

「可哀想に、最初はずっと私を見つめていました。私がほかの牛たちに餌をやるので。頭をめぐらし続けていました。一摑みだけやりました。でも、もっと欲しがります。で、あそこで鳴き続けているというわけです。一晩中ああしていることでしょう」

じっさい牛は、断続的に鳴き続けていた。だがそれは、本来の牛の鳴き声ではなかった。牛たちが通常発するような（そしてまだ腹を満たしていないほかの牛たちが今も上げているような）鳴き声ではなかった。うつろな響きの、長く悲しげな唸り声だった。

間違いなく牛は、むごい不正義が犯されていて、そのために自分が苦しまねばならないことを漠然と感じ取っていた。もちろん、その理由を理解することはできなかったし、推測することもできなかった。けれども地主は、その悲しげな声には、飢えや渇きの訴えに加え、地震が起きると人々がうわさするときのような、一種の不吉な予感が込められているような感じがしていた。

ベルトはこのうえなく善良な人間だったし、牛を飢えさせておくのを可哀想に思っているのがよくわかった。それでも、屠畜業者の怒りを買う危険を冒してまで、あるいは余分の税金を払ってまで、牛の空腹を満たし、渇きを癒してやろうなどという考えが彼の心の中に浮かぶことはなかった。貪欲だからではない。農民たちにとって、お金は一種神聖なものであり、決して軽々しく扱っていいものではないからだ。

地主は言った。

「死刑囚は、最後の日には、好きなだけ食べて飲むことが許される。だがあの牛は、反対に、飢えねばならないというわけか」

一瞬彼は、牛の空腹を満たしてやり、ベルトには明日屠畜業者に払う十五リラを与えようかと思った。きっと、ベルトは異議を唱えはしないだろう。だが、それは道義に反することだろうと思い直した。


（「オムニブス」一九三八年）

川辺の恐怖

Paura sul fiume

アダミ・トゥール（ガラ・シダマ県）

スクスク川は、ズワイ湖からホラ・アバイタ湖へとゆっくりと流れ下る。川は美しく野性的で、その曲がりくねった流れは白人たちには知られておらず、岸辺の木々は教会のように大きく、鳥たちが一日中音楽を奏でている。

午後の三時頃、大いなる静寂を破って、未知の獣が気味の悪い叫び声を上げた。川辺に棲む鳥たちも、猿やイボイノシシやジャッカルや森のほかの住人たちも、一度も聞いたことがない声だった。得体の知れない声に、彼らは恐怖をおぼえ、奇妙で恐ろしいことを想像した。残念なことだった。その日は、すこぶる麗らかな一日だったのに。植物は目では捉えられない微かな動きで生長し、鳥たちは飛び交い、巣を作り、魚を獲り、歌の練習をし、あるいは、ただ眺めていた。魚、蝶、甲虫たちは静かに己が営みを行い、穏やかなそよ風が水面に小さなさざ波を立て、葉むらや葦原を息づかせ、すべてのものが最高の精神状態にあるのを感じていた。そこへ、あの破滅の咆哮が響き渡ったのだった。何を意味するのかはわからないが、きっとよいことをもたらしはしないだろう。

下卑た調子の、どこか悪意のこもった喜びを表しているような、長い叫び声だった。鳥の声かもしれないし、そうでないかもしれなかった。どちらとも言えなかった。森の住人たちはみな、声がふたたび聞こえてこないかと耳をすまし、さきほどの叫び声が、空気にこびりついた悪臭のように、まだあたりに響いているのを感じていた。

「前に聞いたことがある」川辺の枯れ枝の上にとまり、翼を広げて案山子のような姿で魚を待ち伏せしているヘビウが言った。「前に聞いたことがある。白いウがその声を響かせるとき、平和は終わり、多くの者が死ぬことになると」ヘビウはくちばしを閉じ、今にももつれてしまいそうな、蛇のように長い首を奇妙な具合に動かした。

その間、一陣の風が吹き抜け、パピルスの茂みが一斉に一方向にたわみ、川面に無数のさざ波が立った。

カンガルーの形をした雲が太陽の前を通り過ぎ、いっとき翳りをもたらした。最初は、よくあるように、六つか七つの雲が、不規則に空に散らばっていた。そしていま、別の、さらに大きな雲がやってきた。空に飛び立った鳥たちは、まだ距離はあるものの、北のほうに、嵐をはらんだ暗い雲が垂れこめているのを目にした。ほかの鳥たちは小声で話していた。もう歌の練習をする者もいなかった。じっさい、鳥たちの声は不思議と静まってゆき、おおかた沈黙し、先延ばしにはできない火急の話を伝える、わずかなさえずりだけが聞こえていた。

陰鬱な叫び声はくり返されることはなかった。だが、それはかえって始末が悪かった。ふたたび声が聞こえたなら、見に行って、声の主を発見することができるだろうから。だが、今のところわかっているのは、森に新参者がやってきたということだけだ。体が大きいのか小さいのかわからないが、（声が大きいのだから）大きい可能性が高かった。よき者か悪しき者かわからないが、おそらく悪しき者だろう。ふたたび一陣の風が吹くと、川の上に垂れかかっていた年古った枯れ枝が、ドボンという音を立てて水に落ち、それに驚いて、たくさんの動物たちが逃げていった。動物たちがいなくなると、岸辺は束の間ひっそりとし、円い波紋が落ちた枝の周囲に広がって、徐々に弱まっていった。まもなく完全に消えて、木は腐りはじめるだろう。

白いウの話など、最初は馬鹿げているとしか思えなかったのに！　一羽のタゲリが気持ちを落ち着かせずにはいられなくなって、仲間に話しかけた。「たぶん叫び声を上げたのは、やはり白いウだったんだ。これまでにもヘビウの言うことは当たっていたから。きっと、水たまりで死んでいく魚のことをほのめかしたんだ」

じっさい、何キロか下流の、二つの火山岩にせきとめられた大きな水たまりでは、魚たちが次々と死んでいた。今のような水枯れの時期には、スクスク川の流れは障壁となる岩を乗り越えることができずに止まってしまうのだ。すると、池の水はよどみ、それを日差しが貪るように飲み干し、水位はみるみる下がっていく。呼吸ができなくなった魚は、むなしく酸素を求めながら、次々と真珠色の腹を上に向けてひっくり返り、累々と死骸が浮かんでいた。もがくはずみに池の外に飛び出して、灼けついた石の上に落ちる魚もいて、ひどい悪臭が辺りの森に広がった。

だから、ヘビゥの予言は魚のことを言っていた可能性があるだろう。だが、それを口にした当のタゲリすら信じていなかった。「さあ、どうだろう。おれにはわからない」仲間は答えた。彼らは飛び去るべきか待つべきか迷っていた。せめて夜になれば、闇に紛れてもっとうまく身を隠せるだろう。

そのとき、とつぜん静寂が訪れた。もはや鳥のさえずりも、葉擦れの音も聞こえなかった。あらゆるものが完全に静止していた。すると川の湾曲部の向こう側から、小さなボートが、交互に水に差し入れられる櫂の水音とともに、ゆっくりと進んできた。ボートの上には、これまで川で見かけることがあった人間たちとは違う、三人の男が乗っていた。みな服を着て、頭には大きくて奇妙な帽子を被っていた。顔と手も、いつものように黒くはなく、生まれたばかりのヒヨコのように白かった。

見慣れぬ姿の三人は、未知の川を漕ぎ進んでいた。白いウがその声を響かせたのは、彼らのせいなのだろうか？　それとも、三人のうちの誰かが叫び声を上げたのだろうか？　彼らはいま、穏やかな明るい声で会話していた。全体的にかなり醜かったが、不思議なことに、彼らを見ても恐怖は起こらなかった。一体、何者なのか？　なぜやってきたのか？　ヘビゥは不吉な声を上げた。「言ったとおりだ。わしの言ったとおりだ」そして枝から跳躍すると、頭から水の中に飛び込んで消えていった。するとほかの鳥たちも、一羽、また一羽と、草むらや葦原や木々から離れ、ぴょんぴょんと岸辺に沿って湖のほうに逃げていった。

動物たちは逃げた。彼らにもなぜ逃げねばならないのかわからなかったが。だが、おそらくその判断は正しかった。三人の白人に悪意はないと言っても意味はない。川の平和を壊すのは彼らではないだろうから。三人のうちのひとりは、池での奇妙な魚の大量死を調べにやってきた帝国の漁業管理事務所の所長のパランツァン教授。二人目は、アダミ・トゥールの公使館の事務員で、なかなかの好漢だ。そして、三人目はこの私。ボートに積んでいる球形弾式の銃は、鳥を撃つのには向かなくて、このよそ者たちは単なる暇つぶしのために持参したのだと言ったところで甲斐はない。それでもやはり彼らは、これまで一度も川辺に姿を現したことのなかった白人なのだから。そして彼らのあとには、別の者たちが、おそらくもっと貪欲な考えを抱いた者たちがやってくるだろう。彼らは、これまで見かけた黒人たちよりもはるかに有能だろう。ずっと抜け目がなくて賢いだろう。自力で動く機械を持ち込んで、地面の顔を変えてしまうだろう。家を建てるために、エジプトイチジクの大木を伐って切り刻むだろう。夜には驚くべき光を灯すことだろう。

ボートが川を進むにつれて、何世紀ものあいだ存在してきた目に見えぬヴェールが静かに、そして永久に破られ、一メートルごとに水の中にぐしゃぐしゃと崩れ落ちていった。もう誰も元どおりにすることはできないだろう。岸から岸へ張り渡されていたそのヴェールは、ひとつの世界を地球のほかの場所から隔離していた。だが今や、その隔てのヴェールは落ちてしまったのだ。今日から主は、太陽でも、風でも、シロエリハゲワシでも、コロブスモンキーでもない。これからは、白人がここを支配することになるのだ。川辺の住人たちはまだこうしたことを何も知らなかったが、大気には不吉な予感が漂っていた。それは、三人の白人たちがボートで進みながらあとに残していく一種の影のせいだった。もちろん、彼らは気づいていなかったし、おしゃべりしたり、写真を撮ったりしながら、呑気に笑っていた。

生き物たちのなかで、二羽のツメバガンだけが平然と岸辺に残っていた。彼らは、白いウのものとおぼしき声も、ヘビウの不吉な予言も、櫂が立てる水音も聞いてはおらず、何の不安も抱いていなかった。ボートが二羽の鳥のそばまで近づき、人間たちのひとりが――ああ、ほんの遊びのつもりで――銃を向けた。だが、すでに述べたように、鳥を狙うにはまったく向かない球形弾式の銃だった。もし弾が命中するとすれば、それは極めて幸運なケースだろう。だから、弾が不快な音を立ててそばを通過したとしても、今の二羽のガンのように、震えあがる必要もなかった。

恐怖をもたらした三人の白人が乗ったボートは、ついにズワイ湖の入り口までやってきた。太陽はもう、その旅を終えようとしていて、かろうじて雲間を通して、三人のよそ者の白い顔と、湖面に浮かぶ純白の鳥の群れを照らしていた。北のほうに、迫りくる嵐のせいで青白く見える島々と山々が現れた。地図には、ズワイ湖、ケリラ島、ツルジュト、テダッチャ、フンドゥルル、標高千八百メートルなどと記されている。だが、それは事実とは異なり、ここにはこれまで人間が足を踏み入れたことなどなく、この湖は世界の果ての、さらにその向こうの非現実の夢の王国に位置しているのだと考えたほうが、ずっと本当らしく思えた。風が葦原を揺らし、茎と茎がぶつかり合って曖昧なざわめきを立て、湖の水も動揺した。そのせいで、水に浮かんでいた鳥たちが、嵐の海に浮かんだブイのように、上下に揺れはじめた。

人間たちは弾を十発持ってきていたが、あとひとつ残っていた。残り物に福あり、かもしれなかった。すでに装塡され、あとは銃を構え、水面に浮かんでいる鳥たちの一羽に照準を合わせるだけだった。

　黒雲を背景に銃が火を噴いた。今回こだまを返したのは、そそり立つ森ではなかった。空の天井そのものが千倍もの大きな音を返してきたのだった。同じ雲が轟き、湖の上に、水でできた途方もない斜めの房飾りのような、黒く細い条の幕を下ろした。それは、ぐんぐん近づいて、夢のように美しい風景を覆い隠していった。

　とうとう極めて幸運なケースが現実となった。一直線に飛び出した銃弾は目の前に一羽のペリカンを見つけ、その体を貫通した。その二つの赤い穴のひとつから、血とともに、蝶ほどの大きさもない、ペリカンの形をした小さな魂が飛び出し、まっすぐに天に昇っていった。ほんの少し前には何百羽もの鳥の姿があったところには、無数の青白い波と、形を失った哀れな白いものしか残っていなかった。それは、水の動きで見え隠れしていた。

　帰途に就く前、岸辺に上陸した三人の人間たちは、水から引き上げて草の上に放り出したペリカンの死骸をしばしのあいだ眺めていた。優雅で堂々とした大きな鳥だった。一目見ただけでも、自然史博物館の剝製のペリカンとはまるで違っていた。白っぽいピンクの淡い色の、柔らかで滑らかな羽根は花を思わせた。数分前までは、鳥は仲間たちといっしょで幸福だった。自由気ままに飛び、水に浮かび、眠り、食べ、移動し、必要なときにくちばしを開いたり閉じたりできた。だが、今ではもう、傷みやすい素材でできた、ぶよぶよした一種の袋だった。言わば、生命とは何の関わりもないものだった。

　ペリカンの肉はまずく、羽毛も貴重ではなかった。だから三人の人間たちは、鳥の死骸を残したまま、森のほうに、彼らの家とおぼしきものがある方角へ去っていった。夜とともに嵐が近づいていたからだ。

鳥が一羽死んだ。それ以上のことは何も起こらなかった。おそらく、さほど心配することもなかったのだ。雨の幕は、湖心から岸辺に近づいた。最初の雨粒がポタン、ポタンと重苦しい音を立てながら葦原を叩いた。そして今、不気味でぎごちない歩みで茂みの中から出てきた葬儀屋のハゲコウは何をするつもりなのか？　せめて慎みから、一、二時間待てないのだろうか？　どうせ、美しいペリカンの死骸を持ち去る者などいないだろうに。

（「コッリエーレ・デッラ・セーラ」一九三九年七月十六日）

驚くべき生き物

Una stupefacente creatura

数日前、私は王国の軍艦内で驚くべき現象を目撃した（といっても戦争とは全く無関係の現象であるが）。夜の十時半頃――艦は港で停泊中だったが――私は自分の士官室の簡易寝台に寝そべって本を読んでいた。艦内は静まり返っていた。前もって説明しておくと、寝台が寄せられている側の壁は、一定の高さまで板張りになっており、その板張りの壁の、寝台から二十センチほどの高さの所には、本やランプや瓶やよく使う物を置ける一種の棚があった。その棚板が壁と接合する角の部分には、継ぎ目を隠すために、表面が丸みを帯びた繰形《くりかた》が取り付けられていた。このような細々《こまごま》とした説明をすることをご容赦いただきたい。だが、このあとお話しすることにとっては、大きな意味を持っているのだ。さて、読書中にふと気が散ったのか、それとも未知なる呼び声に引かれたのか、私は、右側の木の壁の上で何かがもぞもぞ動いているのを目に留めた。それは非常に小さな生き物だった。長さは一ミリくらいで、色は白っぽくてほとんど透明だった。じっとしていると、木の表面に溶け込んで見分けるのが難しかった。私が間違っていなければ、卵から孵ったばかりの、非常に若い、だが精神的には十分に発達した、言わば一人前のゴキブリだと思えた。ゴキブリといっても眉を顰める必要はない。下水道にはびこる黒い色の汚らわしいゴキブリとちがって、船で見かける明るい色の翅をしたゴキブリは高貴な種族で、性質もおだやかだ。船員たちも彼らに対して反感や嫌悪を示すことはない。

それにこのゴキブリは見かけも非常に上品で優雅だったので、殺してしまおうという気は起こらなかった。その小さな生き物は、本や瓶やその他のものが置かれている水平な面から出発して、繰形の瘤を乗り越え、高さ約六十センチの、ニスで塗装したそそり立つ木の壁に挑もうとしていた。私が目に留めたのは、まさに登攀を開始したときだった。

虫は三センチほど壁を登ると、とつぜん六本の脚をバタバタさせてもがいた。そして脚を滑らせ、下の繰形まで落下して止まった。うろたえる様子はなかった。蠅がよくするように、身づくろいに時間を浪費することもなかった。すぐさま再挑戦し、二センチを越え、そして、またもや真っ逆さまに落ちていった。こうして、立て続けに何回か登っては落ちた。毎回、三、四センチ以上は登ることができなかった。そして下に落ちたときも、かすかな音すら立てなかった。それほど身が軽かったのだ。

最初、私は特に気にも留めなかった。眺めていたのはせいぜい数分間だった。それから、挑戦を続ける彼に構わず、読書を再開した。三十分くらいが経ってようやく、私は本から目を離し、ひょっとして虫はまだいるだろうかと、その場所を探した。いるどころではない。先ほどと同じようにつるつるした壁を越えようとし、先ほどと同じように失敗し、すぐにふたたび登りはじめ、落ち、また上昇を試み続けていた。

その粘り強さには脱帽だった。そのうち、私の心の中で漠然とした尊敬の念が生まれた。いかなる望みや夢に駆り立てられているにせよ、虫は驚くべき意志の力を示していた。人間のサイズに置き換えてみるなら、中背の登山家が千メートルを超える大絶壁に立ち向かい、序盤で壁の下まで墜落し、すぐに気を取り直してふたたび登りはじめて、また落ちて、それでも不屈の精神であきらめずに何度も挑戦しているようなものだった。

彼の挑戦の数を数え、その結果をメモしながら、私はずっとそんなことを考えていた。私が彼を観察しはじめたのは、その存在に気づいてから約三十分後だった。だが、この闘いは一体いつから続いているのだろう？　スポーツの観戦でもこれほどまでに熱狂することはめったになかった。このちっぽけな生き物は勝利するのだろうか？　それとも、しまいには疲れ果てて、断念してしまうのだろうか？　それとも、最後に残った力まで使い果たし、命を落として壁の下に横たわることになるのだろうか？　体力を消耗するのは間違いない。彼にとって——たいていの昆虫はそうだが——墜落の衝撃は大したことはなくてもそのエネルギーには限りがあるだろうから。すでにもう限界にきているのではあるまいか。動けるのはせいぜいあと数分だろう、と私は思った。

寝静まった大きな艦の中で、虫は全力を傾けて虚しい努力を続けていた。それほどの犠牲を厭わぬほどの、一体どんな強い欲求が彼を駆り立てているのだろう、と私は自問した。家か、自由か、飢えか、それとも愛か？　（私が記録しはじめてから）二十六回目の試みで、彼は途方もない努力の末に、じつに八センチも攀じ登ることに成功した。そして落ちた。そのあと三センチを超えない登攀が続いた。八十七回目の挑戦で達した距離は十二センチに至った。驚くべきことだ。今回は、最初、勢いよく駆け上っていったあとで足場を失った。そのとき彼は、細い触角をぴくぴく動かしながら一瞬ためらっていた。だが、そのあとは一層慎重にゆっくりと登っていったのだった。

十二時四分、百回目の登攀に挑んでいた。彼は闘い続けていた。今では到達距離の平均が、四、五センチにまでアップしていた。じつはその間、虫は左のほうに移動していた。壁面がよりざらざらしている部分を利用していたのだ。時々、真っ逆さまに落ちて仰向けにひっくり返り、頭を壁に押し当てて起き上がらなければならないときがあった。私が虫を見失ってしまう時もあった。落下した時に繰形からも滑り落ちたのだ。その結果、この余計な障害物までも乗り越えなければならなかった。

百二十五回目の落下時に、彼の心の中に初めて疑いが生まれたかのように、小さなシーシュポスは、数センチ右に移動した。さらに四回の挑戦が失敗に終わると、明らかに方向を見失って、棚板の上を走りはじめた。十二時十七分、私はその姿を見失った。だが、気づくと彼はふたたび壁にむかって走っていた。繰形の短いオーバーハングに立ち向かい、一度は落ちたものの、見事な勢いで突起物を乗り越えて——もしかすると意図的に行った棚板の上での短いランニングで体を鍛えたかのように——じつに十五センチも、すなわち壁全体の四分の一まで登ったのだった。それでも今回もやはり、努力が実を結ぶことはなかった。壁はまたしても彼を拒絶し、ふもとに投げ返した。

このときの失望がしばらく彼の勢いをそいでしまったかのようだった。もう、十センチか十二センチを超えては登ることができなかった。ひょっとして力の限界なのだろうか？　百五十回目の墜落ののち——真夜中を二十四分過ぎていたが——虫は、手のひら二つ分ほどの距離を縁形に沿って歩いた。それから棚板の上に降り、憤慨しているかのように走り回っていた。そのあと、私は見失った。おやっ、ふたたび壁に向かって走っている。やはりあきらめきれないのか？　いや、回れ右をした。逃げ出そうとしているかのようだった。もう棚板の端まで来て、突き出した縁を乗り越えようとしている。もし、脚を滑らせれば、木の壁とマットレス間の深い裂け目に墜落してしまうだろう。そこで、私は指で道をさえぎった。彼は指にしがみつき、私はふたたび壁の下に連れもどした。

彼は気ちがいじみた挑戦から逃れようとしていたが、運命は彼をふたたび先ほどの場所に導いたのだった。そして今、渇望の対象を前にして、はたして彼の精神は耐えられるだろうか？　ところが彼は、新たな決意とともに、敵意に満ちた壁にむかって突進していったのだった。今ではもう私は、精神を細胞の物質の産物とみなすような唯物論者にはなれなかった。逆境に対する生き物の精神的な反応は、疑いようもなく、原始的で、ちっぽけなものだった。それでも、その疲れを知らない粘り強さは、私には感動的に思えた。そして、このように小さな存在の中にも、考えをまとめることのできる高度な仕組みが宿っているという事実はやはり驚くべきものだった。なんと巨大な生命力がその内に凝縮していることか！　それにくらべると、私たち巨大な人間は、なんと鈍重で無気力な生き物であることか！　何を馬鹿なことを、とあなた方はおっしゃるだろう。だが、私の心の中に人々の大いなる労苦の産物が、都市、城壁、運河、道路、車、塔、見事なクーポラのイメージが浮かんできても、私にはそれらが、まるで貧相なものに思えた。

その夜、この宇宙のわずか何センチ平方かの空間では、悲壮で途方もない闘いが展開していた。所詮勝ち目のない闘いだ、と言うのは簡単である。壁はあまりに険しく高かったし、虫はもちろん、そのことをよく理解してはいなかった。それでも、その光景はすこぶる感動的だった。それぞれの寿命を考慮に入れて先の比較で言えば、登山家は、この時には、とっくの昔に亡くなって、葬られ、人類から忘れさられていることだろう。だが、彼はちがう。彼はけっしてあきらめない（それに引き換え、この私は恥ずかしくはないのか？　世界の主である私は、何もせずにだらしなくベッドに寝そべって、一体なんという姿をさらしているのだろう？　もしも虫が私を評価することになったなら、私のことをどう思うだろう？）。

記者である私は数え続けた。夜の一時に、不屈の小さな生き物は、二百八十五回目の挑戦に乗り出していた。三分後、滑り落ちた繰形を乗り越えるのに、五度も転落した。それが彼の闘志をかき立てたかのようだった。今しかない、今やらねば、そう言っているかのようだった。凄まじい決意とともに、彼はずんずん登っていった。脚の運びのリズムも軽やかになっていた。ついに天が憐れみをかけて、彼の努力に報いたかのようだった。十センチ、十一センチ。まだまだ登っていく。十七センチ、十八センチ。ああ、だが、それは幻想だった。見れば、彼は足場を失っていた。一瞬、平衡を保っていたが、ふたたび絶壁から墜落し、背中から落ちて繰形の上で弾んだ。

こんどこそ降参か？　いや、まだだった。彼はなおも苦闘を続けた。そのあと繰形を乗り越えるのに、じつに十三回も立て続けに転がり落ちた。だが、ようやく成功した。だが、その代償は？

あまりに敵意に満ちた運命に、意気阻喪しているのではないだろうか？

三百十七回目の挑戦（十五センチ登った）が、私が記録した最後だった。時計は一時十分を示していた。ここで彼は棚板の上を走り出し、完全に横断した。不幸なことに、ぴょんぴょんと五回跳躍すると、板の端までやって来た。そして私が止める間もなく、脚を滑らせ、深淵に墜落していった。未知の運命に向かって、真っ逆さまに消えていったのだった。さらば、勇敢なる小さき生き物よ（あれから何日も経った。彼はいまもあそこにいて、小さな鉄の意志で、けっして手にすることのない勝利のために闘い、落ち続けているのだろうか？）。

（「コッリエーレ・デッラ・セーラ」一九四一年五月二十一日）

船上の犬の不安

Ansie del cane di bordo

ある巡洋艦の船上から

ぼくの名前はナポレオーネ。でもみんなからは、親しみをこめて、ペオと呼ばれている。艦長の特別な計らいで巡洋艦に乗せてもらっている犬のぼくは、士官用の集会室の肘掛け椅子の上で何時間でも好きなだけ丸まっていられる特権を与えられている。みんな優しく微笑んで、大目に見てくれる。なかには、ぼくのことが大好きな人たちもいる。でも、ぼくにとって本当に幸運だったのは、いつもぼくをそばに置いてくれ、その権威でぼくを包み込み、不愉快な悪ふざけから――たとえば、船に乗り込んだばかりの頃、図体がでかくてひときわ背が高く、力も強いひとりの士官がよく首をつかんでぼくをうならせて面白がっていた。なんておかしな趣味だろう！――ぼくを守ってくれるご主人様がいることだ。ご主人様は、夕方になると、ぼくを腕に抱えて、自分の士官室に運び、ベッドの端で寝させてくれる。ご主人様に対する皆の敬意や、少佐という階級や、部屋の広さや、机の上に積み上げられた書類の山から判断するに、きっと重要な人物にちがいない。よく奇妙な図面を手にしているけど、一体誰に対して権威を振るっているのかはぼくにはよくわからない謎だ。

ああ、猫どもがぼくをバカにしてるのは知っている。でもそれは、ぼくが醜くて、小さくて、雑種だからじゃない（あいつらは、自分たちが王族だとでも思っているらしいけど！　あんなぼろぼろの汚らしい毛をしているくせに！）。

あいつらがぼくをあざ笑うのは、ぼくが士官用の集会室と、船尾の甲板と、ご主人様の部屋と、あとで触れる別の小さな部屋をのぞけば、船の中のことを何も知らないからだ。一方、やつらときたら、朝から晩まで、我が物顔で船の中を縦横無尽に行き来し、そこらじゅうにもぐり込み、幽霊みたいに現れたり消えたりする。あのろくでなしどもは、ぼくのことを「お坊ちゃん」と呼ぶ。鉄の階段をツバメのようにスイスイ昇り降りしては、よくぼくをからかう。ぼくは、ひとりではあの崖をうまく降りることができない。昇るほうはなんとかやれるけど、降りるのは大変なんだ。二、三度試したときには、あやうく首の骨を折るところだった。こうして、猫どもを追いかけることのできないぼくは、やつらがぼくをからかいながらすばやく船の深淵に消えてゆくのを指をくわえて見ているしかない。

ああ、この船の中を駆け回って、隅々まで探検し、乗組員たちの人気者になって、ずっとぼくを悩まし続けている問題を解決できたならどれだけうれしいだろう！

ご主人様は一日中ぼくをいっしょに連れて歩き、上等な食べ物をくれ、ぼくが病気になれば看病し、まるで純血種の犬のようにかわいがってくれる。これ以上愛情深いご主人様なんて想像できないだろう。陸に上がっている間、ぼくがなかなか家に帰ってこないときには、ご主人様はひどく心配する。ようやくぼくがもどってくると、大げさな身振りでどれほど心配していたかわからせる。ご主人様の知的で溌剌とした表情から、ぼくはたくさんのことを読み取れるようになった。ぼくは時々不思議に思う。仲間たちから尊敬されて一目置かれているご主人様のような人間が、ふくらんだ風船みたいに不格好で、そのうえ生まれつき下半身が弱い赤犬なんかを好き好んで連れていることを。ぼくはなにも大げさに言ってるわけじゃない（ぼくが大好きな当のご主人様でさえ、ぼくをしげしげと眺めながら、「残念ながら、おまえの愛嬌があるところは顔だけだなあ」と言ったことがあるくらいなんだから）。

それでも、正直に言えば、ぼくはこの船にいると落ち着かない。もちろん、他所に行きたいなんて考えたこともない。今ではすっかり馴染んでしまったから。それに、ぼくにとって陸の上の生活は、魅力よりも恐ろしさのほうが勝っている。港の波止場にはおっかない顔の連中が、礼儀知らずの性悪な雄犬たちや、ぼくが近づくと歯をむいて威嚇する、気性が荒くて滑稽なほどお高くとまった雌犬たちがいる。ここで味わっている安らぎや優しさは、この世界の他の場所ではけっして得られないだろう。それでも、ぼくは落ち着かない。ご主人様にとって、ぼくは気晴らしの対象や遊び相手にすぎなくて、本当に心を寄せている相手は他にいることを知っているからだ。

なんと滑稽な自惚れかと、みなさんはおっしゃるだろう。人間が、たとえば友人たちや家族よりも、犬を優先するなんてことがあるわけないと。いや、そういうことを言っているんじゃない。そうじゃなくて、この船には、どこに隠れ住んでいるのかわからないけれど、手ごわいライバルがいて、そいつらはぼくよりもずっと大事に思われているってことなんだ。一体何者だろう？　ご主人様のように自信にあふれた人物の心を奪って、何日も他のことをすっかり忘れさせてしまうなんて、どんな強烈な魅力を放っているんだろう。

（ぼくは人間の言葉はほんのわずかしか理解できないけれど）秘密を盗み聞きできることを期待して、何度、眠ったふりをしてドキドキしながら耳をすませたことか。大した収穫は得られなかった。それでも何度か、「ぼくの馬たち……ぼくの駿馬《しゅんめ》たち……あいつらを全速力で走らせたあかつきには、祝杯をあげるぞ！」とかなんとか、そんな言葉をご主人様は口にしていた。だから、ぼくのライバルは馬なのだろうと推測した。

馬だとしても、軍艦の中のどこに隠されているんだろう？　一体、馬が何の役に立つのだろう？　波の上で船を引っ張るんだろうか？　それに何頭いるんだろう？　以前、ある人がご主人様に「で、何馬力出せるんだい？」と尋ねたのを憶えている。「十五万馬力さ」とご主人様は答えた。そう、はっきりと憶えている。でも、船の中に十五万頭もの馬がいるなんて！

それから、時折、船の中が異様な興奮状態に包まれることがあった。最初、ぼくはそのせいで神経が参ってしまった。でも、今では理解している。まもなく船が海に出ようとしていたからだと。そして海に出てからぼくの苦悩は始まった。もう士官用の集会室で居眠りすることも、船尾を散歩することも、士官室で穏やかに夜を過ごすこともできなくなった。ご主人様は、一種の廊下に面した、わびしい小さな部屋にぼくを連れていった。廊下のむこう側では、扉を通して、金属の壁でできた広い連絡通路が、長方形の大きな縦穴のようなものが垣間見えた。たしか、昇降口室と呼ばれていた。そしてそこから、熱い空気の息とともに大きな音が聞こえてきた。

ぼくは、歩き回れないように一種の腹帯を付けられ、隔壁から突き出た何かの管についた小さなハンドルに繋がれた。でも、これはまだ取るに足らないことだ。ぼくを苦しめたのは、ご主人様がもうぼくに声をかけてくれなくなり、ぼくに関心を示さなくなったことだった。そのうえ、ご主人様はもうあの紺色のすてきな制服ではなく、男たちが作業服と呼んでいる上着を着ていた。部屋に出入りし、ぼくには理解できない知らせを伝えにやってくる士官たちも同じ服だ。彼らはびっしょり汗をかいていることが多かった。時折、こうした連絡や電話でのやり取りの終わりに、ご主人様はぱっと立ち上がって、「わかった。今、降りて見に行く」と言う。そして、ぼくには目もくれずに、小部屋から出て、あの熱い息を吐き出している例の昇降口室に消えていく。きっと、例の憎たらしい馬たちに会いに行くんだ。馬にかまけて、ご主人様はぼくを飢え死にさせるにちがいない。それにしても、その馬たちは一体どんな特別な魅力を持っているのだろう？

もっと嫌なこともあった。船が航行している間、突然、いつもとは全然ちがう喇叭の音が響き渡ることがある。水兵や火夫たちは、「戦闘配置につけ！」と叫んでいる。でも、ぼくには何のことやらわからない。そんなときは、もちろん撫でてもらったりはできない。ご主人様はぼくが居ることすら忘れて、何度も電話したり、部屋を出たり入ったりする。その顔は相変わらず溌剌としてるけど、なんだかふだんとは少しちがう。それから恐ろしい衝撃が船全体を揺さぶる。さらに短い間隔で、文字どおり地獄のような爆発が続く。ぼくは、びっくりして床にうずくまり、耳をぺたんと後ろに倒す（ご主人様の言葉を借りれば、防御の姿勢だ）。

こうしてぼくは、長時間、得体の知れない恐怖に苛まれながらじっとしている。ああ、あの衝撃は何なのかまったくわからないけれど、ぼくを震え上がらせる。水兵たちは、戦闘、遭遇、交戦といった、不可解で謎めいた言葉を口にしている。

そんなとき、馬たちは大喜びだ。やつらはぼくのご主人様をすっかり独り占めしている。ご主人様は、彼らの体調について事細かに尋ねる。喉が渇いていないかとか、お腹を空かせていないかとか、元気に駆けているかとか。時には、自ら走って確かめにいく。まるで、命令しているのは、あの馬たちであるかのように。

さっき言った大きな衝撃音とはちがって、もっと小さく、甲高い、嫌な感じの炸裂音が、タイプライターのキーをたたくようなテンポで連続して響くこともある。あれ以上恐ろしいものはない。そのときは、もうぼくは耐えることができない。白状するけど、すっかり自制心を失ってしまう。惨めな悲鳴を漏らしてしまう。すると、士官たちが笑う。ぼくも戦いたいのだ、戦士の心を持っているのだと思って、ぼくをほめる。勘違いも甚だしい!

ぼくらはもう何日も海の上にいる。ご主人様は、時々、小部屋に設えられた粗末な簡易ベッドに横になって、服を着たまま睡眠らしきものを取っている。片方の目で眠って、もう片方の目は、誰かが新しい連絡事項を伝えにやってこないかと、常に扉を見つめている。ぼくは上目遣いにご主人様を見上げて、その表情から言葉が教えてくれないことを読み取る。ご主人様は馬たちのことを考えているんだ。彼らのために睡眠を犠牲にして、青白い顔で、やつれ切っているのだ。下にある禁じられた洞窟に閉じ込められていて、ぼくには見ることが叶わない十五万頭の火の馬たちのことを考えているんだ。ただ、その熱い息だけが、ぼくのいるところまで伝わってくる。いななくかわりに、ライオンのように吠えたけている。

今また、ご主人様はぼくを置いて出ていった。ちょっと前にひとりの下士官がやってきて、「小さな水漏れがあります。場所は……」と伝えたのだ。最後のほうはぼくにはよく理解できなかった。ご主人様はすぐさまベッドから跳ね起きた。そして、たぶん道をふさいでいたぼくに「おい、そこをどいてくれ」とぶっきらぼうに言うと、薄暗がりの中に消えていった。あの憎らしい馬たちの水が切れていないか、喉が渇いていないか、心配なのだ。そしてぼくは、何もわからぬままに、腹帯で繋がれ、心臓をドキドキさせながら、何時間もご主人様の帰りを待っている。ぼくは惨めで、悲しくて、下半身はますます萎えてしまっている。そのとき、戦士の心などわからぬ猫どもがぼくの目の前に現れると、薄笑いを浮かべ、おどけた顔をして、「ナポレオーネ!」とからかう。

（「コッリエーレ・デッラ・セーラ」一九四一年六月六日）

狼
Il lupo

あれやこれやの理由から、その町では、心穏やかに暮らすことができなかった。戦争の恐怖が去り、野盗たちがいずこへともなく姿を消し、悪疫も収まって、人々はしばらく平和でいられることを期待していた。

ところが、そうはならなかった。戦争はあちらこちらに埃の層を残し、市の清掃員はそれをまだ片付けられずにいた。その埃の上に、マンクーゾ通りの歩道の塀沿いに、数か月前、蒸留所の守衛が、いくつかの足跡を見つけた。犬でも、猫でも、子牛でもない、大きな獣のもののようだった。軽やかであると同時に力強い足跡で、まるでその動物はぴょんぴょんと跳躍したかのように、大きな間隔をあけて埃にしるされていた。匂いをかがせるために連れてこられた犬たちは落ち着きを失くした。人々は、狼だとうわさした。

数日間、その辺りでは狼の話題でもちきりだった。だがその後、人々の関心は移り、守衛は、嘲笑の的にはなりたくなかったので、驚くべき発見をいつまでも触れ回ったりしなかった。じっさい、重大なことは何ひとつ起きてはいなかった。埃の上に見慣れない足跡が見つかったというだけだった。

さらに二週間後、雨が降った夜の次の日、町の別の側にある冶金工場の中庭で、労働者たちが動物の通った足跡を泥の上に見つけた。ふつうの野良犬などではない、大きくて、非常に敏捷な動物のように思えた。そのときは、うわさが広まった。新聞各紙も取り上げた。憶えていらっしゃるだろうか?

その後、謎めいた足跡はますます頻繁に見つかるようになった。かならずしも同じ地域ではなかった。報告は様々な地区から届いたが、その中身はすべて奇妙に一致していた。いくつかのケースでは、足跡とともに、大きな血の染みが見つかった。

ここ最近では——流布しているうわさを信用するなら——それらの足跡は実に至る所に出現したが、とりわけ多いのは、やはり郊外の人の少ない地区だった。戦争が終わって以来、動物園から逃げ出した動物は、明らかに嫌疑の埒外にあるオウムの一家を除けば、皆無だった。また、付近に、猛獣が潜んでいそうな山や森や未耕地もなかった。それゆえ、説明をつけるのが難しかった。

狼を見たと言う者もいた。だが、作り話だった。黒い色をしていて、体が長く、背中に明るい斑点があって、脚を引きずっていたそうだ。さらに、わざわざ付け加える必要もないが、(こうした目撃談によれば)狼は緑の燐光を放つ目と、途方もなく大きな尻尾を持ち、不気味な声をしていた、などとも言われている。だが作り話にすぎない。これまで本当に見た者などいなかった。

さいわい、足跡と血痕の出現は散発的だった。警戒心でピリピリした日々が過ぎると、不安は次第に収まり、人々は他のことに気を取られていった。それでも、心配が完全には消え去ることはなく、夜の遅い時間にひとけのない暗い道を行く者は、何か落ち着かない気持ちになるのだった。

当局は？　当局は、表向きは事実を否定しつつも、不安を払拭するには十分ではない甚だ歯切れの悪い、曖昧な声明を通して見解を述べるばかりだった。「現在に至るまで確たる証明は……まま見受けられることではあるが、過剰な想像力が生み出したとおぼしき情報に信を置くのは賢明ではないだろう……これについては以下のような措置を講ずるものである……」要するに、曖昧な言葉で不安を鎮めようというのだが、効果はなかった。

それに、あの咆哮。郊外電車が眠りに就き、通りの足音がとだえ、窓の明かりも消え、時折一台のトラックが轟音を立てながら走ってくるだけの、夜のもっとも静かな時間に、ひとりの男が枕から頭を起こす。「マリーア」と彼はささやく（暖かい毛布の下では、彼の心臓の鼓動が響いている）。「聞いたかい？」「どうしたの？」「耳をすましてごらん、耳を……」長く、抑揚のある咆哮が、閉めた鎧戸の向こうから聞こえてくる。夏の湿っぽい夜明けの電車の警笛のように、ずっと遠くから聞こえてくるように思える。それは悲しげであるとともに、意地悪で、気まぐれに発せられたわけではなく、まるで誰かに伝えようとするかのように、暗い決意がこもっている感じがする。

建物の中で、ごくかすかなざわめきが広がる。他の住人たちも目を覚まして、耳をすましているのだ。だが、その間にも、静寂がもどってくる。通りでは、一台の車がつぶやきながら、のろのろと進んでいく。それから、どこかの鐘楼が三時を打つ。人々はふたたび眠りに就く。だが、咆哮は彼らの心に刻まれる。そして前にはなかった重荷になるのだ。

何が吠えたのだろう？　犬だろうか？　田舎にはよく、気まぐれこのうえない犬たちがいて、これといった理由もなしに、まったく非常識な時間に、まるで八つ裂きにされているかのように、突然激しく鳴き出すことがある。いつもとは違う、犬とは思えないような荒々しい声で。そう、おそらく先ほどの声は、そうした気ちがいじみた犬のものだったのだ。それとも単なる恋鳴きだったのか。だがそれなら、どうして町ではそのような犬の声がこれまで一度も聞かれなかったのか？　翌朝には、また足跡が発見されるだろう。夜明けに、警備員やマンションの管理人や市の清掃員が、物珍しげに、泥の上に身をかがめることだろう。獣がそこを通ったのだ。

日が昇り、通りが活気づき、ひとりではなくなると、人々はすっかり元気を取りもどす。狼の話は冗談に転じる。みな、愚かで迷信深い人間だと思われないように、その話題に触れるのを避けようとさえする。とどのつまり、誰かが貪り食われたわけではなかった。人々がまさに獣のせいにしたがるような不可解な失踪は、大都会では珍しくもない。都会というものは、かならず秘密の深淵を抱えているものだから。

けれども、不穏な出来事が度々くり返されるうちに、不安がつのってゆく。夜の通りには、これまで感じたことのないような空気が感じられる。道を歩けば、足音が異様に大きく響き渡る。周囲の家々は眠ったふりをしている。けれども、じっさいは、まるで大勢の歩哨のように、目を覚まして待機している人々で溢れているのだ。

扉の向こうでは、大勢の人々が、身をかがめ、二枚扉の隙間に耳を押し当て、外で動物が立てる物音が聞こえないかと、息を殺している。道行く人が立ち止まると――そして足音が響くのがやみ、静寂が押し寄せると――閂をかけた扉の向こうで、鈍い喘ぎ声が洩れる。彼らは待っている。惨めな不安を抱いている。素足の裏から階段の踊り場のタイルの冷たさがしんしんと上ってきて、彼らの背後では、闇に包まれた部屋が洞穴のようにぽっかりと口を開けている。

古ぼけた扉を頼りにベッドにじっとしていることはできないし、さりとてトラバサミと鉄串を手に狩りに乗り出すこともできない。彼らはあそこで、がちがち歯を鳴らし、身を守るために、唇をわずかに動かして、彼らなりの厄払いの言葉をつぶやくだけだ。「狼よ、狼よ」彼らはささやく。「私たちがおまえに一体何をしたというのだ？　悲しみにくれる者よ、絶望している者よ、どうして私の扉の匂いを嗅ぐのだ？　狼よ、豹よ、野獣よ、ここにはパンはない、鶏はいない。肉も、ほかのどんな種類の食べ物もない。なのに、狼よ、どうして匂いをかぐのだ？　隣の家の扉でやってくれ」

死に絶えたような家々の陰鬱な壁から、まるで老婆の一団が大聖堂の暗がりの中でロザリオの祈りを唱えているかのような、神秘的なささやきが聞こえてくる。だがその間にも、人生はすり減っていく。郊外の沼地から馴染み深い霧がゆっくりと這い寄り、空では、家並みのわずかな隙間を月が音もなく過ぎてゆく。

（「コッリエーレ・デッラ・セーラ」一九四七年十二月十八日）

アスカニア・ノヴァの実験

L'esperimento di Askania Nova

言い伝えによれば、クレムリンの中には、そのいくつもの大広間、事務所、記録保管所、博物館、兵器庫、衛兵詰所、厨房、倉庫、屋根裏部屋、墓地のそのまた向こうには、底知れぬクレムリンの深奥部には、夜になるといにしえの皇帝たちが時折そこに閉じこもって孤独を噛みしめてきたアパルトマンがあるという。そして今は、その存在を知っているのはスターリンだけだ。彼以外の人間は長年誰も足を踏み入れたことのない、この秘密の場所には、この世に存在するあらゆる隠し部屋の中でももっとも見つけるのが困難な隠し部屋がある。その部屋に入る扉は、何か月かけて探しつづけても発見するのが不可能なほど、実に巧妙に壁の中に隠されている。そして、その扉を知っているのは、スターリンだけだ。だが、空っぽで寒々としたこの部屋には、さらに壁の中に埋め込まれた金庫がある。たとえ鑿で壁を一ミリ一ミリ削り取っていったとしても、おそらくそれを探し当てることは不可能だ。それに金庫が見つかっても、次に、ダイヤル錠のある場所を見つける必要がある。錠を見つけたら、こんどはそれを開けるための暗証番号がわからなければならない。暗証番号がわかったとしても、非常に重たい扉を開ける力が必要だろう。その力を持っているのは、スターリンだけである。

しかしながら、この金庫の奥には、まだ秘密がある。隠された小さな扉の向こうにもうひとつの金庫があるのである。それを開けるには、また別のさらに複雑な、憶えるのに七年はかかる暗証番号が必要である。それを知っているのはスターリンだけなのだ。仮に、私たちよりもはるかに頭のいい火星人が、いつの日か宇宙船でやってきて地球を征服し、この星の隅々まで徹底的に探し回ったとしても、彼らでさえ、けっしてその秘密の金庫を見つけ出すことはできないだろう。その金庫の中には、何枚かの紙を綴ったひとつのファイルが収められているだけである。表紙には、「アスカニア・ノヴァ」と書かれている。数多くの謎を秘めたロシアにおいて、もっとも闇に包まれた謎が、こう呼ばれているのである。時折真夜中に、いにしえのロシアの皇帝たちと同じように、スターリンがひとりで、音を立てない布の靴を履いて、禁断の場所に向かう。次々と部屋を通り抜け、秘密の部屋までたどりつく。あたりを領する恐ろしい静寂の中で、金庫を開け、書類の束を取り出す。そして日付順に並べられた紙をめくり、何度も何度も読み返すのだ。今では、すっかり暗記していることだろう。それでも、彼は飽きることなく、読み返す。まるで、人間がどれだけ努力しても信じることのできない事柄がそこに書かれているかのように。だが、そのとき、ヴェールに似た土気色の影が独裁者の顔に落ちる。さいわい、それを目にする者は誰もいない。そのような瞬間、彼は、亡霊に取りつかれた悲劇の皇帝のように、慄いて、ぱっと振り返り、誰かが盗み見していないかという疑念にかられて扉に駆け寄る。アスカニア・ノヴァは彼の影なのだ。彼はその書類を破り捨てることもできるだろう。だが、思いが彼を追いかけ続けることを知っている。彼にそれを送ってきた者たちを抹殺することもできるだろう。アスカニア・ノヴァそのものを破壊しつくして砂漠に変えることもできるだろう。だが、そうしたところで、何の役にも立たないだろう。

　クリミア地峡の少し北に、農業センター、アスカニア・ノヴァがそびえている。町から離れた彼の地には、ずっと以前から有名な畜産学研究所が存在していた。そして——もう昔の話になるが——ソ連の新聞はしばしばこの研究所における斬新な実験の成功を伝えていた。いにしえの自然の法則そのものがここでは覆されたのだ。人類の食と農業にとって予想だにしなかった展望が開けた。研究所の飼育舎から、かつて存在したこともない新しい動物が姿を現した。フタコブラクダとヒトコブラクダを掛け合わせて、そのどちらでもない動物が誕生したことが知られている。牛とコブウシの間でも交配がなされた。宣伝活動家たちはしばしば好んでアスカニア・ノヴァを奇跡の工房として引き合いに出し、その成果を農民たちに語ってきかせた。詩人のレベーディンは、新しい神話を讃える頌歌を書いた。それは、ソビエトのすばらしき導きによって[1]改心を遂げ、アスカニア・ノヴァで、国家の繁栄のために驚くべき変身の技を行ってみせたキルケーについての詩だった。そして科学アカデミーは、会議の折に幾度もアスカニア・ノヴァの科学者たちを絶賛した。だがその後、アスカニア・ノヴァの名前はぴたりと聞かれなくなった。

　わずかな間に、研究所は乗り越えられない高い柵で囲われた。そして囲いの周囲には武装した歩哨が行き来しはじめた。だが、その必要はなかった。すでに数日前から、地元の人々は研究所に近づこうとはしなくなっていた。それどころか、旅人が怪しげな場所を避けて遠回りするように、研究所のそばを通るのを避けるのだった。

そのときまでは、アスカニア・ノヴァの近隣の住民たちにとっては、休日に畜産学研究所に足を運んで、囲いのまわりで立ち止まって、フタコブラクダのようでフタコブラクダではない、コブウシのようでコブウシではない奇妙な動物たちを眺めるのが楽しみだった。その動物たちは、まるでこの世に存在していることに驚いているかのように、きょとんとした様子で、牧場のあちこちで草を食んでいた。用務員のひとりに、シモン・パヴロヴィック・オッシピエンコいう名の男がいた。他の同僚たちにくらべると愛想がよくてきさくな彼は、よく足を止めて野次馬たちに楽しそうに解説をしてやった。見栄っ張りのお調子者だったのだ。ある土曜日、オッシピエンコは、囲いのむこうに集まった見学者たちに近づくと、興奮気味に、「みんな知ってるか！」と声をかけた。「きょう、ある実験が始まったんだ……原子爆弾も顔負けの実験だ！……世界中が仰天するぞ……おれたちは社会主義国家のために新しい種を創り出そうとしているんだ（だが、ここで彼はひどく困惑しているような顔をした）。つまり、人工授精だ……驚くべき交配だ……おれたちは恐るべき労働者を得ることになるんだ。産業は長足の進歩を遂げることになるだろう……偉大な発明だよ」「どんな交配だ？」彼らは質問した。オッシピエンコは顔を赤らめ、当惑していた。「そいつは話せないんだ。少々しゃべりすぎちまった……面倒なことになるのはごめんだからな」それでも彼は話したくてうずうずしていた。「さあ、言っちまえよ！　信用できないのか？　おれたちは口が堅いのを知ってるだろう」すると、オッシピエンコは声をひそめてこう言った。「交配だ……まったく新しい交配なんだ……わかるか？　人間と……人間と……」「人間と何なんだ？」「ああ、ここまでだ！」用務員は言った。「これ以上は言えない。秘密なんだ……でも、おまえたちにちゃんと目がついていればば……」そして、にやにやしながら立ち去った。人々は目を凝らした。牧草地では、いつものように、子牛でない子牛、もはやヒトコブラクダとは言えない小さなラクダが歩きまわっていた。だが、そのはるかむこうの、倉庫の近くで、ひとりの男が、アスカニア・ノヴァではこれまで見たことのない動物をロープで引っ張って歩いていた。その動物は、首輪を引っ張られ、物憂げに、ひょこりひょこりと歩いていた。妙に悲しげな印象だった。「何だろう？」ひとりの子どもが尋ねた。大人たちは黙っていた。「ねえ、何なの？」子どもはしつこく尋ねた。「大きな猿？」「黙ってなさい」大人たちが言った。そして、望まずして何か恥ずかしいことを見てしまい、なぜか自分まで恥ずかしくなってその場から逃げ出そうとする者のように、後ずさりした。そして、みな、ゆっくりと立ち去っていった。別れの言葉すら掛け合わなかった。

そうして、柵の周囲ではひとけがなくなった。翌日も誰も来なかった。そして次の休みの日にも、近隣の住民は誰ひとりとして飼育舎の動物を見に来なかった。漠然と危険を感じて寄り付かなかったのだ。それから、武装した警備兵がやってきた。研究所に物資を運んでくるトラックが行き来した。だが、村では、以前のように、学者や技師や用務員や厩舎係の姿が見られなくなった。彼らは、敵の喇叭を聞いた砦の兵士たちのように、研究所の中に閉じこもってしまったのだ。そして、動物の輸送に使われるトラックが、大きな棺の形をした貨物運搬車が現れるたびに、人々はそれらをおびえた目で眺め続けた。

すると、あるうわさがアスカニア・ノヴァから広がり、徐々に帝国中に伸び広がる道路を進んでいった。夕暮れ時には、ひとけのない四つ辻で声をひそめた短い言葉が交わされ、ある者は頭を振り、女たちはこっそり十字を切った。そして、もはやアスカニア・ノヴァの名前を宣伝活動家が口にしたり、新聞が引用したりすることはなくなり、科学アカデミーが称賛の決議を採択することもなくなった。特別な命令があったわけではないのに、沈黙するのが賢明だということを誰もが知っていたのだ。まるで、彼の地では未知の恐るべき力が解き放たれたかのようだった。まるで、誰かが何千年もの時を遡って闇を探求し、力を渇望するあまり穢れた結合を行い、人類の栄光に背を向けたかのようだった。新しきロシアの子どもたち！　だが、その魂は？　そして神は？　神はどう思っておられるのだろう？

いまや墓所のように封印された畜産学研究所の扉から、時折、武装した使者がバイクでモスクワに向けて出発した。田園を走り抜けるバイクを目にした農夫たちは、彼がクレムリンの入り口に立っているところを想像した。彼は、泥だらけの姿で合言葉を口にし、汚い身なりのまま、直ちに偉大な指導者のところに案内され、紙封筒を手渡す。そしてスターリンは、ひとり書斎にこもると、急いで封筒を開け、実験に関する最新の報告を読む。そして、彼の上には影が落ちる。

だが、言い伝えによれば、バイクの使者が謎めいた施設を出発することすらいつしかなくなったという。そしてモスクワでは、スターリンが何か月もむなしく待ち続けた。だが、何が起きているのか理解している彼は、あえて理由を尋ねようとはしなかった。アスカニア・ノヴァの職員たちが命令に違反して、投獄や処刑の危険を冒してまで彼に知らせようとはしない理由があるとすれば、それはひとつだった。彼らもまた、自らの手で生み出した忌まわしい成果を前にして、すっかり勇気を失ったにちがいない。実験は成功していた。新たに生まれてきたものは息をしていた。怪物、もはや人間ではない人間の息子、最低の極悪人でさえ口にするのをためらうような生き物は。そして、それはもう一匹ではない。おそらく驚くべき種族は爆発的に数を増やしつつあるところだろう。穢れた火山はもうけっして噴火を止めることはないだろう。

こうして、ロシアの中心には、かつてこの世に存在した中でもっとも暗い秘密が存在する。そして田園地帯やステップを、うわさが、霧のように、夜な夜な君主の額に落ちる影のように、音もなくさまよう。実験を遂行した者たちの誰ひとりとして囲いの外に出る姿は見られなかった。外から入る者もいなかった。今では誰も研究所のことを口にせず、誰も近寄ろうとはしない。まるでそこが悪しき場所で、その中ではペストか癩が猖獗を極めているかのように。農民たちの心はいかに単純でも、ことを理解するには十分だった。誰かが人間に許されうる最後の一線を越えてしまい、彼の背後では、主が、永遠なる神が、剣を握って立っているということを。

（「コッリエーレ・デッラ・セーラ」一九四八年十月二十四日）

（1）キルケー――ギリシャ神話に登場する魔女。人間を動物に変える魔法を使う。

蝿

Le mosche

蝿の世界には、大昔から伝わるこんな伝説があった。
人間の町が汝らのものになり、汝らが人間たちの支配者になるとき、偉大な民のうわさは地平線から地平線へと広まるであろう。そしてそのとき、世には傲慢と裏切りがはびこるだろう。だが勝利のさなかに、異国人の軍隊が汝らを虐殺しにやってくる。死者の時代だ。彼らはその息を吹きかけ、偉大な民の半分が、雨のようにボトボトと落ちるだろう。彼らはさらに息を吹きかけ、生き残った民も倒れ、静寂が訪れるだろう。ああ、蝿たちよ、そのとき、汝らの王国は終焉を迎えているだろう。

だが、これはただの伝説にすぎない。心配する必要などない。蝿たちは最初、信じてはいなかった。保健省の南イタリア担当の監督官で、疑り深く根っから陰鬱な性格のサンティ・リグオーリ教授も信じてはいなかった。彼は、政府の命令に従って、町や村において害虫を駆除するために国が定めた対策を取った。けれども、その効果についてはこれっぽっちも信用していなかった。それどころか、年齢から来る衰えに加え、若い時分の夢を諦めざるをえなかったことが、彼の心の内に科学そのものへの暗い怨嗟をかき立てていた。だから、増える一方の嫌われ者の蠅の群れを見ると、強い歓びを感ぜずにはいられないのだった。そして密かに彼らを応援していた。「専用の容器でゴミを集めること……店では網で食料品を守ること……汚水溜めの定期的な清掃を行うこと……ハハハ」政府の通達に目を通しながら、彼はせせら笑った。「で、おれにここの貧しい牛飼いたちに専用の容器を買うように言えというのか？　冗談だろう！」その間も、中庭では、黒い蠅の群れがしつこく子どもたちにまとわりつき、瞼の縁にとまって塊になっていた。蠅たちは、牛乳やスープやワインの水差しにも押し寄せた。それらを飲んでいると、とつぜん口の中に蠅を感じるのだった。蠅たちは、埃と混ざり合いながら、農夫やラバや司祭や産婦の上を舞っていた。夜明けから日暮れまで、至る所であのいまいましい羽音が聞こえた。そして惨めさを一層際立たせるのだった。

ある日、政府から連絡があった。南部を蠅から解放する任務を引き受けたシュルテ博士とその助手たちがスイスからやってくるという。なんでも、博士は家の中で使用する噴霧式の新しい殺虫剤を開発したらしい。リグオーリは大笑いした。まったく、首都の連中ときたら、揃いも揃ってバカばかりだ。南部を蠅から解放するだと？　そいつは神様だって無理だろうよ。

リグオーリは、カフェの日除けの下に座って、口の中に飛び込もうとしている十四ばかりの蠅をハンカチで物憂げに追い払っていた。ひどく暑かった。そのとき、広場の、ちょうど彼の目の前に、見たことのない二台の青いバンが止まった。宝石箱みたいな車だった。扉がゆっくりと開いて、眼鏡をかけた金髪の太った男が降りた。シュルテだ。彼を、リグオーリを捜しに来たのだった。保健省の監督官は利口な人間だったので、政府の信頼の厚い人物を敵に回すようなことはしなかった。自分の意見はおくびにも出さなかった。そして、暑さにもかかわらず、スイス人の最初の視察に同行した。

一軒の田舎家から始めた。家の中は、息もできないほどに蝿が雲霞のごとく群がっていた。助手のひとりがシュルテ博士に小さなスプレー缶を手渡した。シュルテ博士がボタンらしきものを押すと、長い霧が吹き出た。「それで?」リグオーリが尋ねた。相手は時計を示して「三分だ」と言うと、『静かに』という合図をした。

すると、羽音が聞こえなくなった。それから、小さな粒が一斉に落ちてくるような、ポトン、ポトンという音が聞こえてきた。死んだ蝿が降り注いでいるのだった。

「たいしたものですな」リグオーリは平静を装って言った。「で、このすばらしい道具をいくつお持ちなのですか?」

「十分に」相手は言った。

十分に? 監督官は考えた。南イタリア全体に行き渡らせるのに十分だというのか? ヒマラヤ山脈ができるほどあったって、そいつは無理だろうよ。海を干上がらせようとするようなものだ。

リグオーリは、シュルテに作業の続きを任せると、カフェにもどり、テーブルに座った。そして皮肉な笑いを浮かべて待っていた。目算が外れたスイス人のバンが、蝿の群れを追いかけてふたたび通り過ぎるのを待っていた。だが、静寂の中で、なじみの音を求めて耳をすました彼は驚いた。

そう、いつもの羽音がもう聞こえなかった。ラバルバロ酒[1]のグラスの上には一匹の蝿も飛び回っていなかった。

「やあ、教授」町の助役がそばに腰を下ろしながら声をかけた。「あのスイス人たちにはやられましたな。きっと、あなたは信じてらっしゃらなかったでしょうね。でも、彼らはやってのけた」

「やってのけたとは？　どういう意味でしょう？」

「まだ見つけられますか、蝿を？　一匹につき五リラ払ってもいい」

「無謀なことはおよしなさい。あなたを破産させたくはないんでね……まあ、様子を見ましょう」

青い車は走り回っていた。だが、それ以上にうわさが駆け巡っていた。村々では、シュルテ博士がまだ引き上げないうちに、村人全員に話が伝わっていた。スプレーをシュッと吹きかけるだけなんだ。その一時間後には、蝿は一匹もいなくなっていたよ。

三か月が過ぎた。今では以前のような輝きを失った二台のバンが、ふたたび広場に止まった。そしてカフェには、あいかわらず監督官が憮然とした面持ちで座っていた。

「おかえりなさい、シュルテ博士」リグオーリは皮肉たっぷりに声をかけた。「もうお発ちになるんですか？　ひょっとして匙を投げたとか？」

「ええ、発ちますとも。もうすっかり片付きましたから」

「蝿を全滅させたのですか？」

「そのとおりです、リグオーリさん」

さて、愉しませてもらうとするか。バンが出発すると、教授は心の中でつぶやいた。これほど活力が溢れるのをもう何年も感じたことはなかった。すでに本省に送る報告書の原稿の準備を始めていた。頭の中で文章を推敲していた。「少なからぬ興味を引く実験ではあるものの……ただその結果は、過度の期待に応えうるものでは……客観性にこだわるならば……」

くたびれた公用車に乗って、リグオーリは視察に出かけた。内陸部にある、見捨てられたような極貧の村々までやってきた。車を止め、エンジンを切って、窓から頭をのぞかせて耳をすました。静かだった。恐ろしいほど静かだった。

もっと進んでみよう！　彼は、徒歩で断崖の道を登り、家々の裏手の側溝に人の排せつ物が溜まって悪臭を放っている、寂れた集落までやってきた。なんということか！　少なくともここには蝿がいるはずなのに。周囲を見回し、家畜小屋に入り、村人たちに蝿の情報を尋ねてみた。成果なし。蝿は、その影すら見当たらなかった。お椀の中の牛乳はきれいだった。子どもたちの目も澄んでいた。そこには、もはやかつての惨めさはなかった。だが、村人たちが受けた恩恵など、彼にはどうでもよかった。どうして自分ができなかったことを、あのスイス人はできたのだ？　そして悔しさをおぼえた。

彼は、ぼろぼろになって帰ってきた。誰にも心の内は明かさなかった。ただ、忠実な秘書のアントニオだけは、彼の苦悩とその理由を察していたが、それに触れることはなかった。傷心を抱きつつ、リグオーリは報告書をしたためた。そこにはひとつの形容詞も使われていなかったが、それでもシュルテ博士への賛辞が感じられた。保健省の監督官は博士を憎むことはできても、不誠実にはなれなかったのだ。

彼はオフィスに閉じこもり、日に日に痩せていった。窓から、町の周囲の草木の生えていない丘を何時間もじっと見つめていた。まるで不幸な恋人が自分を裏切った女性を眺めるように。車の音や、人間の声や、鳥の歌声やセミの鳴き声が聞こえた。夕暮れ時には、ヒキガエルも哀愁を帯びた声で鳴いていた。そして、夜の初めにはコオロギの歌声が聞こえた。けれども、それらは昔なじみの小さな羽音ではなかった。赤ん坊の時分に、真昼の蒸し暑さの中で静かにまどろんでいる母親のかたわらで、揺りかごに寝かされた彼をあやしてくれた、あの眠気をさそう親しげな声ではなかった。科学が勝利したのか？　何千年にもわたる人類との共存ののち、蠅たちは根絶やしにされてしまったのか？　彼の心の中で、割り切れないもやもやした思いがわだかまった。

次第に、彼は病んでいった。休職願いを出し、家の中で、あいかわらず丘を見つめて静かに座っていた。毎日アントニオが訪れた。「元気を出してください、先生」と声をかけた。「春になったらもどってきますよ！」だが、リグオーリは頭を振った。いや、もうだめだ。あの一件で、私は立ち直ることができないほどに打ちのめされてしまったんだ。

退職願を書いたときは、すでに五月だった。筆は遅々として進まなかった。それでも彼はどこか優雅ささえ感じられる、非の打ちどころのない手紙を書き上げた。何度も読み返し、サインをし、封筒に入れ、封筒に宛名を記した。まもなくアントニオがそれを受け取りに来るだろう。

まもなく？　アントニオは火の玉のごとく部屋に飛び込んできた。拳を握っていた。「先生、先生！」と彼は叫んだ。「聞いてください！」

アントニオはリグオーリの耳に拳を押し当てた。「聞こえますか、先生？」教授の耳にそれは聞こえた。悄然としていた顔がたちまち明るくなり、生気を取りもどした。ああ、すばらしき羽音！　すばらしい蝿だった。

「さあ、早く、見せてくれ！」アントニオの指が開いた。中から一匹の蝿が飛び立った。若い、

「この一匹だけじゃありませんよ」アントニオはうれしそうに言った。「大群でやって来ます。新しい種なんです……。みんな笑ってるでしょう！　スイス製の殺虫剤が聞いて呆れるってね。こんどの蝿は機関銃でだって殺せませんよ。ちょっと前に、例のスプレーも試してみたんです」

「試してみたのか？　それで？」

「ぴんぴんしてましたよ。あなたは正しかったんです、先生。新鮮な水でも振りかけたみたいでした。五分後には、前よりも速く飛んでいました！　退職願なんてとんでもない！」

ここでアントニオは黙り、耳をすました。午後の三時だった。町は陽射しの下でまどろんでいた。人の声でも、自動車のクラクションでもなかった。遠くのほうから鐘の音の残響のように、ある音が、神秘的な鳴動が聞こえてきた。それは、広大な世界を満たしながら、少しずつ近づいてくるように思えた。

では、どうして蝿の世界には、先に引用したような伝説があるのだろうか。実はもうひとつ、こんな伝説もあったのだ。

だが、全知全能の神は汝らのうちの一匹を指さすだろう。その蝿は刈り取りを生き延びるだろう。そして神のご意志によって、彼女は何千匹もの子をなし、その子どもたちの各々がさらに何千匹もの子を生むだろう。そして、その子孫たちが地上で無数に増殖するだろう。すると、異国人がふた

たび戦いを挑みにやってきて、息を吹きかけるだろう。だが、それは広い谷間を渡る朝の風のようだろう。そしてそのとき、空から大きな声が聞こえてくるだろう。ああ、蠅たちよ、汝らの王国が永遠にもどってきたのだ、と。

（「コッリエーレ・デッラ・セーラ」一九五〇年十一月三十日）

（1）ラバルバロ酒——ダイオウをベースにした苦みのあるリキュール。

鷲

Le aquile

フォッサ谷の数人のガイドたちが勇気ある冒険を成し遂げた。彼らは、ラルセク断崖の絶壁に作られたイヌワシの巣があるところまで辿り着くことに成功したのだ……。ガイドBは一羽のイヌワシの雛を捕獲することに成功したが、雛は彼の手を爪で摑んで暴れた。爪から逃れるために、ガイドは雛を岩に叩きつけるほかなかった。（新聞記事より）

おれは、フェルクの偉大な雄鷲だ。恐ろしいほど年を取り、今やおそらく不死の身になったおれは、あれから三千年余りの時間が流れたにもかかわらず、あの日の朝を昨日のことのように憶えている。

それは、谷にまだ道路も鉄道も、川にかかる橋もなかった幸せな時代だった。耳をすますと聞こえるのは、風や水の音、土や岩の崩れ落ちる音や鳥の声だけで、森には美味い獣がいくらでもいた。

そして、おれはまだ人間を見たことがなかった。

両親は、人間は奇妙な動物だと言って、彼らのことをよく語っていた。だが、おれは一度も彼らを目にしたことがなかった。人間は非常に醜く、おれたち鷲はもちろん、頭のよいマーモットやキツネよりも悪賢い、と両親は言っていた。人間にはくちばしもかぎ爪も翼も羽根もない。ネズミやヤマネでさえ体は毛で覆われているというのに、人間には毛と呼べるような毛すらない。どんな動物よりも動きは遅いにもかかわらず、悪知恵を使って大人のクマさえ殺すことができると。そして、人間のひとりはおれたち鷲の巣から卵を盗んで飲んだと語られていた。だが、おそらくただの言い伝えだろう。その頃の世界は、今よりはるかにずっと心地よかった。太陽はもっと輝いていて、山々は雄大で、森は緑にあふれ、何もかもが明るくて清らかだった。それとも、それは単におれの思い込みだろうか。おれの青春時代だったから、そう感じられただけなのだろうか？

今日でもおれたち鷲は断崖の王者だが、その当時は今のありさまとは比べものにならなかった。鷲たちは偉大で、威厳に満ちあふれていた。それから凋落が始まった。だが、それはおれたちのせいなのだろうか？　教えてくれ、どうか正直に言ってくれ。今日、これほど数を減らしてしまったのはおれたちのせいなのか？

それは早朝のことだった。高い山の頂はすでに白や黄色やバラ色に輝いていた。この上なく美しかった。だが、谷のほうでは、まだわずかに夜の闇が残っていた。澄んだ空、北からのそよ風、陽射しによって徐々に温められる岩の匂い。穏やかな一日が始まろうとしていた。

大好きな姉が、何か知らせでもあるかのように、大急ぎで飛んできた。彼女はおれがいるところまで昇ってくると、人間たちの巣を、雄と雌に三、四匹の子どもがいる巣を見つけたと伝えた。谷の奥の、川のほとりの小さな洞穴だそうだ。

「そこに連れていってくれ」と姉に頼んだ。おれは気分がよかったし、腹がすいていた。二人でその場所に急行した。「あそこよ」と姉が言った。「あの煙が上っているところ」もう、おれたちはゆっくりと降下していた。家族は全員、洞穴の前に広がる狭い草地で、朝の陽射しを浴びながら体を温めていた。

これが人間か！　おれは啞然とした。こんなに大きいとは、それにこれほど醜いとは、まったく想像もしていなかった。白い皮膚、体のところどころに生えている奇妙な毛、それに、前に垂れ下がった二本の脚。実に気持ちが悪かった。背中には動物の皮を、おそらくはヤギの皮をまとっていた。だが、リスのように後ろ脚で立っているさまに目を見張った。そして、残りの二本の脚を驚くほど多様な動かし方で使っていた。子どもには、頭をのぞいて毛がなかった。きっと柔らかくて、美味しいにちがいない。

おれは、逆光に位置するように努めていたが、少々へまをしてしまったらしく、とつぜん彼らはおれに気づいた。頭の毛が一番ふさふさしていて、二つの大きな乳房のある母親が、子どもたちをひとりひとり抱えて、急いで巣穴の中に運んでいった。その間、雄は、棒を振り回しながら、おれに向かって、聞いたことのないような叫び声で叫んでいた。それは、ふつうの哺乳類のように一通りの声でなく、さまざまな音でできていた。犬の声に似ているかと思えば、羊の鳴き声のようであったり、ミヤマガラスやクマやライチョウの声のように聞こえるときもあった。

ひどくショックを受けたおれは、巣にもどるなり、姉に言った。「待ち伏せするしかない。父親と母親が離れたら、急降下するんだ」「何のために?」姉が尋ねた。「子どもを捕まえるんだよ。見ただろう? きれいなバラ色だった。生まれたばかりの子豚よりもきれいだったじゃないか」「子豚みたいに美味しいなんてことは、ありえないわ」姉が言った。「豚より美味しい肉はないもの」

その場には、私の父と母、それに家族の友人の鷲たちもいた。その中に、フェルクで一番年寄りで、哲学者のように弁の立つ鷲がいた。議論が始まったのを憶えている。「若者よ」長老はおれに言った。「人間たちにはかまうな。あいつらは他の動物とはちがうのだ。空を飛ぶことはできないが、人間は自然の大いなる謎のひとつだ。人間は雷のように火を起こすことができる。石を積み上げたり、複雑な音を発したりすることができる。人間の知性は神の知恵の表れであり、宇宙の荘厳さを高めるものだ。人間を害することは冒瀆なのだ!」

「バカな!」おれの仲間のひとりが不躾にも反論した。「人間たちをのさばらしてみろ。きっとあとで後悔することになるだろうよ、爺さま。おれはやつらが崖をよじ登るのを見たんだ。カモシカのようだった。狩りに行くのも見た。棒を投げて、野兎を遠くから殺していた。やつらをほっておけだって! いつかここまでやってきて、おれたちの巣を焼いて、おれたちを八つ裂きにするだろう。宇宙の荘厳さなんてとんでもない!」けれども、長老たちの考えは同じで、彼らは人間に手を出すことを厳しく禁じた。

そのとき、おれはまだ若かった。長老たちの小難しい話に、おれはすっかり気後れし、その場は納得して黙った。だがすぐに、人間を狩りたいという欲求がよみがえり、地上に、草原に目を向け続けた。そして太陽が天頂にさしかかった頃、雄と雌の二匹の人間が連れだって巣穴から出るのを見た。やつらはおれたちを警戒してか、じっと空に目を凝らしていた。それから川下に向かい、あの独特な不格好な歩き方で巣穴から離れていった。おれはすぐに急降下した。

あっという間に、おれは洞窟の入り口に降り立った。洞窟は幅が広く、深くもなく、無防備だった。子どもたちは地面で遊んでいた。おれが彼らに襲いかかろうとしたとき、岩の背後からひとりの男が叫びながら立ち上がった。やせて、非常に背が高く、しわだらけで、長く白いひげをはやしていた。そして、どうやってかはわからないが、おれに石を投げつけはじめた。それはひゅーっと音を立てた。

驚いたおれはふたたび宙に舞い上がり、石の攻撃を避けるために距離を取りながら、彼らの巣の上をぐるぐる旋回した。その間、子どもたちは悲鳴を上げながら、そこらを走り回っていた。別の叫び声が川から答えた。両親がもどってきたのか？

おれはチャンスを逃さなかった。草の上で逃げようとしていた子どものひとりに、矢のように飛びかかったのだ。一番小さな子どもにちがいなかった。すでに飛び立ったおれは、爪の間に温かくて柔らかい子どもを感じていた。きっと美味にちがいない。

そのとき、下のほうで、それまで耳にしたこともない、非常に奇妙な音が聞こえてきた。確かめるために、少し高度を下げてみた。どうせ、もう誰もおれに手出しすることなどできはしない。それは母親だった。洞穴にもどってきた彼女は、おれのほうに二本の前脚をのばして身をよじらせていた。おれはさらに高度を下げた。いまや、細部に至るまで、彼女をじっくり観察できた。威嚇のつもりか、それとも懇願しているのか、あいかわらず前脚をのばして、身もだえし、全身をふるわせていた。顔は醜くゆがみ、目から水が流れ出ていた。けれども、もっとも印象深かったのは、その声だった。そのように悲しげな声は一度も聞いたことがなかった。

なぜだかわからないが、この声を聞くうちに、獲物を食べたいという欲求がうせていった。二、三度羽ばたいて、おれは空高く舞い上がった。だが、どれだけ昇っても、静寂にはたどりつけなかった。悲痛な叫び声は、そこまでおれを追いかけてきたのだ。おれの爪の間で震えている獲物が、俄かにずっしりと重く感じられた。

気を取り直すために、いつもよくそうするように、おれの王国の宮殿であり、聖堂である、偉大な断崖を見上げた。そしてそのとき、はるか頭上の、高い山の頂に、長老たちの姿を見た。空を背景にしてその黒い輪郭は、岩そのもののようにじっと動かなかった。翼をこわばらせ、まるで法廷に居並ぶ裁判官のようだった。何を待っているのか？　なぜおれをあんな風に見つめるのか？　突然おれは、自分が恥辱にまみれてしまったように感じた。

自分でもわけがわからなかったが、おれは飛ぶのをやめた。そして大きく輪を描きながら、崖に沿ってどんどん降下していった。

おれはそれを落とさないように、草地の上にそっと置くと、ふたたび舞い上がった。女は、見苦しいまでにワアワア泣きながら、自分の子どもに駆け寄った。

あれから三千年以上が過ぎた。おれは今では化け物のような老いぼれで、おそらくもう死ぬこともないだろう。その間に、なんとたくさんのものを見てきたことか！　人間たちはあらゆる場所に進出し、道を造り、森を伐り開き、動物たちを虐殺してきた。まもなくここにも、銃を持った青白い顔の人間たちがやってきて、我が物に振舞うことだろう。彼らはこの世界を美しくしているものを、ひとつひとつ奪っていった。そして、けっしてやむことなく走り回っている。まるで追い立てられているかのように、走り続けている。どうして、あんなに息を切らせて走っているのか。まるで、そうすれば死なずにすむかのように。

そうして、平和も、孤独も、静寂も無くなってしまった。そしていまや老いぼれたおれは、体を動かすのもやっとで、霞を食って生きているようなありさまだ。もう悩みも憂いもない。だが、いつも、あの遠い日のことを考える。そして心の中でつぶやく。「あのとき、おれはなんとうぶで、バカで、間抜けだったのだろう。鷲ではなくて、まるでガチョウだ。ああ、今一度、あの子どもをこの爪でつかめたなら！」

（「コッリエーレ・デッラ・セーラ」一九五一年七月二十二日）

英雄《ヒーロー》

L'eroe

ピアーヴェ川の左岸のヴィゾメに、私たちは、その辺りでしきりにうわさになっている犬を探しに行った。家を教えてもらい、そこに向かった。一軒の農家だった。庭先で、きさくな感じのする農夫に出会った。

「すみません。犬の話を聞きに来たのですが」

「犬ですって?」すると途端に農夫は警戒心をあらわにしながら言った。「ここには犬なんていませんが……」

だが、その言葉とは裏腹に、コンマの形をした長い尻尾の、よく動きまわる一匹のかわいらしい子犬が庭で遊んでいた。男は言い直した。「そのう……猟犬の子犬を買いに来られたんで? ひょっとしてパサさんの紹介ですか?」

「いえ、そうじゃありません。仲間の墓へ行って悲しむ犬の話を詳しくお聞きしたいんですが」

「また、どうして？」相手はますます疑り深げな様子で尋ねた。「聞いてどうされるんで？」

「いや別に。ただの好奇心です。私は大の犬好きでして。どうか、詳しい話をお聞かせ願いませんか」

「話すことなんて何も……だって何もなかったんですから……」

「何もなかった？　でも、こちらで、犬がマムシに噛まれて死んだんじゃないんですか？」

「だから？　騒ぐほどのことじゃありませんや！　山の上にボスコっていう名の犬がいて、マムシに噛まれたんです」

「で、死んだんですか？」

「いや、助けられないかと思って、麓に運んだんです」

「で、そのあとは？」

「そのあと、死にました」

「で、それで？」

「それで谷に埋めました。ほら、あそこですよ、見えますか？　あの、大きな木が何本か生えているところです……で、もう一匹の犬がえさを食べなくなった。そういうことです。ただそれだけですよ」

「でも、そのもう一匹の犬が、仲間が葬られた場所に通い続けたっていうのは本当ですか？　そこにチーズを運んだっていうのは？」

「チーズ？　いや、まあ……毎回チーズだったというわけでは……ポレンタだったり、骨だったりした日もありましたが」

「で、地面を掘って仲間を引っ張りだそうとしたんですか?」

「とんでもない。最初の一日ほど、地面を引っ掻いていただけです。そのあとはただ食べ物を運んだだけです」

「で、悲しげに鳴いていたんですか?」

「鳴いていた? そりゃ、最初はね。でも数日です」

「で、今もそこに通い続けているんですか?」

「いや。たまに行くだけですよ」

長い沈黙があった。それから私は言った。「その犬を見せてもらえませんか?」

そのとき、家畜小屋から一匹の犬が、ゆっくりとした足取りで出てきた。

グリフォン犬とポインターとふつうの牧羊犬の中間のような犬だった。色は赤みがかった黄色で、エルサレムの年老いたラビを思わせる、ごわごわした一種の顎ひげがあった。犬は、低い唸り声を上げながら、怒ったような様子で、近寄ろうとはしなかった。

「おや、うわさをすれば……ほら、見てごらんなさい!」農夫は、子どものようにわざとらしく驚いてみせながら言った。「あれが、あなたがごらんになりたかった犬ですよ! おいで、テル、おいで!」

だが、英雄《ヒーロー》は不愛想だった。あいかわらず近寄ろうとはせず、唸り続けながら、私たちを見つめた。それから、家畜小屋の中にもどっていった。

（「コッリエーレ・ディンフォルマツィオーネ」一九五一年十月二日）

警官の夢

Il sogno del vigile urbano

ある日のこと、警官のトマーゾ・フリジェリオは、道を間違え、気がつくと、見慣れない大きな広場にいた。そこには、ありとあらゆる種類の犬たちがひしめいていた。だが、どの犬も口輪をしていなかった。

罰金を科すためにさっそく反則切符の束を取り出した彼は、三つの不都合な状況に気づいた。まず、犬の数が多すぎて反則切符が足らなかった。次に、犬はいても、飼い主の姿がまったく見当たらなかった。三つ目が、一番困ったことだった。どの犬もみな、とてつもなく大きかったのである。もっとも小型の犬でさえ、バイソンくらいの大きさだった。少なくとも体高が四メートルはあるグレートデンもいた。その犬とくらべると、フリジェリオはまるで小人だった。それゆえ彼は、法の厳格な適用を思いとどまらざるをえなかった。

そのとき彼は、深く力強い声に呼ばれた気がした。「トム！　トム！」それは、犀ほどに大きくてたくましいボクサー犬だった。「おいで！　おいで、トム！」すると、警官は（意志に反して）その犬に向かって走らせようとする不思議な力を感じた。それだけではない。そばに行ったフリジェリオは、この大きな動物にくり返しぺろぺろ顔を舐められ、そうされることに強烈な喜びを感じたのである。そして、ここは犬の町で、ボクサー犬は彼のご主人であることを理解したのである。

大きな犬はのしのし歩きまわり、フリジェリオはその後ろをちょこちょこと追いかけた。まったく奇妙なことだが、三十メートルか四十メートルおきに、おしっこをしたいという猛烈な欲求を感じた。だが人間用の公衆便所がなかったので、塀に向かって用を足した。その間、犬たちは彼を優しいまなざしで眺めていた。

歩いているうちに、ボクサー犬は、知り合いのひとりに出会った。どことなくシェパードに似た姿の、気さくな感じの雑種犬である。「ほう」彼はフリジェリオを見て言った。「きみも人間を飼うことにしたんだね。よかったじゃないか。実にいい顔をした人間だ。なんていう名前だい？　トム？……おいで、トム、いい子だ、おいで……」そして、フリジェリオの顔を舌でぺろぺろ舐めはじめた。おかしなことに、そうされてフリジェリオは、すっかりいい気持ちになった。

「何歳かね？」雑種犬がたずねた。するとボクサー犬は答えた。「すでに大人になったのを飼いはじめたんだ。実を言うと、人間に家を汚されるのは好きじゃないんでね……二十五歳くらいにちがいない……」「で、今はぜんぜん汚さないのかい？」「もちろん」ボクサー犬は言った。「丸一日家の中に閉じ込めておいたって、一滴のおしっこも漏らしたりしないよ……本当に我慢できなくなったときにはクンクン鳴き出すから、外に連れていく」「へえ、とってもお行儀がいい人間なんだね……」「それに、やっぱり、警官は賢い人種だし……ぼくが住んでいるマンションには、ご主人のために毎日ひとりで買い物に行く警官がいるよ」「まさか！……人間が商品を選んだり、お金を数えたりできるっていうのかい？」「さすがにそいつは無理さ！　だけど、パン屋や、八百屋や、肉屋なんかを回ってお使いするんだ。店の者が、人間が手に持っているかごに商品を入れてあげてね……」「そう、警官は賢い人種だ……ぼくも、ひとり飼いたいと思うときがあるよ……だけど、警官は警戒心が強いし、意地の悪いところがあるからね……」「いやいや、そんなことはないさ」ボクサー犬はむっとした様子で反論した。「扱い方を心得ていれば大丈夫さ。もちろん、怒らせるようなことをすれば、すぐに癇癪を起すけどね」

そこへ一頭のドーベルマンがやってきて二匹の会話は中断した。「この人間は誰のです？」ドーベルマンは横柄な態度で尋ねた。「私のですが」ボクサー犬が答えた。「どうかしましたか？」「芝生を踏み荒らしているんです。申しわけありませんが、罰金を科させていただきます」じじつ、主人がおしゃべりしている間に、フリジェリオは抗しがたい誘惑に駆られて広場の真ん中にある芝生に勢いよく駆け込むと、制服が汚れるのもおかまいなしに草の上を転げ回っていたのである。

「トム！　トム！　ここ来るんだ、早く！」ボクサー犬はその場を繕おうと声を張り上げた。だが、もう後の祭りだった。ドーベルマンは非常に礼儀正しい物腰ではあったが、相手が何を言っても耳を貸そうとはしなかった。ボクサー犬は氏名や住所を訊かれ、秩序の番人はそれを反則切符に書きとめた。「こいつめ、またやらかしたな！」ボクサー犬はつぶやいた。だが、全然腹も立てずに、フリジェリオのベルトに鎖をしっかりとつなぎながら、彼の顔を何度も舐めてやっていた。

「今月になって三度目の罰金だぞ！　まったく、人間ってやつは金がかかる！」

このとき、警官は目が覚めた。まわりに目を遣った。よかった。ただの夢だったのだ。彼は規則に反して、公園のベンチに腰を下ろし、いつの間にか眠ってしまったのだ。さいわい、上司に見られずにすんだ！

すぐに立ち上がり、職務にもどって芝生や周囲の並木道に視線をめぐらせると、一匹の犬に気づいた。犬は、口輪をつけず革紐にもつながれずに、緑の花壇の上で転げ回っていた。だが、そばのベンチに座っている、犬の主人の若い婦人は新聞を読むのに夢中で、全然気づいていなかった。

フリジェリオは、幽霊が使うテクニックによく似た、警官の特殊なテクニックを用いて、規則に則って接近行動をとった。そして、犬から一メートルのところで、まるで地中から魔法によって現れたかのように、とつぜん飛び出した。

けれども、ここで、彼は当惑して、はたと立ち止まった。犬はボクサー犬だった。その犬を見れば見るほど、どこかで見たことがあるような気がした。そして、二つの目と目が合ったとき、フリジェリオは奇妙な動揺を感じた。いや、見間違うことはありえなかった。サイズこそ小さいが、それは彼の元飼い主、夢に出てきて、彼のせいで何度も罰金を払わされた、あの恐るべきボクサー犬だった！

フリジェリオはすでにポケットから反則切符の束と複写用の鉛筆を取り出していた。そして犬の主人は、現行犯で押さえられた犯罪者特有の慌てぶりで、立ち上がっていた。だが犬は、何も言わず、善意と憐れみと叱責がたっぷりこもった、抗いがたいまなざしで男をじっと見つめていた。その目はまるで、こう言っているかのようだった。『人間よ、忘れたのか？　三十分前、おれはおまえのあこがれの人で、おまえの父なる神だった。おまえはおれを王のように崇めていた。それなのに、今はおれを足蹴にするのか！』

フリジェリオは、恥ずかしさのあまり顔から火が出そうだった。紙と鉛筆をポケットにもどし、小さくなった。そして、わけのわからない言い訳をぶつぶつつぶやきながら、その場から立ち去った。

（「コッリエーレ・ディンフォルマツィオーネ」一九五二年三月十八―十九日）

彼らもまた

Anche loro

（博物学者たちは私のこの報告を笑うだろうが）数日前の朝の十時半頃、私は河原で、翅のある、黒くて体のほっそりとした昆虫を——喪服を着た小さな蜂を思い浮かべてほしい——観察していた。おそらく狩り蜂の一種だ。自分の図体にくらべれば岩山のように大きくて滑らかな石の間を、その小さな生き物は、まるで遅刻するのを怖れているかのように、ひどく慌てた様子で、後ろ向きに進んでいた。顎でなにやら灰色の物体をくわえて、引きずっていたが、それが何なのかは、すぐにはわからなかった。蜂は急いでいたので、時折、何かの障害物にお尻が当たって、その衝撃でくわえていたものが口から落ちて、石の間のクレバスに滑り落ちた。

そのときの蜂のうろたえぶりといったらなかった。狩り蜂は獲物を探してうろうろしていた。獲物は——そのように蜂が獲物を見失ったときに確かめることができたのだが——河原に数多く棲んでいる、ありふれた灰色の小さな蜘蛛だった。体に傷はなかったが、毒針のひと刺しによって麻痺し、もはやいかなる抵抗もできないにちがいなかった。

この蜂の行動は、奇妙な出来事のほかならぬ先触れであったのだが、そのことに気づけたのは、それが起きたときに、たまたま私が眺めていたからだ。けれどもそのとき、のどかな真夏の河原には、生命が沸き立っていた。太陽が輝き、虫の羽音が行き交い、川の小さな支流が石の間をさらさらと流れていた。大地の深い静寂の中で、川のせせらぎは奇妙に変化した。あるときは、茂みの向こうで二人の女がおしゃべりしているように聞こえ、あるときは石の上を木靴で歩いているように聞こえ、またあるときは、まさに音楽のように、哀調を帯びた歌のように聞こえた。さらにまた、無限の彼方からやって来て、けっして終わることのない退屈な物語を延々と語っているように思えるときもあった。

不意に――そしてまさにこのとき、その現象が始まったのだが――最初の蜂と同じ種類の、別の蜂が現れた。だが、その蜂は前に向かって進み、蜘蛛も運んではいなかった。そして、せかせかとした足取りで、仲間のほうに進んでいた。私は、最初の蜂に襲い掛かって蜘蛛を奪い取るつもりなのだろうと思った。ところが、蜂は相手のそばまでやってくると、五十センチばかりの距離を並んで歩いた。話しかけているのだろうか？　情報でも求めているのだろうか？　それとも、何か命令を伝えているのだろうか？　私はただ、見たままを伝えることしかできない。

相手から話しかけられているうちに――これはもちろん、科学的な根拠などない私の印象にすぎないが――最初の蜂、つまり蜘蛛を運んでいるほうは歩みをゆるめ、しかももう先ほどのようには急いでいないように見えた。まるで、もう一方の蜂が説得を続けて、苦労して獲物を運んでも無駄だということをわからせたかのようだった。じっさい、最初の蜂は、ある時点で、とつぜん考えを変えたかのように、蜘蛛を放すと、仲間とともに、大急ぎで川下に向かって去っていった。

ここまでは、不思議なところは何もない。狩り蜂を見失った私は、ふと、石の間や砂の上をせかせかと進む七、八匹の蟻の群れを目に留めた。蟻たちもまた、北から南へ流れる川を、やはり下流に向かって進んでいた。だが奇妙なのは、すぐ近くに別の蟻が通りかかると、群れから一匹が離れてその蟻に追いつき、しばらく話していたかと思うと、二匹とも大急ぎで逃げてゆくグループに合流したのだ。

それはあまりに奇妙なことだったので、私は三十メートルばかり群れを追った。その三十メートルの間に、群れは、使者を通じて知らせを受けた新しい蟻たちが次々と加わって膨れ上がっていった。だが、一体何を知らせたのだろう？　ただ、誘いに応じようとしない蟻が一匹だけいた。本隊から派遣された使者はしばらく相手と議論していたが、説得するのは無理だと悟るや、その蟻を置いて、大急ぎで群れにもどった。

私たち人間とは大きくかけ離れている生き物たちの行動を解釈する際には慎重でなければならないということは、私もよく承知している。とりわけ、彼らに人間のような感情を投影させようとする無意識の誘惑には抵抗しなければならない。それはわかっている。だが今回ばかりは疑う余地などなかった！　どんなに懐疑的な観察者であっても、以下のような結論を引き出さざるを得ないだろう。第一に、狩り蜂の場合も、蟻の場合も、ある知らせが個体から個体へと伝えられたということ。第二に、その知らせは普段の生活の秩序を大きくかき乱すほどのものだったということ。三つ目は、虫たちはその知らせを知って逃げ出したということである。

知らせは、蟻と狩り蜂にだけ関わるものなのだろうか？　ひょっとすると、もっと対象範囲の広い警告で、あらゆる昆虫たちに向けられたものなのだろうか？　鳥や哺乳類、魚や爬虫類や両生類にまで及ぶのだろうか？　人間にも関係があるのだろうか？　きっと、そうだ。周囲を見まわした私は、さらなる不安な徴に気がついた。

ミヤマガラスが一列縦隊になって南に向かって飛んでいた。先頭を行くカラスたちは、時折鳴いていた。わびしい響きのこもった「カー、カー」という声が、谷の一方の側からもう一方の側へと谺した。そして、その呼び声に応えるように――それとも単なる偶然だろうか？――別のミヤマガラスの一団が森の中から飛び立って、ゆっくりと羽ばたきながら縦列を組んだ。普段なら食べ物を求めてうるさく飛びまわっている羽虫たちが、今はふらふら舞うことなく、まるで弾丸のような、低く張りつめた軌跡を描きながら、まっすぐに飛び去っていこうとしていた。さらに、もっと高いところでは、ブヨか蜜蜂か羽蟻か、遠くからでは見分けがつかない虫が大きな群れになって南に向かって飛んでいた。

神秘的な言語によって伝えられた知らせは、水の中にまで広がっていった。すでに述べたように、私がいる場所には、川の小さな支流が流れていた。そこでは、小さな矢のような何百匹もの小魚たちが、怯えたように、流れに乗って身をくねらせていた。最近の洪水で河原にできた小さな水たまりでは、動揺は、ぬめぬめした何かの幼虫にまで広がっていた。その中には、尻尾を動かしてくねくねと移動する、エビのような形をした虫もいた。彼らは、ふだんの落ち着きを失っていた。逃げるに逃げられず、まるでパニックに陥って狂ったように右往左往するばかりだった。

　だが、この人知れぬ混乱の外では、深い静寂が訪れていた。太陽は中天で止まっているかのようだった。私は、ひょっとして何か——煙か、影か、何かの危険が——目に留まらないかと、高い山の懐に向かって谷が狭まっている北のほうに目を凝らした。だが、何も見えなかった。山々は、悠久の時が過ぎ去っていくのを待ちながら、物憂げな表情でたたずんでいた。そして山の上では、カンガルーの形をした白い大きな雲がゆっくり崩れていこうとしていた。

　知らせは、川や野原に棲んでいる無数の生き物たちに行き渡ったのだろうか？　この大きな不安は何を意味しているのだろう？　彼らはなぜ逃げるのだろう？　どんな大災厄が近づきつつあるのだろう？　人間たちは呑気に寝ていても、動物たちは何時間も前に地震を予知すると言われる。だが、地震が差し迫っているのであれば、どうして、地震が害を及ぼさないスズメバチやミヤマガラスや魚たちまで逃げるのだろう？　地震どころか、まるで生き物たちを全滅させてしまう敵か、怪物か、破滅が北から襲来するかのようだ。

　家に帰ると、私は見たことを伝えた。みんな、馬鹿げた空想であるかのように、笑い出した。だが彼らも、日が暮れて田園に夜の帳が降りた頃、たくさんの影が草地を走り去っていくのを目にした。雲が月を覆っていたので、よくわからなかったが、おそらくノウサギか、キツネか、アナウサギか、猫か、テンなどだ。そして、彼らは、暗くなるのを待って、逃亡を開始したのだ。どの動物たちも、同じ方向に、南に向かって、息せき切って駆けていた。

　逃げてゆく動物たちの不安な騒動は何時間も続いた。それに、毎晩、私たちを悩ませにやってくる蝿や蚊はどこにいるだろう？　毎日きっかり十一時に屋根裏部屋で駆けっこを始めるネズミは？　恋人を求めていつも気味の悪い声で鳴く猫は？　一週間前から階段の天井に網を張っている蜘蛛は？　蜘蛛の巣は空っぽだった。みなどこにいるのだ？　逃げてしまったのか？　では、私たちは？　人間には危険はないのか？　家の中は死んだようだった。これほど虚ろで静かなときは一度もなかった。外では、犬たちだけが、家から家へと鳴き合っていた。知らせを伝え合うのに疲れないのだろうか？　一体何の知らせなのだ？　私たちには皆目わからなかった。ラジオは平和で退屈なニュースを流していたが、やがて聴取者に「おやすみなさい」を伝えた。滑稽に思われたくなくて、私たちは寝ることにした。

なんと長い夜だったことか。白状すると、私は一睡もできなかった。雷鳴か地鳴りか、長い緊張を解いてくれる何かが聞こえてこないかと、耳をそばだてていた。そして時々、窓辺に行っては、北のほうを見た。だが、そちらには、ただ山があるだけだった。

時計はすでに五時を示していた。窓の真下の芝生の上を何か黒いものが動いたとき、夜の闇はすでに前よりも薄らいでいた。アナウサギだった。耳をアンテナのようにぴんと立てて、恐る恐る慎重に進んでいた。だが、そのウサギは、この極めて特殊な状況においては、特異な存在だった。というのも、その辺りのほかの動物たちとはちがって、逃げるどころか、北に向かって進んでいたからだ。

変わり者なのだろうか？　留まることを選んだ懐疑的な頑固者なのだろうか？　それとも、単に知らせを受けていなかったのだろうか？　だが、そこへ、別のアナウサギが生垣からぴょんと飛び出してきて、最初のウサギと並んだ。こんどのウサギも疑り深そうに周囲を見まわした。そのとき、私の心に戦時中の光景がよみがえった。爆撃が終わり、遠ざかっていく爆撃機の轟音がまだ聞こえているさなかに、無鉄砲ぶりを発揮し、防空壕から真っ先に出て、見慣れた壁が無くなっていないか確かめるために周囲を見まわす人々の姿だ。

三つ目の影が——こんどはノウサギだろうか？——むこうに見える塀をかすめるようにさっと通り過ぎた。さらに、二頭がそのあとを追った。彼らも北に向かって行った。それから、新しい日の光が広がっていくにつれ、死の静寂は溶けていくように思えた。一羽の鳥が山を目指して飛んでいった。さらに、ひとつの群れがあとに続いた。子どもたちを引き連れたヒキガエルが芝生の上を歩いていた。そう、彼らはもどってきたのだ。恐怖は過ぎ去った。知らせは撤回されたのだ。そして、何もかもが以前と同じように動き出していた。

さらに時間が経ってから、私は河原に行ってみた。前の日に狩り蜂が獲物を置いていった場所で、死んだ蜘蛛を見つけた。私は待った。狩り蜂はふたたび現れた。しばらく休んでいたのちに職場に復帰した者が、遅れを取りもどそうと、周りに目を遣るときのように、蜂はすばやく石の間を見まわした。獲物を見つけると、後ずさりしながら、巣穴があるとおぼしき方向に、蜘蛛をふたたび引きずりはじめた。河原は命を取りもどしていた。太陽が輝き、虫の羽音が行き来し、水が石間をさらさらと流れていた。辺り一面に広がる大地の静寂の中で、その水の声は、あるときは二人の婦人のおしゃべりに、あるときは近づいてくる足音に、またあるときは彼方からやってくる音楽に、さらにまたあるときは、果てしないお話に、シベリアやアメリカからやってきた眠気をさそう物語のように聞こえた。

「一体、あの動物たちは何を思ったんだろう?」私に付き合った友人がつぶやいた。「あんなにパニックになって、あれだけ大騒ぎをし、我先に逃げ出して、あげくに何もない。何も起こらなかった……まったくなんて愚かなんだ、動物たちは!」

(「コッリエーレ・デッラ・セーラ」一九五二年九月十日)

豚

Un suino

　友人のナーネ・ファメガの農場で——それは戦争がもっとも過酷だった一九四四年のことだったが——私は驚くべき豚を目にした。何もかもが欠乏していたその頃、豚は神のごとき存在だった。たとえ貧相な豚であっても豚を所有している者はその土地の名士のように一目置かれた。

　その当時は、豚というだけで、崇拝と讃嘆の対象になったのだ。だが、私が言うその豚は、おそらく平和で豊かな時代であっても、見る者に強烈な印象を与えたことだろう。はちきれんばかりに肉が張り、丸々と肥っていたが、ただ単に大きいからではなかった。印象的なのは、体全体から発せられる、充実感と横溢感と威厳に満ちた輝きだった。そしてあの鼻！　動物の体が秘めている消化吸収の能力を一点に凝縮させたような鼻だけでも、力強くて憂いを帯びたあの鼻先だけでも、感激するには十分だった。ただ眺めているだけで、将来豪勢なブラチョーラ〔炭火で焼いた牛や豚のステーキ〕や特大のサラミに変ったときの光景が思わず心の中に浮かんできて、それだけで、その当時ひときわ旺盛であった食欲を不思議と鎮めてくれた。

ナーネはその豚を愛していた。彼は、温かくて潑溂としたユーモアたっぷりの空想力を備えた農夫だった。その豚を目にしたとき、私は「すばらしい！」と叫んだ。「すばらしい？」ナーネは訊き返した。「すばらしいなんてもんじゃないですよ。今年のクリスマスには、ポンペーオは己の真価を見せつけてくれることでしょう！」牧草地に連れていく間も、彼は豚に向かって諄々と説き聞かせていた。「いいか、ポンペーオ。おれたちは戦争中だ。みな、わずかな配給品で細々と食いつないでいる。もう涙も涸れちまった。ポンペーオ、そいつを忘れるな。おまえはおれたちの唯一の希望だ。食べろ、ポンペーオ、よく考えて食べろ。一番いい草を選ぶんだ。しっかり太れ、ポンペーオよ。祖国はおまえに大いに期待しているぞ。この戦争はもう負けだ。せめておまえは誉れとなれ」ポンペーオは黙って、深い思いやりに満ちた目で彼をじっと見つめた。

その後、私は田舎を離れることになった。そのあとはナーネの消息も耳にしなかった。十二月の終わりに、人を介して小さなサラミソーセージの贈り物を人目につかないように受け取るまでは。「ポンペーオのささやかな思い出に」というメッセージが添えられていた。その時代はそれが普通だったが、とても小さなサラミだった。けれども、そのサラミは実にすばらしい代物だった。戦争よ、欠乏よ、抑えつけられてきた食への渇望よ、さらば。小さな一切れを口に入れただけで、幸せな思い出が怒濤のようによみがえった。それを嚙みしめている束の間の時間、私は奇跡のように、腹いっぱい食べることができたよき時代に連れもどされ、現在の不安は薄れていった。そのサラミは、肉体的な躍動感、力強い霊感、美味なるものが生み出す陶酔感を秘めていた。そう、空襲警報が鳴り響こうとも平気だった。そのような支えさえあれば、怖いもの知らずだった。

けれども、サラミはとても小さかったので、午前中しかもたなかった。非常に高い効能を備えてはいたものの、その思い出は、次々と起こるさまざまな出来事の中で忘れ去られていった。それから何か月かが過ぎ、戦争も終わった。その後も、時間はひたすら流れ続け、一年、二年と過ぎていった。そしてようやく昨日、私は友人のナーネの家をふたたび訪れることができたのだった。さいわい、田舎は昔のままだった。太陽が同じように輝き、鳥たちも同じようにさえずっていた。ナーネ・ファメガもほとんど変わりがないようだった。もしそのとき、ひとりの店員が「ナーネさん、母に頼まれて来ました。ポンペーオの骨を貸していただけませんか？」と声を張り上げながら、自転車で麦打ち場に入って来なければ、あのサラミのこともきっと思い出すことはなかっただろう。「ああ、いいとも」と、ナーネは陽気に答えて家に入ると、すぐに、三十センチはあろうかというりっぱな骨を持って出てきた。「でも、かならず、明日の朝には返しておくれ」彼は言い添えた。「フォルメンティーニさん家に貸す約束なんでね」店員は骨を持って帰っていった。

田舎で見られる、いわゆる「出汁骨」の習慣は知っていた。つまり、ハムを食べ終わったときの残りの骨を、水を張った鍋に入れて煮て、溶け出した脂を日々のスープに使うのだ。時には、骨を煮出しただけでスープができた。同じ骨が何週間も何か月も休むことなく仕事をし、貧しい家庭は、毎晩、貴重なお守りのようにその骨を貸し合った。

私は、この微笑ましい習慣のことは知っていたので、それについては驚かなかった。私の興味を引いたのは、ポンペーオという名前だった。「ポンペーオ？」私は尋ねた。「同じ名前の別の豚かい？　あの豚の子孫かい？」

「いやいや」ナーネは答えた。「同じ豚ですよ。戦争の時代のポンペーオです」そして彼は驚くべき話を語った。

あれから八年が経っていた。その間、新しい幾世代もの数多くの豚たちが食べられ、消化されてきたというのに、豚のポンペーオは、その名残は、いまだに現役のままでいるのだった。もう何千回と煮られたにもかかわらず、ハムになった彼の太ももの骨のひとつは、まだ完全に使い尽くされていなかった。それどころか、骨を水で煮るだけで美味しいスープができるのだった。豚は、大いなる誠実さと周到さ、さらに言えば愛国心を持って、大地から最良の栄養分を吸収したのだった。そして体の中にたっぷり蓄えられたその養分は、いまだ尽きていないのだ。くり返し煮られるうちに小さな穴がぽつぽつあいた白っぽい太いろうそくのようになってしまったが、それでもなお骨は驚くべき旨味をしみ出させることができ、村の農家の人々は、まるで聖遺物のように、その骨を奪い合っているのだった。

なんという根性！　なんという驚嘆すべき豚！　まさにプロ意識と愛他主義の鑑！　村では、ポンペーオの名前は伝説だった。人々は彼の姿とその偉大な功績を思い返す。彼らは頭を振りながら言う。「ああ、あいつみたいな豚は二度と生まれないだろう」と。そして日が暮れて、穏やかな空に夕餉の煙が立ち昇る頃になると、あの恐るべき豚の霊が村の上をふわふわと漂っているような気がしてならないのである。


（「コッリエーレ・ディンフォルマツィオーネ」一九五二年六月二十五―二十六日）

しぶとい蠅

La mosca resistente

ベッドに横になって、明かりをつけたまま眠りに落ちようとしていたとき、一匹の蠅がやってきた。蠅は、鼻や顎や腕などの敏感なところにとまった。べとべとする脚をしていた。まったくもって不快だった。私は何度か手で叩いた。だが、命中しなかった。さっと飛び去っていき、もう姿が見えなくなった。と思ったのも束の間、こんどは耳の上を這いまわっているのを感じた。こんなことが、少なくとも十五分は続いた。

どうして蠅が？　蠅どもはこの地上から一掃されたはずなのに？　何より、蠅がいたことすらすっかり忘れていた。そう、もうずいぶん前から――二年になるか、それとも三年だったか？――私たちの国では蠅はもう見られなくなっていた。きっと、例外的な生き残りだろう。だが、うっとうしかった。うっとうしくて、まことにしつこく、手の込んだいやがらせをした。

とうとう私はベッドから起き上がって、『今すぐ、きっちり片を付けてやる』と思いながら、殺虫剤のＤＤＴを噴射するピストン式噴霧器が戸棚にしまってある台所に向かった。蠅は、私が武装してもどってきたのを見ると、鼻の上にとまった。そして、ちょこまかと歩きまわった。

私は噴霧器を操作した。シューッという音とともに、穴から霧が吹き出た。空中に、独特な匂いが広がった。それは、けっして不快ではなく、アフリカの記憶を呼び起こした。うまい具合に、やつはたっぷり殺虫剤を浴びた。さあ、悶え苦しみながら、ポトンと落ちてくるぞ、と私は思った。ところがそうはならなかった。蠅は優雅な動きを見せながら飛び去った。ブンブン羽音を立てていた。それから私の額にとまった。せかせかと皮膚の上を這いまわる脚を感じた。

落ちてくるさ、と私は心の中でつぶやいた。知られているように、この強力な殺虫剤がもたらす神経中枢の麻痺はすぐにその効果が現れる。私は、蠅が死んで落ちゆくさまをすでに頭の中で思い描いていた。

蠅はふたたび飛び立った。私は、さらに二回、死の烈風をどっぷり浴びせることに成功した。蠅は面白がっているようだった。「おい」と私は蠅に話しかけた。「くたばる気はないのか？　おまえは不死身なのか？」

「へっ、へっ」彼女《はえ》は小さな、だが幾分嘲りのこもった声で言った。「どうぞ、あんたのそのコーヒーミルで、好きなだけ吹きかけてちょうだい。おバカさん、まだわからないの？　私にはＤＤＴは効かないことが」

「つまり」好ましからざる状況に直面した私は言った。「つまり、まだ足りないと言いたいのか？　なら、さあ、たっぷり食らえ！」私はポンプを操作して蠅に毒を浴びせかけた。

「おバカさん」蝿は言った。「間抜けもいいところだわ。あんたのその燻蒸器は私には蛙の面にションベンよ（ママ！）。あんたは遅れてるわね。もう何年も前から、私たちの一族は、ＤＤＴなんて怖れてないの。私たちは繁栄し、数を増やし、失われた居場所を取りもどした。立派な家柄なの、私たちは。あんたたちのがらくたには笑いが出ちゃう」

「つまり」私は言った。「ＤＤＴは役に立たないというのか？　薬が体に入っても毒にやられないと？　一体、おまえはどんな種類の蝿なんだ？」

「私は新種なの。私のご先祖様は――五、六年前のことだけど――大掃討が行われたとき、カンポバッソにいた。カンポバッソには、それはたくさんの蝿がいた！　何百万匹、何千万匹とね。そこらじゅう蝿だらけだった。祝福された土地だった、あそこは！　でも、ＤＤＴの散布が始まった。大虐殺だった。蝿たちは、文字どおり蝿のようにバタバタ死んでいった」

「それで？」私は言った。

「それで、あんたにもわかるでしょうけど、蝿にも神様がいるの。蝿にとって何千年も昔からずっと楽園だったイタリアは、蝿を根絶やしにしようとしていた。シチリアや、カラブリアや、ルカーニャや、プッリャの、さらには北のアルプス山脈に至るまで、すべての蝿が殺され、卑怯なやり方で毒殺された。無数の蝿たちが虐殺された。もう、神に魂をゆだねるしかなかった……」

「ところが？」

「ところが、どういうわけか、一匹だけ恐ろしく強健な蝿がいた。蝿一族のチャンピオン、神々の寵児が。つまり、私の偉大なご先祖様よ。目立たない、誰にも見向きもされないようなタイプだった。でも、彼女はしぶとかった。人間たちは怒濤のように毒を吹きかけたけど、彼女は平然と飛びまわっていた。香水でも振りかけられたかのように」

「一体なぜ？」

「それは私にもわからない。驚異的な耐性を持っていたのか、運命のいたずらだったのか、ともかくイタリアにいたすべての蠅の中で、彼女だけが、私のご先祖様だけが死ななかった。ほかの蠅は一匹残らず死んでいった。何十億匹、何兆匹と。でも、彼女はちがった。前よりも元気で潑剌としていた。『偉大なる耐性蠅』だったのよ！」

「で？」

「で、この祝福された蠅は、この世に六百十四匹の子どもを残したそうよ。そのうち、六百五匹はふつうの蠅で、ＤＤＴを一度浴びただけで命を落とした。でも、九匹は生き残った」

「ということは？」

「そう。九匹の蠅は九十匹なった。九十匹は九百匹に。九百匹は九千匹に。九千匹は九十万匹に。一族は勝利した。殺虫剤の連中もお手上げってわけ」

「要するに、おまえは？」

「彼らの一匹ということになるわね。だから、ＤＤＴは私にとっては酸素みたいなものよ」

その間、私は枕の下からハンカチを取り出し、それを二つに折って槌のようにした。

「ひっ、ひっ」蠅は声を上げた。「ハンカチで私を殺そうっていうの？　笑わせないで。そんな原始的なやり方でうまく行くと思うの？　ぼろきれなんかで！　ひっ、ひっ」

ピシャリ。私は力一杯叩いた。蠅はシーツの上で死んでいた。もう動くことも、羽音も立てることもなかった。シーツの上の小さな染みに成り果てていた。

（「コッリエーレ・ディンフォルマツィオーネ」一九五二年八月二十八―二十九日）

進歩的な犬

Un cane progressivo

私の家の前には、カーテンのむこう側にある非常に重要な国の大使館がそびえている。付け加えれば、この国の名前はRで始まるのだが、それ以上は言えない。

大使館は庭の真ん中に立つ立派な建物で、庭はプライヴァシー保護のため、鉄板を張った高い柵で囲まれている。それだけではない。部外者の目を避けるために、柵の内側にはユーカリの木が立ち並んでいて、柵を越えてさらに二、三メートルも伸びていた。

けれども木々は不揃いで、こんもりと葉が茂っているものもあれば、逆に葉がまばらなものもあった。だから、六階にある私の家からは、庭の一隅を眺めることができた。といっても、それは、芝生の一角のごく狭い範囲にすぎなかったが。

残念ながら、興味深いことは何ひとつ起こらなかった。人ひとり見かけることもなかった。昨年そこを、時々一頭の犬が歩いているのを見た。

ゴルソフ大使の犬だろう。黄色っぽい毛並みの、若くて健康的な大型犬で、姿形はシェパード犬とマレンマ犬の中間のようだった。全体的に美しくて魅力的な犬だった。時折、囲いの内側から、「パルカン！　パルカン！」と呼ぶ声がした。犬の名前にちがいない。

この犬は、ほとんど毎日、外に連れ出されて通りを散歩した。革紐を握っているのは大使館の用務員だった。四十代くらいの、小太りで、おっとりとした感じの男で、タバコを立て続けに吸っていた。

私も犬を飼っていた。カリーゴラという名の、由緒正しい血統を持つ黒のプードルで、数えきれないほどの賞をもらっている。

何度も顔を合わせるうちに、二頭の犬は視線を交わすようになった。さらに、匂いを嗅ぎ合うようになった。やがて、二頭は大の仲よしになり、会うたびにおしゃべりしていた。一体何を話しているのだろう？　用務員は犬たちを好きにさせておいた。

私のほうは嫌だった。私はブルジョワで反動的な人間なので、カリーゴラが、おそらく頭の中は革命理論で一杯だと思われる、あのような犬と付き合うのが気に入らなかったのだ。姿が見えなくなった彼を、何度呼んだかわからない。自由気ままな生活に慣れ切っていたカリーゴラは――道路を上手に渡れるので、私はよく彼をひとりで外に出していたのだが――家から抜け出すことがあったのだ。そして、私の知らぬ間に、パルカンと会っていた。だが、この友情は残念な結果をもたらした。カリーゴラは頭がイカれてしまい、わずかな間に、以前の彼の面影はなくなってしまった。

それまでは、おしゃれにひどくこだわっていた。首輪や口輪や革紐や犬用のマントは、どれほど豪華で洗練されたものを用意しても満足しようとしなかった。何時間もかけて念入りに毛づくろいをした。お出かけの前には、櫛でとかしてやった。そのあとカリーゴラは、アンピール様式の姿見の前で、身だしなみをチェックするのだった。ベッドは、専用の小さな簡易ベッドで、冬はフランネルの、暑い季節には綿で覆われた羽毛のマットレスを敷いた。そうしなければ、寝付こうとしなかった。食べ物についても、彼ほど気難しい犬は、この世に一握りしかいないだろう。要するに、本当にわがままで、気取り屋で、傲慢と言ってもいいような犬だった。

ところがわずか数日で、カリーゴラは別の犬のようになってしまった。泥だらけで、全身の毛がボサボサになって家に帰ってきた。馬鹿にしたようにブラッシングを拒絶した。もう鏡を覗こうともしなかった。顔を上げて、尻尾をぴんと立てて、スペインの大貴族のような高慢な足取りで歩くこともなくなった。それどころか、くたびれた雑種犬のように、脚を引きずり、頭はうなだれ、尻尾を垂らして歩いていた。二度とベッドで寝ようとはしなかった。暗い部屋の隅の、むき出しのタイルの上で体を丸めた。ある晩、無理やりマットレスの上に寝かせると、そこにおしっこをして、侮蔑の意を示した。

「カリーゴラ」私は言った。「どうしたんだ？　飴はもうほしくないのかい？」そう言って、私は彼の食欲をそそってみた。

「少しほっといてくれないか」カリーゴラは、しぶしぶ目でそう答えた。「今はそんな気分じゃないんだ」

「心配事でもあるのかい、カリーゴラ？　今夜のご飯は美味しくなかったのかい？」

「ご飯！　ご飯！」彼はしつこくあざけった。「きみが、このような排他主義的で反動的な精神の奴隷でいられることがまったく信じられないよ。歴史主義の観点に立ってぼくの切なる望みを理解できないということがね」

私たちがもはや理解し合えないことは明白だった。プロパガンダが——あのいまいましいパルカンめ！——彼をすっかり変えてしまったのだ。今や私の家にいるのは、信頼できる友人ではなく、私を憎んでいる反逆者、過激派だった。彼の目に映る私は、搾取者、利己主義者、社会のくずだったのだ。

その後カリーゴラは家出するようになった。三、四日も家を空けた。帰ってきても、私には目もくれなかった。一体どこに行っていたのか？　ある日、窓の外を覗いて、大使館のほうに目を向けたとき、偶然に彼を見つけた。私のプードルは、パルカンと熱心に話しながら、今では自分の家のように庭園を散歩していた。

私は降りていき、大使館のベルを鳴らした。片言のイタリア語をしゃべる門衛が出てきた。私は言った。「私の犬がそちらのお庭に入ってしまいました。どうか、連れ出していただけませんか」相手は驚いた様子は見せなかった。「ありえます。ありうることです。車が出入りしますから、犬がもぐり込むのはありうることです。これが初めてではありません！」そして、ふふっと曖昧な笑みをこぼすと、さらにこう言った。「でも、犬の自発的な意志からです。私たちがよそ見をすると、犬が入ってきます。犬はきれいな庭を見て、入ってきます。でも自発的な意志からです！　私たちはよその犬は欲しくありません！」

彼はその場から離れ、私の犬を連れてもどってきた。犬はひどく不機嫌な様子だった。私は詫びなければならなかった。

おそらくパルカンに誘われて、カリーゴラは三度も庭にもぐり込んだ。そのたびに、私は彼を引き取りに大使館に出向く屈辱を味わった。そして、彼はますます気むずかしくて苛立たしげな様子で、私といっしょに家に帰った。四度目には、もう迎えにいかなかった。

彼は進歩的な意識を持つに至ったのだろうか？　彼の世界観は、弁証法的で階級的な地平に向かって広がってしまったのか？　今や、私を軽蔑しているのか？　飼い主である私は、彼の恨みがましいまなざしからほとばしる、あの絶え間ない非難にもう耐えられなかった。なら、好きにすればいい！　もう二度と探すもんか。

こうして、彼はいなくなった。大使館のスタッフの一員として雇われたのだろうか？　それとも他の場所に移り住んだのか？　新しい飼い主は誰なのだろう？　それとも、飼い主はもういないのだろうか？　私にはどうでもよかった。庭をのぞき見することもやめてしまった。私はひどく侮辱されたように感じていた。ずっと王様のように扱ってきたのに！　だから、もう忘れることにした。時間が解決してくれた。日が経つにつれ、気持ちは収まっていった。ただ、時折思い出が小さな痛みのように、針で刺す痛みのようによみがえった。

やがてある日——数か月が過ぎた頃だったが——カーテンのむこう側への旅からもどってきたジャーナリストの友人と出会った。彼は、私の家の前にその大使館がある非常に重要な国の首都も訪れていた。Mで始まる有名な大きな都市だが、それ以上は言えない。

「ところで」この友人は私の肩を叩きながら言った。「じつは奇妙なことがあったんだ。ある日、モ○○○で、○の広場を歩いていたときのことだけど、まるで幻でも見たのかと思ったよ。そのときクレ○○○（今日、政府の中枢となっている古い宮殿だ）の扉から、制服を着た若者が運転する一台の車が出てきたんだが、後ろの席には、私服姿の威厳たっぷりの五十代の人物が座っていた。そして、この人物の傍らに、誰がいたと思う？　きみもよく知っている者だ」

「ぼくが知っている？　ひょっとしてA・Mかい？」

「ちがうよ。まあ、ちょっとわからないだろうな……誰あろう、カリーゴラさ！」

「カリーゴラ？　ぼくの犬の？」

「そう、もちろん彼のはずはない。だけど、本当に見間違えるほど似ていたんだ。瓜二つだったよ。ぼくはカリーゴラをよく知ってるだろう？　そのぼくが言うんだ。顔も、目も、片方の耳の白い斑点までそっくりだった。だけど、けっさくなのはそこじゃない。きみはきっと笑うだろうよ。というのは、犬は車の窓から顔を覗かせていたんだけど、ぼくの前を通り過ぎるとき、ぼくを見て、弾かれたようにぱっと立ち上がったんだ。猫を見たときのカリーゴラそっくりだった。そのときぼくは、精一杯の勇気を振り絞って、やっかいなことになるかもしれない危険も顧みず、呼びかけた。犬を呼んだんだ！」

「呼んだって、どんなふうに？」

「『カリーゴラ』って……たぶん偶然の一致だろうけど、ぼくの声を聞くと、その犬は気が狂ったようになった。いまにも車から飛び出さんばかりだったよ……。犬の主人のほうは、それは困ったような顔をしてた……あとでわかったんだけど、その主人っていうのは、ゴルソフ大臣さ。ほら、前の大使の……面白いだろう？　ところで、きみのカリーゴラは元気かい？　今日はどうしていっしょじゃないんだい？」

「いや、元気さ。家に置いてきたんだ」私は曖昧に答えた。

さらに何か月かが過ぎた。カリーゴラのことはもう思い出すこともなくなっていた。そしてある晩、私がひとりで家にいるときに、玄関のほうから奇妙な物音が聞こえた。見に行くと、誰かが木のドアを引っ掻いていた。

ドアを開けた。そこにいたのは、犬だった。というか、何千キロもの距離を、藪や茨の茂みや銃剣の攻撃をかいくぐり、雹や雪に打たれ、棒で殴られながら歩き続けた犬の成れの果てだった。汚れて、やつれ、毛が抜けて、脚を引きずっていた。ボロボロになって、まるで幽霊のようだった。見る影もないほどに変りはてたプードルは、力尽きて戸口でへなへなとくずおれた。そして、かろうじて目だけを私に向けた。

「カリーゴラ！　カリーゴラじゃないか！　あんな距離を旅してきたのか？　ぼくのところに帰るために？　でも、どうして帰ってきたんだ？　わけを話してくれ。あちらでは幸せじゃなかったのかい？」

「やめてくれ、無駄口をたたくのは」彼は、私の部屋のほうに体を引きずりながら、目で答えた。「詳しいことはあとで話そう……それよりも、ぼくのベッドはまだあるかい？　どうして姿見がいつものところにないんだ？　売ったのか？　それに、ハンガーにぼくの首輪がかかってないじゃないか。どうして、ビスケットで一杯だった鉢が空っぽなんだ？　おい、櫛でちょっと毛を整えてくれないか？」

このとき、私は完全に彼だとわかった。もう、反抗的で扇動的な犬ではなかった。ほこりと泥にまみれているが、かつてのような、享楽的で、気取り屋で、見栄っ張りで、貴族的なプードルにもどっていた。

私は、困惑した顔で彼を見つめたまま、黙り込んでいた。彼のいない間に私に起こったことをどう説明すればいいのか？　何度も考えを巡らすうちに彼に感化されてしまったことを、どう話せばいいのか？　私も危機的な状況を経験したことを。そして、今では私も進歩的な人間であることを。ああ、もう家にはビスケットはない。反動的な姿見も、ブルジョワ的な羽毛のマットレスも。その他の資本主義的な代物も。私はすべて処分してしまったのだ。

人生とは、なんと厄介な戯れであることか。どういうわけか、どんなに努力しても、私はいつも遅れてきてしまう。私も進化し、カリーゴラのように考えるようになった今になって、そしてついに私たちがわかり合えるようになったときに、彼はすべてをひっくり返しにもどってきたのだ。

「なあ、カリーゴラ、おまえに知ってほしいのだが……実を言うと……」

彼は私を見た。私のだらしない姿に、長く伸ばした髭に、陰鬱な顔に、セーターに、折り目のないズボンに気がついた。すぐさま理解した。「ああ、ご主人様」カリーゴラはうめいた。「どうかその先は言わないで。まさか、あなたまで……」

そして、私が否定しないので、犬は絶句して床にへたり込んでしまった。

（「コッリエーレ・デッラ・セーラ」一九五三年七月一日）

日和見主義者

L'opportunista

モーロ城の厨房は、竜のうわさでもちきりだった。山から下りてきた竜たちが、すでに谷にあるいくつかの城塞を占領し、その所有者たちを追い払っていたからだ。

ある城では、最初の危険な兆候を察知して城主たちが逃げ出した。人々が竜に食べられてしまった城もあった。また、早めにはね橋を上げて、襲撃に備えている城もあった。

壁は堅固ではあったが、モーロ城では、次々と知らせが届くにつれて、不安がつのった。ところが、なかには平然と動じていない者もいた。たとえば、料理長のタルクイニオだ。

その職務に似つかわしく、タルクイニオは、バラ色のふっくらとしたにこやかな顔に、でっぷりと太った男だった。だが温和な外面の下には、野心と偽善が透けて見えた。知らぬ者のいない日和見主義者だった。力のある者には卑屈で、下の者には厳しく、威張り散らした。彼に敬意を欠こうものなら、こっぴどい目に遭った。おまけにタルクイニオは、厨房で講釈を垂れるのが好きだった。

「やれやれ、おまえたちのくだらない竜のうわさ話ときたら、まったく笑止千万だ……もしあいつらの一匹がやって来たなら、さぞかし愉快だろうに。面白いだろうに……今はもう、槍で戦った聖ゲオルギウスの時代じゃない……竜なんぞ、来るなら来いだ……われらが主の伯爵様は鉄砲を持っておられる。鉄砲をな！　象だって一撃であの世に送れるんだ。そのときは、きっと見物だろうよ」

「ああ、たぶんな」年寄りのロースト作りの名人ジェオが言った。ジェオは、タルクイニオに対して対等の物言いをし、意見することのできる唯一の人物だった。

「たぶん？　おれの言うことが信じられないとでも？」

「いや、わしは鉄砲の威力を疑っているわけじゃない。伯爵様が武器を持っておられるのは知っているさ。ただ、不思議に思うんだ。鉄砲や弾薬なら、ほかの城でも持っていただろうに。そうじゃないかね？　で、どうなった？　竜は大群で押し寄せてきたわけじゃない。一匹だ。トラソーネ城を奪い取ったのだって、たった一匹の竜だった。しかも、その竜は一番大きなやつというわけでもなかった……これをどう説明するね？」

「恐怖のせいさ！」タルクイニオは嘲笑を浮かべながら言った。「怖じけづいたのさ！　臆病風に吹かれたにちがいない！　きっと撃つ勇気もなかったんだろうよ。たった一匹の竜？　あの長虫どもの一匹に、ぜひともやって来てもらいたいもんだ……おい、そこの娘たち、一体何を騒いでるんだ？」

「タルクイニオさん、ちょっと、こっちに来てください！」皿洗い女のひとりが呼んだ。「早く……森の中に、いるんです……」

タルクイニオは行ってみた。厨房の奥の、食器洗い場がある場所には、谷の上流側に面した二つの窓があった。そこから、渓流と白い河原、岩と赤土が崩れかけた崖、森、草むら、沢の急流部、ごろごろ転がっている大きな石が見えた。その向こうには、さらに森や、地肌がむき出しになった山が続き、谷の反対側のかなたには、別の城の古い城壁が見えていた。

「で、一体、何がいるというんだ？」

「あそこです。モミの木立の下を見てください」彼女たちは説明した。「あの崩れかけた崖の、小石が終わっているところです。ちょうど草地との境に……」

「あの、斜めに木が倒れているところかね？」

「そうです。ちょうどその辺りです。ほら、見えませんか？」

料理長は、急に声がかすれてしまったように、口調を変えた。

「ああ、見える……何かが動いているな……だが、何だろう……獣かな……何だと思う？」

「あれが何か、私たちに訊かれるのですか？」御者のジャコモが言った。「わかりませんか？　見えてるでしょうに」

「なんてことだ！　たしかに。本当だ」料理長はつぶやいた。

「どうです、タルクイニオさん？　うれしくないんですか？　うれしくないはずないでしょう。さっき、『愉快だろうに』とおっしゃってたじゃないですか」

モミの林の前の、草地との境で、石ころを背景にして、それが体をゆっくりとよじるのがはっきりと見えた。夕日を浴びて鱗を光らせながら——そして、体から伸びた長い頸の先についた、いくつもの奇妙な頭を、まるで空気の匂いを嗅いでいるかのように左右に動かしながら——どっしりと重量感のある、強大な一頭の竜がこちらに向かっていた。

「だが……こいつはまた……」タルクイニオは長い沈黙の末に口を開いた。「でかそうだな……十メートルはあるんじゃないか？」

ほかの者たちは言葉が出なかった。

「さて」窓から離れると、料理長は重苦しい沈黙を破ってふたたび口を開いた。「おれは厨房にもどる。竜のことは伯爵様にお任せしよう……さあ、おまえたち、もう十分だ……心配してもしようがない……それに、キノコの下ごしらえがまだだろう」

タルクイニオは厨房にもどった。だが時々、食器洗い場から女中たちが竜の続報を送ってきた。

「川を渡った……頭が五つある……いや、六つよ……道の上にやってきた……あと二百メートルかしら……ああ、なんて大きいの。もう堀のすぐそばまで来てる」

厨房では誰もが苦労して気持ちを落ち着かせながら、なんとか不安を忘れようと、ことさら熱心に立ち働いていた。伯爵様は——彼らは不安とともに自問していた——すぐにも竜への発砲を命じられるだろうか？　竜はどうするだろうか？　尻尾の攻撃に城門は持ちこたえるだろうか？　口から火を吐くというのは本当だろうか？　怒らせたりせずに、食べ物を与えて機嫌を取り、仲良くするほうが得策なのではあるまいか？

突然、タルクイニオの声が響いた。

「おい、みんなちょっと、話がある。まあ、人生経験の豊富なおれの言うことを聞け。つまり、おまえたちはみな騒ぎすぎだってことだ。何も暗い面ばかりを見る必要はない。厳しい現実ばかりをな。たとえ、仮に……そのぅ、つまりだな、たとえ、この城に竜が攻めてきたとしても、結局……結局のところ、おれたちにとって、何が変わるというんだ？　率直に言おう……竜だって食べなきゃならん。しかも、飢えを満たさなきゃいかん口が六つもあるときている……おれたちは伯爵様のために料理を作っているが、こんどは竜の旦那のために料理を作ればいいだけの話だ、ちがうか？　結局、何を怖れることがあろう？」

焼肉料理人のジェオが尋ねた。「だけど、あんたは竜が何を食べるか知ってるのかね？」

「何が好みだろうと、おれたちは上手に作れるさ」

「だけど、竜の食べ物が何か知ってるのか？」

「もっぱら肉だろうな」

「では訊くが、もし仮に、竜が人間のステーキを、キリスト教徒のステーキを注文したら、どうするんだね？　所詮は竜だぞ、タルクイニオ」

「人間の肉だと？」

「そうだ……その場合はどうする？」

「ことと次第に依るな……」

「ことと次第に依るだって？」

「ああ、つまり……おまえさんはいつだって最悪のことを考える。竜についてはいろいろ言われ

ている が、中には……」

そのとき、食器洗い場から、叫び声と笑い声がどっとわき起こった。みな急いで見に行った。

「来るわ、こっちに来る」皿洗い女たちが興奮して大声を上げていた。「見て、あの頭を、大きな頭を！」「ああ、なんて醜いんでしょう！」「醜いだけじゃない……あの口を見て。一噛みで首を引きちぎられるわ。でも、目は小さいわね」「小さいけど、よく動くわ！ ねえ、テレーザ、あんたを見つめてるわよ」「ほんと。あんたに一目惚れしたのよ！」「まあ、お可哀想！」

竜は、痩せた頸を堀の上に伸ばし、頭を突き出して、窓の格子越しに中を覗いていた。蛇の頭に似た、細長くて滑らかな頭は樽ほどの大きさがあった。後ろに向かって傾斜した額と、おぞましい笑みらしきものを浮かべたカイマンのような口と、小さな目は、愚鈍で冷ややかな貪欲さを湛えていた。娘たちは、最初こそ震え上がったものの、格子に守られて安全だとわかると、もう怖れてはいなかった。それに、竜が魅力的なテレーザに釘付けなのが愉快でならない様子だった。

タルクイニオは、竜の前で自分の権威を示そうと、窓の前に集まった使用人たちをかき分けて進んだ。

すると竜は、視線をおもむろにテレーザから料理長に移した。

「竜の旦那」と、いつもの陽気さを取りもどしたタルクイニオが声をかけた。「私が見えるかね？ はじめまして。お知り合いになれてうれしいよ……おい、シルヴィオ、今朝のローストビーフの残りを持ってこい。そう、ローストビーフだ……ナイフといっしょにな。さあ、早く！ この御仁におれたちの料理の味がわかるかどうか、見てみようじゃないか！」

シルヴィオが肉を持ってもどってきた。一同が笑うなか、タルクイニオは肉を一切れ大きく切り取ると、ナイフに刺して格子の間から突き出した。竜は匂いを嗅ぐと、ガブリとかぶりついた。「肉が小さすぎて丸呑みだ……」「あれじゃ、物足りないですよ……」「歯は小さかったね」「タルクイニオさん、もう一切れあげてみては」

一キロ半はあったであろうローストビーフは、あっという間に獣の口の中に消えていった。「もう十分だろう」タルクイニオは言った。「これを伯爵様がお知りになったら！　それにしても、正直に言わせてもらうが、竜の旦那、あんたの匂いの臭いことといったら……」不意に吐き気がこみ上げてきた料理長は、こう言いながら後ずさりした。

格子の向こうでは、竜が頭をわずかに動かしはじめた。硬い唇の端から低いつぶやきが洩れていた。

「話してる！」「竜が話してるぞ！」「信じられない！」みなの声が飛び交った。「でも、誰が理解できる？」「誰って？　そうだ、司書だ。記録管理人のゴメス教授だ」「そうだ、ゴメス教授だ。きっとあの人なら理解できるだろう」「じゃあ、呼びにやろう！」「それがいい、誰か知らせに行け」「たしかに、ゴメスはたいした人だ。どんな外国語でも知ってる。だが、相手は竜だぞ！」「関係ないよ。きっとあの物知り博士にはわかるさ」「なら、誰か呼びに行ってくれ」「おい、スザンナ、何をぼーっと突っ立ってるんだ。早く教授を呼んでこい！　急げ！」

十分もしないうちに、城の司書で、何か国語にも通じているゴメスがやってきて、一同に声をかけた。「はいはい、来ましたよ、みなさん……竜がいる？　で、私にどうしろと？　竜と話せだって？　だが、私は竜の言葉は……その竜がどんなふうに話すかわからないし……難しい言語なのだよ……私は竜の言葉はほんの少ししか知らんのでな。それに、方言で話したら？……わかった。試してみるしかあるまい……で、その御仁はどこにいるのかね？」

一同はゴメス教授を厨房の奥の部屋に連れていった。教授は竜と対面した。全員、黙って待った。怪物はつぶやき続けていた。

「教授」ややあって、タルクイニオが声をかけた。「どうです、わかりますか？」

「まあ、少しはな……だが、こうもごもごした話し方では……」それから、竜のほうに向き直って言った。「ケオ・フロ・スローヘム・チェファイース・バハッタ？」

竜の大きな頭がぴくりと動いた。その口からふたたび勢いよく、奇妙な音がほとばしり出た。

「なんて言ったんです？」

「『おーい』と言ったんだ」教授が通訳した。

「たった『おーい』というのに、あれだけの言葉を？」

「そのとおり。竜の言葉の大きな特徴は、まさに過剰な冗語法にあるのだよ……」

そのあとも竜は長々としゃべり続けた。

「で、こんどは？　こんどはなんて言ったんです？」

「『焼きすぎだ』と言ったんだ」

どっと笑いが起きた。「ローストビーフはレアが好みだったんだな……タルクイニオさん、レシピを変えなきゃならんぞ……だが、なかなか面白いやつだ……ともかく、美食家ではあるってわけだ！」

さらに竜はしゃべり続けた。

「で、教授、こんどはなんて言ったんだね？」

「質問してきたんだ……タルクイニオさん、あなたの名前を尋ねたのさ」

「で、教えてやったのかね？」料理長は、内心にんまりしていたが、少々不安にもなりながら言った。

「もちろん、教えてやったとも」

このとき、外で、銃声が二発轟いた。竜はやにわに格子から頭を引っ込めた。さらに、二発の銃声が響いた。

竜は、敵対行為の開始にはまったく関心がなく、自分の都合で立ち去るかのように、悠然と森のほうに去っていった。黄昏のほの暗い光の中で、二つの頭が枝の間から突き出て、城のほうを見た。そして脅すような調子で鼻を鳴らした。それから頭は、巨大なカタツムリの角のように、木立の間に引っ込んだ。そして、もう何も見えなくなった。

「命中したのか？」人々は言い合った。「いや、銃なんかじゃ歯が立たない。あの硬い皮膚を貫くには大砲でなきゃ！」「でも、怪我を負ってたぞ。脚から血が出ていた」「まさか！　夢でも見たのさ。こんなに暗くて何が見えるっていうんだ？　もう夜じゃないか……」

タルクイニオは厨房にもどった。みな、明確な態度を取る前に、まずは料理長の考えを知ろうと、彼が口を開くのを静かに待っていた。はたしてしばらくすると、料理長は話し出した。「ともかく」

彼は言った。「あの竜とやらは、正直、もっと嫌なやつかと思っていた。でもそれどころか、感じのいいやつじゃないか。違うかね？　おれたちに対して感じがよくはなかったか？　ひどく素朴で、とっつきやすくて……親しみが持てると言ってもいい……それにユーモアだってある！『焼きすぎ』だとさ。ハッ！『肉が焼きすぎ』だと！」こう言って、大笑いした。心安らかで満ち足りた気分だった。この先、竜が城に腰を据えようとも、怖れをなしてモーロ伯爵がよそに避難しようとも、このおれは、このタルクイニオ様は何を心配することがあろう？　すでに暗黙のうちに一種の密かな同盟関係が築かれたんじゃないのか？　ほのかな友情が芽生えたんじゃないのか？　竜はもうおれの名前を知っているのだから！

だが厨房の奥の部屋では、ゴメス教授が、ひょっとして竜がまたもどってこないかと、窓辺に残って外を眺めていた。彼は口許に笑みを浮かべていた。その笑みは徐々に顔いっぱいに広がっていった。とうとう抑えきれなくなって、大声で笑い出した。司書は、ヒーヒー言いながら、真っ赤な顔で、腹の皮がよじれて痛くなるほど笑いころげていた。

「教授、一体何がそんなに可笑しいのか教えていただけませんか？」焼肉料理人のジェオが尋ねた。

「何が可笑しいって」ゴメスは体を震わせながら説明した。「哀れなタルクイニオのせいで笑っているのさ。ひっ、ひっ……彼が知ったら！　竜が言ったことを知ったら！」

「なぜ？　どういうことです？」

「私が名前を伝えたあと……ひっ、ひっ……我らがタルクイニオについて、竜が何と言ったと思う？……ひっ、ひっ……こう言ったんだ。『あの男がいい』正確にこう言ったんだ。『あの男がいい。甘くて上品な味がするにちがいない。将来ここに居座ることになったら、真っ先にあの太った男を食べてやる』と」

（「コッリエーレ・デッラ・セーラ」一九五三年十月十七日）

ティラノサウルス・レックス

Tyrannosaurus Rex

嘱託医の妻レオンティーナ・フックス夫人の家で、ドアをたたく音がした。夫人がドアを開けると、そこには、村の何軒かを顧客にしている洋裁師のオルガがいた。

「すみません、奥様、お邪魔して申しわけありません。そのう、実は……お支払いのことで……」

「支払いですって？」レオンティーナ夫人は驚いたような渋面を作りながら訊き返した。「何のことかしら？」

「あのタータンチェックのスカートです……三か月くらい前にお作りした……」

「あのスカートの支払いですって？　まあ、ご冗談を、お嬢さん！　あんないい生地を台無しにしてくれたうえに、お金を払えっていうんですか？　むしろ、あなたのほうこそ、弁償してくださるべきでしょう。六万リラもする生地がパーになったんですから」

「でも、奥様はスカートをお受け取りになりました……そして私は仕事をいたしました」

「では、どうぞ、あのスカートを引き取ってください。あなたにプレゼントしますわ。さあどうぞ、引き取ってください。洋服ダンスを開けてあれを目にするたびに、怒りで真っ青になるんですのよ」

二人が戸口で言い合っているところに、小学校の先生の妻で、食料雑貨店を営んでいるマリーア・カルツァ夫人が、ハアハア息を切らしながら通りかかった。恐ろしく太った大女は、無人の電車が坂を駆け下るような勢いで進んできた。黒い大きなショールに包まり、信じられないほどの量の包みや袋を抱えていた。彼女のそばをちょこちょこ歩いている六歳の一番下の娘は、母親の巨体の陰に隠れてほとんど目に入らなかった。

「レオンティーナさん」大女は、その巨体にはおよそ似つかわしくない、フルートの音色に似た、澄んだきれいな声で話しかけた。「大変ですよ!」

レオンティーナは、何事かと彼女の顔を見た。

「一体どうしたんです、カルツァさん?」

「なんという災難でしょう! 長女はもう二時間前に発ちました。私は、アデリーナと夫を連れて逃げるところです(夫の姿は見えなかったが、おそらく彼女の後ろで、大きな図体にすっかり隠れてしまっているのだ)。やってきますよ……残念ですが、逃げるなら今しかありません……」

「やってくるって、誰が?」

「マストドンです。怪物、竜ですよ。正確な名前は忘れました……。洞穴から出てきて、こちらに向かって丘を下ってくるのを見たそうです。なんという災い、なんという恐ろしい災難でしょう！」

彼女は、つむじ風のように、ずんずん道を進んでいった。残された二人の女は、彼女の姿が消えるまで見守っていた。それから、フックス夫人はけらけら笑い出した。

「ハハハ！　マストドン？　竜？　何をバカなことを言ってるのかしら！」

オルガは笑わなかった。「あのう、奥様……結局、あのスカートを履かれましたよね……」

「私が？　まさか！」

「見た人がいます。日曜日のミサで」

「私が、あのみっともないものを履いてミサに行ったですって？　ご冗談でしょう」

遠くから、地鳴りのようなものが、牛の鳴き声か竜巻を思わせる、鈍いうなり声のようなものが聞こえてきた。

著名なギリシャ語学者のグスターヴォ・プラッチ老教授は、自宅の小さな庭で、粗い麻布を広げた上に膝をついて、柵を緑色のペンキで塗っているところだった。汚れないように、上っ張りを着ていた。

「クロティルデ」彼は家のほうを向いて声をかけた。「おい、クロティルデ！」

妻が二階の窓から顔を覗かせた。

「クロティルデ、廊下の、金物をしまってある戸棚を見てくれないか。そこに……」

とそのとき、息を弾ませながらマリーア・カルツァ夫人が通りかかったので、教授はしまいまで言うことができなかった。

「先生、先生」カルツァ夫人は興奮してうわずった声で呼びかけた。「大変です。一大事です！」

「一体、どうしたんです、奥さん？」

「マストドンです。巨大な化け物、怪物です……ほかの名前だったかもしれませんけど……」

「で、そのマストドンがどうしたんです？」

「来るんです。村に近づいています。私は逃げます。みんな逃げています。丘を下ってくるのが目撃されたそうです。ぐずぐずしてはいられません」

黒い大きなショールの下から、細身の夫が姿を現した。

「先生、実は、『マストドン』という呼び名は正しくはないのですが」小男は物知りぶった口調で説明を加えた。「でも、大昔に絶滅した種の生き残りのようです」

「ボルトロ、さあ、行きましょう！」カルツァ夫人が、ソプラノ歌手のような美しい高い声で、きっぱりと言った。腕を引っ張られた夫はよろめいた。

転びそうになりながら、小学校の先生は引かれていった。それでもなんとか後ろを振り返って、大声で言った。

「ティラノサウルス・レックス。ティラノサウルス・レックスという名前です……すてきな名前でしょ？」

さらに二言、三言付け加えたが、遠くてよく聞こえなかった。

プラッチ教授は、マリーア・カルツァと、夫と、娘と、黒ショールが脇道に消えるまでじっと見つめていた。

窓からプラッチ夫人が顔を覗かせて言った。「ねえ、グスターヴォ、あの夫婦は、一体何を大声でまくし立てていたの？」

教授は答えた。「何でもない。いつもの妄想さ……マストドンだの、竜だの、呆れたもんだ……」

「マストドンって、何のこと？」

「何でもない！　おい、それより、廊下の金物をしまっている戸棚に、ほかの工具類といっしょにスクレイパーがあるはずだ。下に放ってくれないか……」

「そのマストドンって、何なの？　教えてくださらない」彼女は言い張った。

「マストドンなんていやしない。バカげた作り話だ。いいから、早くスクレイパーを投げてくれ」

少し前まで、プラッチ家の小さな庭には陽が当たっていた。だが、今はもう陽が射していなかった。まるで俄かに雲に覆われでもしたかのように。だが、雲ではなかった。それでも、教授は気にも留めなかった。目を上げて見ようともしなかった。

モーロのトラットリーアの前では、男たちがカード遊びに興じていた。

石工の親方のヴァレスが、司祭長の会計士をしているラオディチェッラに言った。

「だめですよ、だめだめ。そりゃないでしょ。私の王《キング》を取ろうっていうんですかい？　私の王《キング》を」

だが、会計士の注意は他のところに向けられていた。

「あのう、ヴァレスさん、この村で一体何が起きているんでしょうね？」

「何のことです？　私にはわかりませんが……」

「ほら、あそこの、家から逃げてゆく人たちが見えませんか？　家財道具まで持ち出そうとしている……」

「ほっときなさい！　いつものマストドンの話ですよ、怪物の……時々、ヒステリーの発作に襲われてパニックになるんです……滑稽の極みだ」

その頃、レオンティーナ・フックス夫人の家の玄関の間では、夫人が洋裁師のオルガの顔の前で問題のスカートをひらひらさせていた。

「もう一度言いますけど、この嫌なものを持って帰ってちょうだい……あなた、犬を飼ってらっしゃる？」

「ええ、プードルを。どうして？」

「これで犬に服を作ってあげるといいわ。冬用の小さなマントを！」

同じ頃、スクレイパーを手にしたプラッチ教授の妻が、窓から顔を覗かせた。道具を投げようとしていた彼女は、それを見た。そして「ヒー」という声を上げると、気を失い、その場にくずおれた。

ティラノサウルス・レックスは、巨大な脚を上げ、村を踏みつけた。クルミが割れるようなパキッという音とグシャッという鈍い音がした。それから、脚が持ち上げられた。

教会、組合の本部、フックス夫人の腸、広場のニレの木、村役場、プラッチ教授の左腿、公衆洗濯場、ラオディチェッラ会計士の脳みそ、ダイヤの七、オルガ洋裁師の涙、などなどが、見分けがつかないほどにごちゃまぜになっていた。悲鳴や、泣き声や、犬の鳴き声ひとつ聞かれなかった。声を上げる間もなかったのだ。

（「コッリエーレ・デッラ・セーラ」一九五四年二月二十六日）

大洪水

Il diluvio universale

洪水が起こる前には、私個人に向けられた不思議な予兆や知らせがあった。朝食を済ませ、会社に向かう途中に空を見上げると、折り重なった雲が次々と足早に流れていた。風が吹いていた。一陣の風が、私の足元に一片の紙切れを吹き寄せた。私はひと蹴りでそれを払いのけた。

曲がり角に近づこうとしていたとき、脇の路地から別の紙が飛び出してきた。風に押されて、せわしない人のように、せかせかと進んでいた。よく見れば、それは紙ではなく、ふわふわした袋だった。二、三回ちょこまか動くと、紙はまっすぐ私のほうに向かって進んできた。まるでついに正しい目的地を見つけたかのように。二、三人の通行人が立ち止まって眺めていた。

それは私の右足にからみついた。興味を引かれて――なぜだか、十人くらいの通行人が私を見つめていた――私は身をかがめて、それを手に取ってみた。

やはり袋だった。包みを破った。中には紙が一枚入っていて、それにはこう書いてあった。

迫りくる
きみが、まさにきみが

冗談だろうか？　それにどういう意味だろう？　通行人たちは、まるで罪人でも見るようなうさんくさい目で私を眺めていた。近くの家の角から、眼鏡をかけた男がそっと頭を突き出して、私の様子をうかがっていた。

オフィスに入ると、なにやら妙な空気が漂っていた。みんな、ぼーっとしていた。いつもは非常に折り目正しい守衛のゴッフレードは、呼び鈴で呼んでもやってこなかった。同僚のボネッリとインファルサは、私が「おはよう」と声をかけても、口をもごもごさせるだけだった。「一体、今日はどうしたんだい？」「ちょっと、おれたちにはかまわないでくれないか」インファルサが言った。

それから、私は守衛のところに行った。

「おい、呼んだのにどうして来ないんだね？」

守衛は立ち上がろうともせず、『私にはどうでもいいことです。何も知りません。関わりたくありません』とでも言うように、顎をしゃくって見せた。

「ひょっとして」私は声を荒らげることなく言った。「首になりたいのか？」

すると彼は、悪意のない、むしろ憂鬱そうな薄笑いを浮かべた。そして、まるで憐れむように、「モッラさん、あなたには私を首にすることなんてできませんよ」と言った。

「どういうことだね？」

「何より、あなたは立派な方だ。それに……それに……でも、もうあなたは……」

「私がどうしたというんだね？」

「あなたは警告を受けましたよね？　あの袋の中には何と書かれていました？」

「ああ、あの悪ふざけを仕組んだのはきみだったのか」私は言った。ようやく説明がついたので、内心ほっとしていた。

「私が？　悪ふざけを？　通りで、みんなが見てたじゃありませんか！　風ですよ。風が他ならぬあなたを選んだんです……悪ふざけだなんてとんでもない！」

「どういうことだね？」

「それじゃあ、あなたは……。ここではもう誰もあなたに大きな顔はさせません。あなたはみんなからもう死んだも同然だと思われています……取るに足らない存在です！　私だって、しがない守衛の私だって、もう相手にはしませんよ……」

「きみたちは頭がどうかしたんじゃないのか？　あの紙切れのせいで？　私が？　要するに、私は、どういうわけか首になったというのか？」

「そのとおりです。みなさんそうおっしゃっています」

「功労勲章受勲者《コンメンダトーレ》のスタッツィさんもか？　彼もそう思っているのか？」

「さあ、それは私にはわかりません。確かめてみたらどうです？　口実を見つけて会いに行ってください。たぶん感触が摑めるでしょう」

私はボスのところに出向いた。彼は書類から目を上げると、うっとうしげに私を見た。声の調子は辛辣だった。

「すまないが、モッラ君、またにしてくれ……ともかく、今は忙しいのでね……」そして、私が扉のところでぐずぐずしていると、こう言った。「どうか、引き取ってくれたまえ……ごきげんよう」

一体全体、これはどういうことだ？　わけがわからなくて私は自問した。みんな、頭がおかしくなってしまったのか？　私のことを死刑囚か何かのように思っているのか？　それもこれも、あの馬鹿げた紙切れのせいで？　魔法にでもかかったのだろうか？　それとも地獄からの警告か？　それが私に影のようなものを落としていて、みんなには一目でそうだとわかるのだろうか？　苛立ちをおぼえながら、私は立ち去った。

外では、太陽が輝いていた。けれども、東の空には、ソーセージの形をした物悲しげな雲が折り重なってよどんでいた。戴冠式広場を横切っていたとき、風が二、三度吹いて、埃を舞い上げた。それから、二つの白いものが、地面を這いながら、だしぬけに向かってきた。

こんどは捕まらないぞ。私は、二つの紙切れをよけるべく身構えながら、心の中でつぶやいた。だが、それらよりも速いスピードで、三つ目の紙が、大きく弾みながら、私に向かって突進してきた。ほかの二つとは違って、白ではなくて赤色だった。

広場を囲む柱廊から、六、七人の人間が、明らかに紙を拾おうという意図で、勢いよく飛び出してきた。まるで、白い紙が怖れられているのとは反対に、赤い紙は好ましいものであるかのように。

すると、赤い紙はスピードを上げて転がってゆき、私の足に張り付いた。紙を拾おうと走っていた者のうち、三、四人が迷った末に足を止め、ほかの者たちは走り続けた。だが、私のほうがはるかに有利だった。ひょいっとかがむだけで、赤い袋をつかむことができた。そのときようやく、残りの者たちもあきらめた。ある者は何食わぬ顔をして、またある者はぶつぶつ言いながら、また別の者は、私に向かって憎々しげな一瞥をくれながら立ち去った。私は袋を破って、中を見た。紙切れが入っていて、こう書かれていた。

迫りくる
きみが、きみだけが
広きソッファ谷

ソッファ谷？　どういう意味だろう？　私は頭をひねった。たしか、ここから遠くないところに、そんな名前の場所があった。ソフィア谷とかいう、マンティチ丘陵のむこう側の、人里離れた小さな谷間が。ハイキング向きの場所だった。だが、そこに何があるというのだろう？　いつの間にか、空は不穏な様相を呈していた。陽射しは消えていた。あんな形の、これほど陰鬱で分厚い雲は見たことがなかった。

天変地異でも起ころうとしているのだろうか？　通りに人影はまばらだった。あちこちの建物の入り口の前では、数人の人々が、黒雲の天井を見上げながら、ひそひそ話をしていた。

家に帰り着くや、オフィスの守衛のゴッフレードが建物の入り口のベルを鳴らした。彼はぺこぺこ愛想を振りまいた。そして、ボスがもどってほしいとおっしゃっています、誤解があってあなたをひどく扱ったことを申しわけなく思っておられます、と伝えた。ゴッフレード自身も、甚だ礼儀を欠いた先ほどの態度を詫びた。

「いや、いいんだ」さっぱりわけがわからなかったが、私は言った。

オフィスにもどると、ボネッリとインファルサがさっと立ち上がり、私を出迎えた。二人とも赤面し、口ごもりながら、小さく頭を下げた。

「ああ」とボネッリが口を開いた。「やっぱりそうだった、やっぱりそうだったんだって、みんなすぐにそう言ったよ。きみこそがふさわしいって、みんな思ってる」

「ぼくがふさわしい？　何のことだい？」

「おい、おい」インファルサがすかさず口を挟んだ。「いまさら謙遜するのはよせよ。ふさわしい者がいるとすれば、きみをおいてほかにいなかったんだ」

「何にふさわしいって言うんだい？　どうか説明してくれないか」

「ああ、もったいぶるなよ。もうみんな知ってるんだ。みんな見てたんだから。広場できみがメッセージを受け取るのを」

「何のメッセージだ？　悪ふざけはいいかげんにしてくれ」

「悪ふざけ？」インファルサが真っ赤になって、身をすくめようとした。すっかり興奮していた。

「きみはあれを悪ふざけだというのか？　あの赤い紙を……」

「あの紙が一体？」

「連絡事項が書かれていなかったか？　箱舟がきみを待っている。もうすぐ洪水がやってきたときに、きみを、きみとこの地上のすべての動物たちを救うための箱舟が。きみは、いわばノアなんだ」

「ぼくが？」

「紙に書いてあったように、きみが、きみだけが」

「それじゃあ、最初、どうしてぼくをあんな風に扱ったんだい？」

「いやなに、間違ったんだ。白い紙のせいで。誤解だったんだ。よくあることさ。きみが神に嫌われ、拒絶された人間だと思ったんだ。ところが、その逆だった」

功労勲章受勲者《コンメンダトーレ》のスタッツィ氏が、車でその場所に連れていってくれた。本当だった。ソフィア谷の中心に広がる空き地に、大きな筏が置かれていた。筏の上には、たくさんの小屋が軒を連ねていたが、まだどれも空っぽだった。そのうちのひとつの、小さな小屋には「ホモ・サピエンス」と書かれてあった。動物たちの収容場所は実にうまく配置されていた。それぞれの区画では、動物の種類ごとに表札がかかっていた。昆虫のための区画もあれば、蜘蛛の区画や蛇の区画なども あった。鳥用の区画は、四方八方に枝が伸びた三本の非常に高い木だった。ほかのものよりはるかに大きな、まるで飛行船の格納庫のような小屋があるのに驚いた。近づいてみると、表札にはブロントサウルスとあった。何千万年も前に絶滅したと思っていたのに！

さて、私は仕事に取りかかった。大きな日除けのパラソルの下で、分厚い名簿を手にし、動物たちの乗船をチェックした。彼らを呼ぶ必要はなかった。リストに記されている順に、動物たちのペアが周囲の森から出てきて、タラップに向かった。私の周囲には、かなりの数の人々がいた。功労《コン》勲章受勲者《メンダトーレ》のスタッツィ氏に、会社の同僚、女性秘書、メッセンジャーボーイ、それに秘密を知っている親類縁者たち。箱舟のことを知っている数少ない人々は、自分たちだけが恩恵にあずかることを期待して、誰にも秘密を話さなかったのだ。そしてその間も、大雨が降り続けた。この約一年半、雨は一時もやむことがなかった。

ほら、シマウマ、フタコブラクダ、ヒトコブラクダの番だ。これらの哺乳類はみな、毛皮のあちこちにたくさんの小さなラベルを張り付けていた。そのラベルには、彼らの体表や体内に棲みついている、回虫、シラミ、ダニ、アメーバなどの寄生生物の名前が書かれていた。こんどはカンガルーがやってきた。

「ねえ、モッラ君」オフィスのボスが私の耳にささやいた。「良識を働かせなさい。カンガルーなんぞが一体何の役に立つでしょう？　地上に置いていくのです！　代わりに、あいつらの席を私に譲ってください！　私はいつもあなたに目をかけてあげていたんですから」

「私にはできないことがおわかりではないのですか？　私は卑しい道具にすぎません。私の裁量でどうこうできることではないのです。席はすべて予約済みです」

彼とカンガルーを比べれば、私にとってはカンガルーのほうがはるかに好ましい、ということはあえて口にはしなかった。

雨は激しく降り注いでいた。バイソン、象、カバが姿を現した。動物たちが乗船するにつれ、私は名簿のリストに印を入れていった。日頃私をひどく嫌っていたオフィスの秘書で、美人で挑発的な娘のバルバラが近づいてきて、「泥がついてしまったわ」と言いながら、スカートの裾をめくり上げた。

「シルヴィオ」彼女は言った。「私を乗せて。あなたには、この世界にたくさんの子どもを残す女性が必要よ。私のこの腰を見て！」

「何言ってんのよ、この恥知らず！」別の秘書で痩せぎすのネッラが言った。「子どもをたくさん産むのは私のような女よ。モッラさん、お願いだから、私をいっしょに箱舟に乗せてください！」

「お嬢さんたち」私は答えた。「私は既婚者だと言ったはずです！」

「でも、奥さんはどこなの？」

「もうすぐやってきます」私は説明した。「少々遅れるのは、いつものことですから」

谷の底は、すっかり水浸しだった。水は増えながら、箱舟の底を舐めていた。

ネコ科動物に、馬やロバが乗り込んだ。騒々しく鳴き立てながら、猿たちが続いた。大きなゴリラのペアが体をゆさゆさ揺らしながら乗り込んだ。

「シルヴィオ、シルヴィオ」バルバラが涙声で叫んだ。「私を乗せればよかったって後悔するわ！その大猿たちを降ろして私を乗せて！　私がどんなに優しい女かあとでわかるから！」

哀れな娘だ。私はつらかった。だが、どうすることもできなかった。その間も水位は上昇していた。妻が到着した。役にも立たない荷物をどっさり抱えて。

「さあ、急いで」私は妻に叫んだ。「さもないとぼくたちも魚の餌になってしまうよ」

私たちは、最後の哺乳類たちといっしょにタラップを昇った。箱舟はすでに満杯だった。船端から私は別れの挨拶を送った。

「モッラ」ボスが叫んだ。「お願いです。私をここに、水の中に置いていかないでください！」

「スタッツィさん、私にその権限があるなら、何遍でもあなたをお乗せするでしょう。でも、それをお決めになるのは別のお方なのです」

「モッラ、あなたは自分のことがおわかりですか？」彼は拳を振り上げて脅すように叫んだ。「汚らわしい人でなし、田舎者、能無しです！　本当のことを教えてあげましょうか。私はあなたを首にするつもりでした。使い物にならないからです！　役立たずだからです！」

愚かな暴言だとわかっていた。

何よりも、何十億という人間の中から、神が他ならぬ私を選んだのには、それなりの理由があったのだろうから。それでも、スタッツィ氏の言葉はひどく残念だった。洪水が引き、スタッツィ氏はもちろん、彼の会社も永久に消滅し、彼のオフィスがあった建物も無くなり、その地区にはもはや壁一枚立っておらず、町そのものが消え、輝かしき人類の歴史については色褪せた記憶しか残ってはいない今でも、そして私だけが妻とともに生き延びて、一からやり直さなければならない今でも、かつてのボスに「田舎者」の「能無し」呼ばわりされたことは、思い返すたびに、私の心の中で短剣で刺された傷のように痛み、私からよい気分を奪ってしまうのである。

（「コッリエーレ・デッラ・セーラ」一九五四年七月二十七日）

興行師の秘密

Il segreto dell'impresario

十九歳の、美しく野心家の娘リンダ・ダッコは、姉や友人たちといっしょに、ボックス席であるレビューを観ていた。ショーは精彩を欠いていた。エプロンステージの真ん中では、ダナム[1]を真似たムラットの娘がメキシコのアリアを歌っていた。リンダは心の中でつぶやいた。『ほんと、上手だこと。あれくらい私だって歌える。いいえ、私の歌のほうがずっとうまいわ。それに、あの娘とくらべたら、私なんかヴィーナスよ』そのとき、ボックス席の小さな扉がゆっくりと開いた。

劇場の雑用係が——白髪の小柄な老人だったが——そっと顔を覗かせ、席に目を配ると、「失礼します」と言いながらリンダに近づき、こう伝えた。「お嬢さん、まもなくあなたが舞台に立つ番ですよ」

リンダは驚かなかった。しごく当然のことのように思えた。リンダは「ちょっと、行ってくるわ」と連れに声を掛けたが、彼らは聞いていなかった。そしてすぐに彼らが驚くさまを思い浮かべながら、彼女は老人といっしょにボックス席を出た。

「どうぞ、こちらです。ご案内します」老人は狭い廊下に通じる通用口を開けながら言った。

リンダは、なぜ自分が選ばれたのか、舞台で何をするのか、どんな衣装を着ることになるのか、尋ねなかった。彼女は何か月も前から、いや何年も前から、ベッドで、電気を消す前に、天井の染みを見つめて空想にふけりながら、いま起こりつつあることを思い描いていた。運命！　それは多くの少女たちが夢見る魅力的でありふれた物語だ。神秘的な呼び声に導かれ、彼女は舞台に登場する。心臓が早鐘のように打ち、今にも奈落に落ちてゆきそうな気がする。観客の話し声が徐々に静まってゆき、笑いの混じったつぶやきだけが聞こえる。そして彼女は情熱的に歌いはじめる。前列の観客の顔に涙が光る。やがてラストの高音が勝ち誇ったように響き渡る。静寂と不安の一瞬が訪れる。嵐のような喝采が沸き起こり、観客席は興奮のるつぼと化す。彼女は栄光と富を勝ち取った。そして、目の前には限りない歓びに満ちた未来がどこまでも広がっている。

歩き出してすぐに娘は、老人の前を、真珠の色を思わせるグレイの猫が歩いているのに気づいた。猫は時折、まるで彼をせかすように振り返っていた。そして猫は光を放っていた。最初、リンダは目の錯覚だろうかと思った。だが、よく見ると、本当に光っていた。

「その猫はあなたのですか？」

「まさか、とんでもない！」娘の大きな勘違いに、老人は愉快そうに笑った。「私はただ世話をしているだけです。これは、興行師のストラジョーニさんの猫なんです」老人はその名を口にするとき、まるで神の名でも口にするかのように、思わず遠慮がちに声をひそめた。

「でも、どうして光っているんですか？」

「神に感謝してください、お嬢さん。この猫はあなたにほれ込んだんですよ。神に感謝してください」

「どういうことですか？」彼女は尋ねた。だが、老人はそれ以上説明しようとはしなかった。

二人は長い廊下を進み、急な階段を下り、右に曲がり、ふたたび上り、明り取りの中庭の上に架けられた歩廊を通り抜け、また別の廊下を進んだ。老人は、歩調を速める猫のあとを、ふうふう言いながら懸命に追いかけていた。リンダは不安になりはじめた。壁を通して、オーケストラの演奏のくぐもった音が聞こえてきた。もうすぐ一時だろう。ショーは終わりに差しかかっているはずだ。

「それにしても、ずいぶん歩くんですね」

「ええ、そうなんです」老人は答えた。

二人はさらに別の迷宮を通り抜け、ようやく煌々と明かりに照らされた連絡通路に出た。そこは、楽屋を出入りする男や女の芸人たち、大声や呼び鈴の音、火照った顔、衣装係に小道具係、花籠、半裸姿で走りまわる踊り子たちで、てんやわんやのありさまだった。だが、猫を見るや、みな道を開けて、猫に笑顔や挨拶を送っていた。

「こっちです。早く、こっちへ！」雑用係の老人は、長い衣装掛けに色とりどりのたくさんの衣装がずらっと並んでいる部屋にリンダを導きながら、ひどく焦った様子で声を張り上げた。「エドミラ！　エドミラ！　急いで、羽根のついた白の衣装を持ってきてくれ！」

小柄な女性が、白鳥の羽根とスパンコールをあしらった純白の衣装を両腕に抱えて、息を切らせながら駆けつけた。そしてリンダを見るなり、「おやまあ」と叫んだ。「やっと来たのね！　私たちはもう二時間も待っていたんですよ。さあ、こっちへ。どうか恥ずかしがらないでくださいね。もう時間がないの。どうか、ここで着替えてください」

リンダが納得する間もなく、彼らは服や身に付けている物をすっかり脱がせ、舞台衣装を着せた。エドミラは、手ですばやく娘の顔にドーランを塗り、唇にルージュを引いた。「さあさあ、お嬢ちゃん、できたわ。とってもすてきよ。で、何を歌うの？」

「『ヤマガラの歌』です」リンダは即座に答えた。彼女の十八番だったのだ。ちょっと俗っぽいが、抗しがたい魅力のあるストルネッロ(2)だった（彼女が家でその歌を歌っているといつも、年配の男性たち、謹厳実直な父親たちさえも、中庭に面した窓から顔を覗かせるのだった）。

リンダは今、高らかなラッパの音が聞こえてくる舞台に向かって、押し出されようとしている気がした。姿見の前を通ったとき、一瞬ちらっと、鏡に映った自分の姿を見た。まるで別人のようだった。大きく開いた胸元が大胆すぎるように思えた。だが、それを気にしている時間はなかった。せわしげに立ち働く道具方たちの間を抜けて、彼女は舞台の袖までやってきた。舞台の前面では、序列にしたがって並んだ全劇団員が、ありったけのスポットライトの円い光を浴びながら、声をそろえてやはりストルネッロを歌っていた。

「私の出番？」リンダは尋ねた。

雑用係は待つように合図した。

だがこのとき、オーケストラの演奏のテンポが速まってゆき、踊り子たちはお決まりの口を開けた笑みを浮かべながらエプロンステージに向かって突進した。観客は短い拍手を送った。一回で十分だった。拍手が静まっていくと、幕が降りた。

「私は？　私の出番は？」リンダは胸が締めつけられるような思いで尋ねた。

「娘さん、気を落とさないで」老人は言った。「また次がありますよ。人生、山あり谷ありです」

「じゃあ、どうして」胸の奥から怒りがこみ上げてくるのを感じながら、彼女は食ってかかった。

「どうして、ここに連れてきたの？　こんな恰好をさせて！」そして、わっと泣き出した。

「ロビーのせいですよ」

「ロビー？　ロビーって？」

「ロビーっていうのは、あの猫です。男であれ女であれ、すぐれた舞台の才能を持っている者が現れると、ロビーはたちまちそれを見抜いて、光りはじめるんです。驚くべき能力です。ストラジョーニさんが成功できたのも、実はロビーのおかげなんです」

「でも、間違えることはないの？」

「いいえ、間違えることはありません。ただ、時々は、あの猫もふざけることがありますが……さあさあ、泣かないで。万事うまく行きますよ。ごらんなさい。ストラジョーニさんの秘書が来ました。きっとあなたを探しに来たんです」

そのとおりだった。それは大興行師ストラジョーニ氏の使いで、氏は今すぐ彼女に会いたがっているとのことだった。リンダは元気がもどってくるのを感じた。たぶん契約のオファーだ。彼女はエドミラに頼んで、涙でぐしゃぐしゃになった目の周りをきれいに整えてもらうと、興行師のもとに急いだ。

リンダは何となく、大きな葉巻をくわえた堂々たる大男を想像していた。だが、ストラジョーニはその予想を越えていた。巨人だった。巨大建造物のように、ピラミッドのように、大きかった。まるで肉でできたエヴェレストだった。葉巻もまた巨大だった。

リンダがオフィスに入るなり、ストラジョーニはしげしげと彼女を眺めた。だが、その間も横目でちらちらと猫も見ていた。猫は安楽椅子の上にうずくまって、控えめな輝きを放っていた。

「お嬢ちゃん、怖がらないで。もっと寄って。私は人を取って食ったりしないから」その外見からはいかにもありそうなことのように思えたが、彼は笑いながら言った。「まったくなんてひどい衣装を着せられたんだ。さあ、見せておくれ！」

ストラジョーニは、やはり大きな二本の指でスカートの裾をそっとつまんだ。すると、ファスナーがついていたのか、服に秘密の仕掛けがあったのか、衣装は、まるで手品のように、いくつものピースに分かれ、はらはらと娘の足元に滑り落ちた。

「ちょっと、ストラジョーニさん、やめてください！」リンダは、自分でも驚くほどの大声を上げた。そして、何かで体を覆おうと、テーブルの上に掛けてあった刺しゅう入りの絹のショールをぱっとつかんで引っ張った。そのはずみで、花瓶や本や灰皿が床の上に落ち、ガラスのランプが大きな音を立てて粉々になった。リンダは、それを気にもとめず、肩の上からショールを巻きつけた。

「まあ、そう怒りなさんな」こうした場面には慣れっこな様子のストラジョーニが言った。「うーむ、なるほど。悪くない。では、さっそく契約の話をしよう……三か月後に上演されるグレン・モロウのレビューに出てもらうことにしようかね……そう、準主演女優の役で……どうだね？（そしてストラジョーニ氏はもう一度確認するように猫に一瞥をくれた）ギャラは一回の上演につき二万二千だ。それでいいかな？」

「二万二千？」それほどの額を想像していなかったリンダが訊き返した。

「どうした？　少なすぎるかね？　でも、きみは素人だし……」

興行師は言葉を詰まらせた。驚いたような顔で猫を見つめて、口をあんぐりさせていた。猫は、一瞬にしてその姿を変えていた。もう真珠のようなグレイでもなければ、まばゆい光を放ってもいなかった。前触れもなしに、つやのないごわごわした毛並みの、町外れの汚らしい野良猫のような姿に変わり果てていた。

「えーと……えーと……」ストラジョーニは、取り繕うための言葉を探して口ごもった。「お嬢さん、ひとつ訊きたいんだが、英語はどこで学んだのかね？」

「英語？　英語はできません」

「それじゃあ、話は違ってきますね」興行主はうまい口実を見つけたことに気をよくしながら言った。「どうやら誤解があったらしい。私たちに必要なのは、アメリカのレパートリーが歌えて、発音も完璧な娘なんです。誤解でした、お嬢さん」

「そんな！」娘はうめいた。

「話は以上です。もう行っていいですよ。おやすみ。さあ、早くむこうで着替えて、そのぼろ布は返してください。けっこう高かったんでね」

「ひどい……ひどいわ！」リンダは、恥ずかしさと屈辱とで蒼ざめながら言った。そしてショールを体にぎゅっと巻き付けると、劇場中に響き渡るほど激しく扉を叩きつけて出ていった。

衣装部屋にもどり、椅子の上にしわくちゃに置かれていた自分の服をふたたび着ると、ひとけもなくなって静まり返った渡り廊下を通って、出口に向かった。

すると、彼女の脚の間をひとつの影がすり抜けた。ストラジョーニ氏の猫だった。「このいまいましい猫！」と彼女はののしり、足蹴をくらわそうとした。だが、猫はふたたび変身を遂げていた。まるで、先ほどの冴えない姿はちょっと気を抜いていただけです、どうか赦してください、とでも言うように、猫は娘の先に立つと、堂々と歩き出した。腰を振って、頭を上げ、尻尾を勝ち誇ったように膨らませていた。毛色はパールグレイにもどり、銀色の松明のように光輝いていた。

とそのとき、彼女の後ろからドタドタと重たい足音が聞こえてきたかと思うと、ストラジョーニ氏の大声が響いた。

「お嬢さん」興行師は彼女を追いかけながら叫んだ。「止まってください！　待ってください！　お話があります！」だが、リンダはかまわず進み続けた。

外は、静かな夜だった。月が出ていて、芝生と庭のいい匂いがしていた。姉と友人たちは待ちくたびれて先に帰ったにちがいない。街は眠っていた。市外電車の終電も終わり、タクシーも見当たらなかった。娘は家に向かって歩いた。

「猫ちゃん、すてきな猫ちゃん、さあ、いっしょに来て！」だが、頼む必要もなかった。ストラジョーニよりもはるかに権威のある神秘的な呼び声に従っているかのように、猫は娘といっしょに歩いていった。そして一歩進むごとに、猫の体はどんどん大きくなって、輝きを増していくかのように見えた。

静けさの中で、ヒールがアスファルトをコッコッと打つ音が家々に反響して、奇妙な具合に響き渡った。遠くの田園地帯から電車の警笛が聞こえてきて、格別な情趣をかき立てた。午前二時の深い眠りの中で、彼女の周囲にあるものは何もかもがこのうえなく美しく、歓びに満ちていた。リンダは心地よい高揚感に押し流されるような感じがした。運命の猫はこの先けっして彼女から離れることはないだろう。忠実なしもべは、劇場から劇場へ、嵐のような拍手の中を、ずっといっしょに歩んでいくことだろう。それは今や確実なことだった。

「お嬢さん、聞いてください！」ストラジョーニが闇の中で叫んでいた。「どうか待ってください。五十万出しましょう……いや、八十万……止まってください、お嬢さん……一回の上演につき百万払いますから！」

『おあいにくさま』彼女は思った。『もしかしたら、将来また話をさせてもらうわ。でも、それは私の気持ち次第よ』そして意気揚々と歩みを速め、どんどん興行師を引き離していった。ついに、すがりつくような叫び声は彼女の後ろで聞こえなくなった。

（「コッリエーレ・デッラ・セーラ」一九五四年九月十二日）

（1）ダナム――キャサリン・ダナム（一九〇九―二〇〇六）。アフリカ系アメリカ人のダンサー・振付家・文化人類学者。

(2) ストルネッロ――主に恋愛や風刺をテーマとする、イタリア中部発祥の民謡の形式。

古き友人たちは去りゆく

I vecchi amici se ne vanno

三十七歳のアニータ・チェッリ嬢は、ある午後、郊外を走る道路のレフェブレ通りを通りかかったときに、四年前、車に轢かれて死んだオルランドという名前の飼い犬のマスチフ犬を、その近くの未耕地に埋めてもらったことを思い出した。そのとき彼女は、粗末な墓の上にたくさんの花を撒き、たくさんの涙を注いだ。何日間かは、笑われるのを心配してこっそりと、そこにもどった。人も通らない寂しい場所だった。時折、墓の上に、周囲の野原で摘んだヒナギクを手向けた。そして地面の下で、犬が寂しく感じないことを願いながら、小さな墳墓の前にずっと佇んでいた。だがそれから、ありがちなことだが、人生はその歩みを取りもどし、別の犬が、さらにまたもう一頭の別の犬が彼女のもとにやってきて、悲しみは不思議と消えてゆき、オルランドはすぐに独りぼっちになってしまった。そして、地面の下で、慣れ親しんだ足音が近づいてくるのを聞くことも、「オルランド、私のオルランド、聞こえる？」と呼びかける優しい声を聞くこともなくなった。

さて、あれから四年が過ぎたいま、アニータ・チェッリ嬢は、犬を長い間ほったらかしにしていたことに後ろめたさを感じて、墓を見に向かった。黄昏時だった。日は静かに去りゆこうとしていた。ガスタンクが建ち並ぶあたりで黒い雲が凝縮していたが、雨が降りそうな気配はなかった。周囲にほとんどひとけはなかった。彼女は、四年間には多くのことが変わりうる、ひょっとしたら野原はもう無くなっているかもしれないし、もしかすると住宅や工場が建っているかもしれない、と考えていた。

ところが驚いたことに、何ひとつ変わっていなかった。彼女は、灌漑用の溝や、小道らしきものや、灌木の茂みや、壊れかけた壁があったことを思い出していた。溝も、小道も、茂みも、壁も当時のままだった。四年ではなく、まるでほんの数日しか経っていないかのようだった。人間にとって、四年の歳月は、風のようなスピードで過ぎ去ってゆき、だが、あとで振り返れば、そこには大きな道路が伸びているように思えるものなのに。さらに驚いたのは、犬が埋葬されている場所にいまだに草が育っていないことだった。土は掘り返されたばかりのように見えた。そして、まさにその場所に、何本かの枯れた花が雨風のせいで散らばっているのに気づいた。誰が花を持ってきたのだろう？　不思議な偶然の一致で、同じ場所に別の犬が埋められて、悲しみの癒えない女主人が、少し前に嘆きにもどってきたのだろうか？　それとも、まさか四年間時間が止まりでもして、彼女が最後に墓に手向けたのと同じ花なのだろうか？

ひどく驚いて、アニータは見捨てられた墓を見つめながら、微動だにせずに立ち尽くしていた。過去という曖昧模糊とした霧の中からオルランドのイメージを呼び起こそうとした。だが、どれだけ努力しても、思い出せなかった。

遠ざかってゆく郊外電車が立てる金属の軋みと、子どもの叫び声がひと声聞こえてきた。なぜだかわからないが、彼女はとつぜん不安をおぼえた。振り返ってみたが、辺りは静かだった。そのとき立ち去ろうとしていた彼女の視線は、暗い呼び声に引かれて、今一度、その下でオルランドが眠っている土くれに向けられた。そして恐怖に体が凍りついた。

その場所で、まるで何かが下からゆっくりと持ち上げているかのように、土が動いていたのだ。表面が盛り上がるにつれて、小石がかすかな音を立てながら崩れ落ちた。やがて、細い割れ目のようなものができて、その縁が崩れながら、ゆっくりゆっくり外に向かってめくれていった。そして、穴の中からマスチフ犬が立ち上がった。オルランドだった。

間違いなく彼女の犬だった。アニータにはひと目でわかった。けれども犬は、今では大きな変容を遂げていた。なにしろ、前よりずっと大きくて、筋骨隆々としていた。それにカーキ色の軍服を着ていた。頭には奇妙なヘルメットを被り、二つの溝から耳が突き出ていた。そして、きらきら光る剣を握っていた。

オルランドは、座ったまま身じろぎひとつせず、傲然と頭を上げ、まるで主人の存在など全く眼中にないかのように、無表情に、じっと前を見据えていた。

モロク神(1)のようだった。アステカの神話の怪物のようだった。旗に向かって恭しく捧げ銃の姿勢を取ったまま微動だにしないタタール人の歩哨のようだった。

そのときアニータの背後から、大勢の人が小声で祈っているかのような、途切れのない、大きなざわめきが聞こえてきた。振り向くと、その場所は、いつの間にか人であふれていた。草地に沿って延びる道路を、どこまでも続く行列が進んでいた。よく見ると、それは葬列であることに気づいた。けれども霊柩車は見当たらず、列車の車両のように互いに連結した、低くて平べったい荷車が長い長い列を作っているのだった。先頭では、馬か車が牽引しているのだろうか？　だが、行列は地平線のかなたまで続いていたので、確かめることはできなかった。荷台の上には、何だかわからないものがうず高く積み上げられ、その上から黒い大きな布が被せてあった。その光景は、物悲しくて、強烈だった。

アニータは近づいた。行列からは、低いつぶやきが聞こえてきた。時折、すすり泣きや、鳴咽や、悲しげな呼び声も混じっていた。

「何が起きたんですか？」アニータは頭を垂れて歩く老人に尋ねた。

老紳士は、悲しげな口調ではあったが、親切に教えてくれた。「犬たちですよ」

「犬たちって？」

「今日、みな死んでしまったのです」

「どこの犬が？」

「世界中の犬です」

「世界中の？」

「私の犬も含めて、すべての犬が」

「まさか！」

老人は頭を振った。「人生とはそういうものなのですよ。素晴らしいものはひとつひとつ私たちを置いて去ってゆく。前へ進めば進むほど、私たちは独りになります。二年前には蝶がいなくなりました。でも、それに気づいた者はほとんどいません。昨年は雀です。覚えていますか？　そして今は、もっと悲しいことに、犬たちがいなくなったのです」

アニータは、田園地帯のほうに向かって移動していく陰鬱な車列に目を遣った。ある不安が彼女をとらえた。家に帰らねばという思いにかられて彼女は駆け出し、哀悼者たちの群れとは逆方向に進んでいった。泣いている女、農夫、盲人、物乞い、銃を肩にかついだ猟師たちの姿が目に入った。猟銃の銃身は、弔意を表して地面に向けられていた。『ネローネとパックは家の中に置いてきたから大丈夫よ』心の中で、アニータは最後の希望にすがりついていた。『あの子たちに何かが起こるなんてありえないわ』けれども、いくら考えをめぐらせたところで不安を鎮めることはできなかったので、ひたすら走り続けた。

長大な葬列から離れて脇道に入っても、しばらくは、あの、鈍いつぶやきや、むせび泣きや、声が、背後から聞こえてきた。通りはいつになくひとけがなかった。歩道では、尻尾を膨らませてぴんと立てた猫たちが、我が物顔で駆けまわっていた。

走り疲れて口から心臓が飛び出しそうになりながら、彼女は建物の玄関を通り抜けると、階段を懸命に上った。「ネローネ！　パック！」と叫んだ。「帰ったわよ！」

だが、踊り場まで上ったところで、アニータは心臓が止まりそうになった。彼女の家の扉が開け放たれていたのだ。玄関の間やダイニングキッチンが見えていた。何もかも落ち着いて整然としていた。だが、そこからぞっとするような静けさが漂っていた。

「ネローネ！　パック！」ふたたび呼んでみた。小さな声で。どうせ無駄だとわかっていたのだ。家中の扉を開けていった。家具の下も覗いてみた。洋服ダンスや、箒がしまってある物置部屋も調べてみた。いなかった。犬たちは消えていた。衣類掛けのホックには、革紐がだらんと垂れていた。どうして？　どうして？　彼女は自問した。唇の上に苦い涙を感じた。突然の疫病だったのだろうか？　それとも政府による措置か？　それとも、神様のご命令だったのか？　どうしていいかもわからず、気がつくとふたたび通りにいた。そして、こんどは行列に追いつくために、息を切らし、へとへとになり、足がもつれそうになりながら、また走った。黒い布で覆われた、あのたくさんの荷台の上に、パックとネローネも横たわっているのだ。彼女はどうしても、お別れを言いたかった。

ようやく、人生の慰めを失った者たちの行列が見えてきた。列に追いつくと、なんとか最後尾あたりにつくことができた。

すでに日もほとんど暮れていた。だが、草地や、家々の蒼ざめた正面や、工場の灰色の壁には、夕暮れ時の清らかな魔法の名残があった。行列は行く手の闇の中に消えてゆき、荷台の上に何百万と積み上げられた犬たちは、ゆっくりゆっくりと、永久に去っていこうとしていた。もう二度と、この地上のどこでも、犬の鳴き声や吠え声は聞かれないのだ。もう二度と、人間の目をじっとのぞき込む、あの不安げでつつましい目を見ることはできないのだ。仕事から帰ってきたときに、うれしそうに尻尾を振って、飛びつくこともないのだ。さらば、さらば。

もう時刻も遅かった。歩き疲れて立ち止まる者もいれば、すでに引き返した者もいた。誰よりも深い哀悼の意を示してずっと行列につき従っていたひとりの獣医は、パイプに火を点けることにした。日常生活への気遣いが少しずつ優位を取りもどしていった。その間、そこかしこで、政治集会のように演説者が立ち、そのまわりに、話を聞こうと聴衆が集まっていた。アニータは途切れ途切れに話し手の言葉を聞き取った。「……この労働者階級の忠実な友が……私たちの中でいつまでも羽ばたき続けることでしょう……文明の導き手たる我が国は、とりわけ……高貴で素晴らしい犬種をいくつも育んだことで知られ……」時折、拍手が沸き起こっていた。

行列は、狂犬病研究所の堂々とした建物の前を通過した。その入り口には、所長である、高名なヴェルナッチャ教授が、妻や息子たちといっしょにがっくりと肩を落としていた。一家は、黙って、行列が完全に通り過ぎるまで見守っていた。それから、夫人が尋ねた。「ねえ、クラウディオ、あなたの年金がいくらになるか計算してみた?」

(「コッリエーレ・デッラ・セーラ」一九五四年十月十二日)

(1) モロク神──古代中東の人々が崇拝し、生け贄を捧げた神。

憎しみの力

La potenza dell'odio

これは、ヤコポ・ファブリティース中学校で自然科学を教えるステーファノ・ボナンニ先生、四十七歳が、彼の意志や理解の及ばない状況の連鎖によって、世界の主になるに至った経緯を語る物語である。

懐具合の寂しいボナンニは、山間の辺鄙な谷間にあるヴァッレシネッタ村に避暑に訪れた。妻と二人の子どもがいっしょで、村の民家の三部屋を借りた。彼は毎朝、家族がまだ眠っている時間に、トムという名の雑種の犬を連れて散歩に出かけた。

このトムは、足が短く、太鼓腹で、頭の毛もはげちょろけていて、ひどく醜かった。おそらくそのせいもあって、子どもたちは、石を投げるやら、罵声を浴びせるやら、下品な仕草をするやらして、犬をからかった。

とりわけ、ベルトという名の少年が、面白がって犬を執拗にからかった。おそらくそれは、ボナンニ自身をからかうためだった。というのもボナンニは、体格も貧弱なら、身なりもみすぼらしくて惨めで貧相な印象だったからだ。

当然トムは、主人に制止されても、少年たちに向かってうなり声を上げ、歯をむいた。すると彼らは、犬が怒るのを見て、さらに歓声を上げ、からかうのだった。

ある日ボナンニがタバコを買うために村のタバコ屋に入っていた間、外の広場で待っているトムを悪ガキどもが見つけた。

リーダー格のベルトは、弓と、短いが先に太い釘を取り付けた矢を数本持っていた。気が小さく心配症のボナンニ先生は、犬が吠えるのを聞いて、すぐさま店から飛び出して、トムを呼んだ。いじめられたのか、身の危険を感じたのか、トムは広場の真ん中でじっとしたまま毛を逆立て、敵のほうに不格好に顔を向けて小さく唸っていた。

「トム！　おいで、トム！」最悪の事態を避けるために、ボナンニは犬に命じた。だが、このときすでにベルトは、仲間たちの声援を受けながら、矢を放とうとしているところだった。

次の瞬間、犬の頭には細い棒が突き刺さっていた。「トム！　おいで、トム！」打ちのめされながら、ボナンニ先生は呼んだ。

犬は、主人のほうに向かって動いた。だが、ふらふらしていた。矢が刺さった左目は、もう見えなかった。もう片方の目で数秒の間、まるで理由を問うかのように、ボナンニをじっと見つめた。それから前脚が崩れ、ドサッと倒れた。

「命中だ。見たか、命中したぞ！」少年は弓を振り回しながら小躍りした。だが、仲間たちは、どこか茫然とした様子で、いっしょに喜ぼうとはしなかった。そして黙って後ずさりした。

ボナンニは、起こったことがまだよく理解できないまま、犬のかたわらにひざまずき、トムを両手で抱え上げていた。だが、犬の頭はずっしりと重く、ぐにゃりと垂れていた。死んでいる証だった。

そのとき、彼の胸の中で絶望が渦を巻いた。そして為すすべもなく、生気を失った哀れな犬の頭をなでてやりながら、ボナンニ先生はつぶやきはじめた。「ぼくの犬を殺した！　ぼくの犬を殺しやがった！」

最初、その声は小さくてかすれていた。それから徐々に、声のトーンが上がっていき、ついには叫び声になり、朝の白い陽射しの下で、山村の広場に恐ろしげに響き渡った。そして、目も眩むほどに高くそびえたつ周囲の山々が泰然とその場面に立ち合っていた。

ベルト少年は、弓を手に持ったまま、まだその場にいた。もう笑っていいのか、どうしていいのか、わからなかった。

「こんちくしょう！」ボナンニは叫びながら立ち上がり、持っていた杖をまるで銃でも向けるように、少年に向かって伸ばした。

「こんちくしょう！」ぞっとするような声で先生はもう一度言った。「このゲス野郎め、死んじまえ！」

この言葉と同時に、ベルトは、急にひきつけでも起こしたかのように身をよじり、両腕を高く上げた。足元から青白い炎がぱっと燃え上がったかと思うと、体全体を包み込み、一瞬姿が見えなくなった。それから、黒い骸骨の姿をした人形のようなもの、炭になった燃え木のようなものが現れ、ばったりと地面に倒れて、そのまま動かなくなった。

（未発表作品　一九五五―五六年）

実験
L'esperimento

ある朝、ファルミステン社の研究所。陽射しが広々とした窓から射し込み、正面の庭の木々で雀がさえずっていた。白衣姿の助手のステーファノ・アンノーニ、四十八歳は——おっとりとした性格で、自信にあふれた、血色のよい、小太りの男だったが——三番と書かれたケージのラットたちに静脈注射を打っていた。実習のためにやってきた薬学部の女子学生アニータ・メニジオがそれを手伝っていた。

スタイルはよくないし青白い顔だが不器量ではない実習生に自分の腕前を披露できるのを、アンノーニは喜んでいた。彼のふっくらした手は的を外さなかった。ピンセットでラットの尻尾をつかみ、ケージの中から引っ張り出す。アニータ嬢に別のピンセットでラットが動かないように押さえておいてもらう。正確な場所を見極め、針を差し、正確な量の液体を注入する。彼はこれを数秒で片付ける。

それは、研究部門の長であるアメンドラージネ教授にとっては非常に大事な実験だった。他ならぬアメンドラージネが発見した新しい強壮剤の効果を確かめるための実験なのだ。新薬は、スポーツ選手たちにもてはやされるかもしれなかった。ミオエルギーナというのが仮の名称だった。

「これで十四匹」アンノーニは、ラットの尻尾に赤い印をつけると、満足げな声をもらした。「あと一匹で……」

「でも、私はこのネズミたちにはなりたくないですね」女子学生はいつにもまして青白い顔で、ためらいがちに言った。

「どうして？　扱う者の腕次第です……誓ってもいいですが、こいつらは気づきさえしませんよ……もちろん、これは遊びじゃない。まあ、死体だと思えばいい、もう死んでいるんだとね……そら、つかまえた……さあ、尻尾を出すんだ、尻尾を」

扉が開いた。痩せて、背が高く、陰鬱な感じの所長が入ってくると、少し離れたところで立ち止まった。「さて、アンノーニ君、準備はできたかね？」「今、十五匹目に注射しているところです、教授。これで最後です。今から競争が始まります」

「頼むよ。問題は時間だ。正確に記録してくれたまえ。お嬢さん、あなたが記録係かね？　けっこう結構」

「教授、どうして立ち会わないんですか？」相手が扉に向かうのを見て、がっかりしたようにアンノーニが言った。

「できんのだよ、アンノーニ君。あちらで人を待たせているんでね」それは見え透いた言い訳だった。要は、教授は神経が繊細なのだ。部屋を出る前に、彼は水を満たした長方形の水槽を不安な目でじっと眺めた。

実験は驚くほど単純なものだった。十五匹の普通のラットと、薬を打たれた十五匹のラットが、同時に水槽の中に入れられる。水槽の壁はつるつるしているので登れない。ラットたちは泳ぐしかない。人間はと言えば、彼らの持久力を時計で測って記録するだけだ。薬の効き目が現れれば、注射されたラットはずっと長く水面に浮かんでいられることになる。

骨が折れそうに思われた作業は、難なく完了した。ケージから手際よく出されたラットたちは、小さな鳴き声を上げながら、間を置かず次々と、縦一メートル横六十センチの水槽に落ちてゆき、ストップウオッチが押された。狭い水面は真っ白い小さな丸い背中で沸き立った。

「ほら、見てごらんなさい、お嬢さん。あんなに脚をバタバタさせて。クロールなんてもんじゃない。さあ、おまえたち、落ち着くんだ。もっと静かに……その調子で続けていたら、すぐにバテちまうぞ……おや、お嬢さん、顔がひどく青いですよ。気分がすぐれないのですか？　やれやれ、慣れてもらわないと……」

「で、どのくらい……どのくらい持つと思われますか？」女子学生は小さな声で尋ねた。

「こいつらは、三十分は行けるでしょうね。まあ、時間はあります。お嬢さん、お座りなさい。坊主どもが体をほぐしている間に、こっちはのんびりと一服できます。……よし、いいぞ……やっと、正しいリズムをつかんだな」

じっさいラットたちは、最初の不安を克服すると落ち着きを取りもどして、もうがむしゃらに脚を動かしてはいなかった。体力を無駄遣いするのは無意味だと、おそらく理解したのだ。動きが規則的になって、ゆったりとし、揃ってきた。

「さて、友人たちにはスポーツを楽しませておきましょう。その間、あなたに見せたいものがあります。今朝買ったんですよ」

アンノーニは包みを取ってくると、中から、一種のセルロイドの人形を取り出した。それは、揺らすと、体の中から小さな心地よい鐘の音が響いた。

「まあ、かわいい」娘は言った。「それに音が出るのね！ まるでオルゴールみたい。でも、それをどうなさるんですか？」

「どうするって？ 私が自分のために買ったと思ったのですか？ こいつはけっさくだ。私がこの年で？ それはプッチェッティのために買ったんですよ」

「プッチェッティ？ プッチェッティって誰ですか？」

「私の孫です。どれほどかわいいか、お見せしたいですよ。九か月で、もう歩けるんです……（そう言いながら、彼は長いピンセットを使って、泳ぎ手たちがぶつかり合わないようにしていた）私はね、根っからの子ども好きでしてね。結婚する前から、子どもには目がなかったんです……おや、もう三十分が過ぎましたよ。まだみな元気かな？……ハハ、あそこで苦しそうな息をしているやつをごらんなさい。まるでアザラシだ……三十分！ お嬢さん、海でどのくらい浮かんでいられますか？」

「さあ、計ったことはありませんが」

「私は、一時間か一時間半でも……大事なのは水と友だちになることです。たとえば、私とプッチェッティは……」

「すみません、アンノーニさん」女子学生は話をさえぎった。「ひとつわからないことがあるんですが。ラットが疲れてきたのを、どうやって知るんですか？」

アンノーニは大笑いした。「面白い人だ。どうやって知ると思っていたんですか？　苦しくなったら、口笛で私たちに知らせてくれるとでも？　疲れたら、もう泳がなくなるだけですよ」

「つまり……つまり、おぼれ死にさせるのですか？」

「そのとおりです。で、あなたは、よく注意して、ラットが沈んで行くのを見たら、すぐに時間を記録してください。もちろん私が知らせます。でも、あなたも注意していてください。これはデリケートな実験なのです……」アンノーニは、最後に数回タバコをふかすと、吸い殻を捨て、うれしそうに頭を振って、笑った。

「アンノーニさん、何を笑ってるんですか？」

「考えていたんです」

「考えていたって、何を？」

「私に似ているって」

「誰が？」

「プッチェッティですよ。孫の。みんなに言われるんです。私よりもずっとハンサムだってね。もちろん、そう願います！　子どもたちだって、そう、子どもたちもそりゃかわいいですよ。でも、孫のかわいさといったら！　うまく言葉にできませんが、まったく別物なのです。もっと深く心を揺さぶられるんです。ここを、胸をぎゅっとつかまれるような感じなんです……おやっ、もう一時間が過ぎたぞ。マラソン選手たちは頑張ってますよ……ごらんなさい、あの脚の動きを。全盛期のガンビ[1]も顔負けだ」

　一時間二十分が過ぎた。アンノーニは、ネズミたちの運動能力の高さに感動していた。ただひとつ、思わしくないことがあった。普通のラットたちと、(尻尾に赤い印のついた)注射を打たれたラットたちの間にまったく差がなかったのだ。みな、同じように果敢に水を掻いていた。

　女子学生は、恐ろしい光景に目を見開いたまま黙っていた。アンノーニも黙っていた。そして沈黙の中で、時間はやけにのろのろと進み、水槽からはごくかすかな水のざわめきが聞こえていた。

　実験の開始から一時間四十八分が経過したそのとき、助手の鋭い目は、ついに一匹のラットの泳ぐ速度が落ちたのを見逃さなかった。だが、とても残念なことに、それは注射をしたラットだった。苦しみ悶える様子はなかった。ただ、もはや気力が尽きてしまったかのようだった。

「頑張れ、若いの」ネズミたちの競争に気持ちを昂らせたアンノーニは、ラットを叱咤した。「頑張れ。教授をがっかりさせたくはないだろう？　祖国はまだおまえに大いに期待しているぞ！　ああ、裏切り者め……」

　周囲の仲間たちが疲れをしらずに泳ぎ続けている中で、その尻尾に赤い印のついたラットは、今にも死ぬような兆しはないまま、とつぜん横ざまに倒れ、ひっくり返り、頭をのけぞらせたまま動かなくなった。水面にはピンク色の小さな四つの足が突き出ていた。

「お嬢さん」アンノーニが声をかけた。「記録して。一時間四十八分、投与群」一時間五十七分。そして五十八分。助手の顔は明るくなった。最初の脱落者には何らかの器質的な欠陥があったにちがいない。さいわいにも、いま危ない兆候を示しているのは、注射していない「対照群」だった。

「やったぞ、お嬢さん」アンノーニが大喜びした。「尻尾が灰色の連中は、こちらの期待どおりバテてきた。早く記録して。一時間五十八分十秒、ノーマル一頭。五十八分二十五秒、ノーマル二頭。五十八分三十五秒、ノーマル一頭……ああ、五十八分三十九秒、投与群一頭……」その間もアンノーニは、ラットが死ぬたびに、ピンセットで手際よく死骸を拾い上げ、バケツに投げ込んだ。

二時間四分。薬を投与したグループからも、力尽きたネズミたちが次々と死んでいった。あまりに早すぎる！　水槽の中では、生き残っている十一匹の哀れなネズミたちが、憐れみ深い神が助けに来てくれるのを待ちながら、最後の力を振り絞って弱々しく水を掻いていた。十一匹のうち、八匹は尻尾に赤い印があった。

だが、彼らにとっての神とは、アンノーニ助手だった。そしてアンノーニは、実験が成功することだけを気にしていた。

「頑張れ、頑張れ、勇敢な兵士たち」アンノーニは励ました。「科学の勝利のために戦うんだ！」けれども、勇敢な兵士たちは、科学などというものに対してこれっぽっちの理解も持ち合わせていなかった。彼らがかろうじてまだ脚を動かし続けていたのは、単に生への執着からだった。

「アンノーニさん」娘は消え入りそうな声で尋ねた。「アンノーニさん、災いが降りかかるのが怖くはないのですか？」

「何ですって？」

「こんな恐ろしい実験だなんて……もし想像していたなら……」

「さあ、気持ちを楽にするんです、お嬢さん。不吉なことなど考えてはいけません。バカげていますよ。こんな嫌らしい動物のために……」

二時間九分。最初三十四匹だったラットのうち、生き残っているのはたったの一匹だった。そのネズミはまだ勇敢に戦っていた。アンノーニは興奮していた。

「すごいぞ、チャンピオン！　おまえにはまだ力が残っているじゃないか。ありがたや……頑張れ、頑張るんだ。教授を喜ばすんだ」

手帳を手に持ったまま、女子学生は立ち上がって、水槽に近づいた。一瞬、瀕死のラットと目が合った。「私を見てる」彼女は叫んだ。「ああ、私を見てるわ！」

「まあまあ、お嬢さん、どうか落ち着いてください。たかがネズミじゃないですか……ああ卑怯者、卑怯者め、おまえも期待を裏切るのか……さあ、早く書き留めて。二時間十一分十秒、投与群……」

はたして、生き残っていたネズミは、突然、後ろ脚が激しい痙攣を起こしたかと思うと、ひっくり返り、仰向けのまま動かなくなった。

すぐに、平均値が計算された。正常な状態のラットは約百二十分で、薬を投与されたラットは百二十五分だった。全体としては、芳しくない結果だった。

「残念だ」最後の死骸をバケツに放り込みながら、アンノーニがつぶやいた。「もっといい結果が出るのを期待していたのに、残念だ」

とつぜん陽射しが翳った。雀たちはほかの庭に移動したにちがいない。もうさえずりが聞こえなかった。深い静寂が漂っていた。

「アンノーニさん」女子学生が小さな声で言った。「今に、きっと悪いことが起こります」

「おやめなさい、お嬢さん。そんな話は聞きたくない……」

隣の部屋から、けたたましくイライラしたような電話の音が聞こえてきた。鳴り続けていた。ベルが鳴り響くたびに、不安が増すようだった。流しで手を洗っていたアンノーニは、指に石鹸がついたまま、体をこわばらせた。「お嬢さん、すみませんが……」

女子学生はすでに電話を取りに駆け出していた。戸口にふたたび現れたときには、顔が今や蒼白だった。

「アンノーニさん、あなたにです」

「私に?」

「お家からです」

「こんな時間に?」

「行ってください、急ぎの用件です」

手に石鹸がついたまま、助手は急いで電話に向かった。「なんてことだ。まさか……」

悪い予感がした。

（「コッリエーレ・デッラ・セーラ」一九五六年十一月二十五日）

（1）ガンビ——ジョヴァンニ・ガンビ（一九〇七—一九八六）。イタリアの水泳選手。一九二八年のアムステルダム・オリンピックに出場したのち、オープンウォータースイミングの選手として活躍した。

敗北
La sconfitta

政治集会のあと、ボスカルダから町への帰りの道、車中は沈鬱な空気に包まれていた。アマディーオ議員も、万一論戦になった場合に彼に加勢するために同行した、別の候補者のカルツァ弁護士も、口を開こうとはしなかった。だがやがて、長い長い沈黙の後に、アマディーオが頭を振りながらこう言った。

「どうも、今夜の私は本調子ではなかったらしい」

「とんでもない」カルツァが言った。「きみはすばらしかったよ。とことん突き進んだじゃないか！」

「でも、あれは聴衆じゃない、石の壁だよ」アマディーオがつぶやいた。

「だけど、集まった！」

「いやいや、広場が空っぽだったほうがましだった！」

町に着くまで、三人はそれ以上口を利かなかった。伝統的に労働争議の激しさで知られ、過激派の小規模ながら強固な砦である、郊外の小さな新開地のボスカルダで社会民主党が政治集会を開くという大胆な提案をしたのはアマディーオだった。ボスカルダでは、常に共産党がどの選挙区をも上回る得票率を得ていた。今では、他のすべての政党はそこを禁猟区とみなしていた。これまでの選挙時に中道の候補者たちによって行われた政治集会は乱闘騒ぎに終わっていた。さながら、所詮無駄だとわかっていて宣教師たちが端《はな》から改宗を諦めている孤立した部族のようだった。

だが、アマディーオには大変な声望があった。彼の、わかりやすくて温かみが感じられ、親しみがもてて、人間味に溢れ、機知も欠けていない弁舌は有名で、それは、才能ある田舎司祭たちの素朴だが常に聴衆の心をつかむ説教を思い起こさせた。外見も人好きがした。がっちりした体格で、大きな顔はにこやかであると同時に、まだ四十代にもかかわらず威厳を湛えていた。熱血漢でもあり温和でもあり、思慮深いと同時にユーモアたっぷりだった。ボスカルダにおいて、頑迷な盲信主義の巌にひびを入れるとまではいかなくとも、せめてひっかき傷をつけられる人間がいるとすれば、それはアマディーオしかいなかった。最初はためらっていた党の戦略家たちも彼を死地に送り出すことを決めた。もしもあの異端者たちの巣窟から三十票でももぎとることができれば、すばらしい成果だろう。

ところが、ことは予想とは反対に進んだ。アマディーオは厳しい戦いを予想していた。だが、戦いはなかった。誰も足を運ばず会場がガラガラなのではと心配していた。けれども、集会には大勢やってきた。ただ、いつもと違って、演壇のそばまで人で埋まることはなく、聴衆は、まるで感染するのを怖れてそれ以上近づきたくないとでも言うように、二十メートルほどの距離を置いて遠巻きに、壁のように隙間のないきれいな半円形を形作っていた。だから、演壇と聴衆の間には、息が詰まるようなひどく虚ろな空間が広がっていた。

彼らは、たいていが労働者、肉体労働者、労務者だった。ぼろをまとってやつれてはいなくとも、重苦しくも暗い諦念が感じられた。その表情には、苦悩というより屈辱が刻まれていた。だが、飢えて痩せこけているほうがまだましだった。絶対的な不信感。加えて、アマディーオ個人に対してというのではなく、彼が言うことに対する怒りと冷ややかな侮蔑が、その陰鬱で無表情な顔に、その無気力なまなざしに、無頓着さを装っているが暗い力に満ちたその腕に、その胸に、その脚に徴されていた。

そしてあの沈黙。アマディーオは、いつものように邪気のない笑みを湛えながら、友人に話しかけるような、控えめな調子で話しはじめた。だが徐々に――これが秘訣だったが――声の調子を高め、抑揚をつけながら、話に熱を込めていった。それは知的で、絶妙な匙加減の話し方だったので、思わず惹きつけられずにはいられないようなものだった。なぜだか、この人々の冷ややかな無反応ぶりは、彼の意気をくじくどころか、むしろその想像力をかき立てた。おそらく彼は、かつてこれほど明晰かつ説得力に富んだ論法で、これほどうまく話したことは一度もなかった。

だが、それでもまったく効果がなかった。彼が最初に一息入れたとき、すでに調子が出てきて、聴衆が少なくとも、ざわめきやつぶやきや身振りや叫び声の形で何らかの反応を示すことを期待したときも、誰も身じろぎひとつせず、押し黙ったままだった。まるで、石像を相手にしているみたいだった。

アマディーオは、ほとんど怒りとともに――もちろん彼の言葉は怒りではなく、貧しき者たちへの深い同情、正義への尊き渇望、平和と調和の願いを語っていたのだが――彼らがそのような冷ややかな態度を取るのも当然だとでも言うように、すぐに話を再開した。あたかも、競技の中でもっとも絶望的な局面においても最善を尽くすすべを心得ている運動選手のように。おそらく意図せずして、アマディーオは政策綱領を既定のものよりもずっと左寄りに持っていった。そして、彼らが抱く実現不可能な願望を、理解のある父親のように称えた。共感し、鼓舞した。

きっと、これ以上の演説はできなかっただろう。アマディーオは最後まで力を出し切った。心の底からあらん限りの情熱と善意を引き出した。きっと岩でさえ心を動かされただろう。だが、彼らはそうではなかった。彼の力強く、慈愛に満ち、断固とした結びの言葉は、冷ややかさの中に沈んでいった。誰ひとり微動だにしなかった。言葉を発する者も、口笛を吹く者もいなかった。ひたすら沈黙していた。

演説者と聴衆は、しばしの間、見つめ合っていた。それから、アマディーオが演壇から降りようとしたとき、ようやく彼らは包囲を解き、半円形を崩して、三々五々帰っていった。だが、叫びも、つぶやきも、興奮もなかった。そして広場は、もの悲しげにひとけがなくなった。『一体、どういう人間たちなんだ？　どうしてあれほど私を憎むのか？　彼らに善を施そうとする者をなぜまったく信用しないのか？』アマディーオは自問していた。『私だって、若い頃には彼らのように貧しかった。私だって望みを抱いた。私だって反発した。私だって憎んだ。だが、あのようにではなかった』そして、彼は打ちのめされながら、車に乗り込んだ。

「じゃあ、私はここで降りるよ。少し歩けば気も晴れるだろう」車が家の近くにさしかかったとき、アマディーオは言った。「じゃあな、カルツァ。ありがとう。失敗だったな。だが、次はうまく行くさ。明日の朝会おう」

アマディーオは、家へ通じる道を歩き出した。人通りの多い道は、その時刻——夜の十一時少し前だったが——奇妙にひとけがないように思えた。心ここにあらずといった感じで彼は進んだ。目の前にまだ、あの無表情で悪意に満ちた顔の群れがあって、卑しむべき敵のように自分を見つめているような気がしていた。それを振り払うことができなかった。『なぜだ?』子どものような執拗さで彼は自問し続けていた。『どうしてあんなにも私を憎むのだ?』

そのとき、目の前の歩道の上に、一匹の犬を見た。黒っぽいシェパードに似た感じの犬だった。まだ子犬で、痩せこけた野良犬だった。周囲の家々はしっかりと扉を閉ざしていた。気にかけてくれる者はいなかった。夜はどこで過ごすのだろう?

アマディーオは気遣うつもりで近づいた。だが、犬は怯えて、おぼつかない足取りで、ぐるりとひと回りするように遠ざかった。見るからに腹をすかせていて、やつれていた。そして何より、怯えていた。これまでどれだけひどい目に遭わされてきたのだろうか。

その光景に、アマディーオはますます気が滅入るのを感じた。自分はもうすぐ、安全で居心地のよいベッドで寝ることができるのに、この犬は飢え死にするかもしれないと思うと、やりきれなかった。急ぎ足で帰り着くと、家に入り、女たちを目覚めさせないように食べ物を探し、ポケットにパンを四つ詰め込むと、ふたたび外に出た。通りにはあいかわらずひとけがなかった。遠くの街灯の下に、犬はいた。座り込んで、待っていた。

アマディーオはふたたび近づいた。子犬はすぐに立ち上がると、まるで『ほら、人間だ。きっとまた棒で殴られるぞ』とでも思っているかのように、頭を垂れて遠ざかった。

「おいで、おいで」（犬についてよく言われるように）悪意がないことを直感的に感じ取ってくれるのを期待しながら、アマディーオは呼びかけた。そしてミケッタ〔バラの花の形をした小さな丸パン〕を二つにちぎって、片一方を犬に向かって投げてやった。

野良犬は頭をめぐらせて、パンを見たものの、動かなかった。街灯の光を受けて目がきらきら光っていた。だが、その目には親愛の情は宿っていなかった。「おいで、おいで」アマディーオはもう一度呼びかけた。

犬は、用心深い足取りでパンに近づいた。匂いをかぐと、ひどく幻滅したかのように、まるでそのパンは毒入りだとわかったかのように、ゆっくり後ずさった。それから、ふたたび議員を見つめた。

そのときアマディーオは気づいた。それは、この夕べのボスカルダでの集会の間ずっと彼を見つめていたまなざしだった。同じ表情、同じ冷ややかで敵意に満ちた無関心、同じ恐るべきよそよそしさだった。

彼はまたパンを投げ、犬に近づこうとした。犬はそのたびに、嘆き声とも唸り声ともつかない悲しげな声を上げながら離れていった。

パンはもうなくなってしまった。時計を見た。十一時五十分だった。結局、自分に何ができるだろう？　がっかりしながら、彼は引き返し、家に入った。

横になる前に、アマディーオは部屋の窓から通りに目を遣った。まだ犬はいた。散らばったパンの間で、歩道の縁に座り込んでいた。動かず、待っていた。

何を待っているのだろう？　そのとき初めて、アマディーオは理解した。そのわずかなパンでは何の役にも立たないことを。犬を救うにはもっと骨を折り、家に連れて帰り、そばに置き、ちゃんとした生活を与えてやらねばならないことを。そして、「おいで、おいで」などと声を掛けるのは滑稽でしかないことを。

後悔の念が、鋭い小さなやっとこのように、みぞおちを締めつけた。もう一度行こうと決意して、アマディーオはぱっと窓から身を乗り出して外を見た。

けれどもちょうどそのとき、犬は動き出した。疲れたように体をふらつかせながら去っていった。遠くで小さな点になり、もう見えなくなった。

アマディーオは間に合うかどうか計算してみた。だめだ、もう追いつけないだろう。そして、ため息をつくと、ブラインドを降ろした。

（「コッリエーレ・デッラ・セーラ」一九五七年六月十五日）

エンジン付きの野獣

La belva a motore

その国で——実は非常に文明度の高い国のひとつなのだが——私は奇妙で甚だ衝撃的な狩りに参加する機会を得た。

私は、古く高貴な家柄のトロッター家の客として、（地図には載っていないかもしれないが）スウィッパートという村の端に建つ、彼らの豪奢な別荘に滞在していた。

そこに集まっていた面々は、まず、私の古い友人で同年代のフレディー・トロッター。それから、八十を越えた彼の父親のアンガス（男やもめでアマチュアのヴァイオリニストだ）、フレディーの叔母のアグネス（年配の女性によく見られるように気候の変化に過敏なところがあるが、剛胆な性格で確固たる信念の持ち主）、フレディーの従妹で、けっこうあだっぽい印象のアルミーダ（なんという名前だろう！）[1]、この従妹の友人で、奇妙な一致だが、同じ名前のアルミーダ（もうひとりとはちがって烏のような黒髪だが、正直、彼女もなかなか魅力的だった）、何者で何の仕事をしているのかさっぱり見当がつかなかったアルバート・ドゥードゥル氏（ひどく醜いが非常に気さくな奥さんを連れていた）。さらに、ままあるように、誰が誰だったかすぐにわからなくなってしまう大勢の親戚たちがいたが、このお話にはまったく重要ではないので、名前を挙げるのはやめておく。

すばらしい館、美味しいワイン、まずまずの食べ物、閑静さ、気の置けない仲間たち。何ひとつ不満な点はなかった。ある夜——深夜一時頃だったろうか——すでにベッドに横になって、厳かな眠りに落ちようとしていたまさにそのとき、私はだしぬけに目を覚まさせられた。

（我々の疲れた神経にとっては慰めである）えも言われぬ心地よい無数の虫の音とともに別荘を常に包み込んでいる田園の静寂を破って、人に対する強烈な敵意を感じさせる、一種の猛々しい悪意に満ちた、恐ろしい騒音が響いてきたからだ。私の肉体は激しい苦痛を感じていたが、その苦痛には、甘く切ない気分にさせるような相反する感覚が混ざり合っていた。というのもその騒音は、ある馴染みのある声——まさか彼の地で耳にしようとは夢にも思っていなかったが——遠く離れた私の国で聞きなれた音だったからだ。そう、それはエンジン全開で爆走するバイクだった。轟き、吠えたけり、叫び、うなりを上げるエンジンの響きは、脊髄の中心部を打ちつけ、えぐった。おまけに時折、パンパンパンパンパンという恐ろしい銃声のような音までまき散らしていた。

わずか数秒のことだった。猛スピードで爆走していたにちがいないバイクは、ほどなく遠ざかってゆき、あとには深い静寂がもどった。

ところがその直後、もう一時間は眠りに就いていた別荘の中で異様な動揺の気配が生じた。ひそひそ声や、忍び足で歩く音、ドアを開け閉めする音など、さまざまな物音が聞こえてきた。まるで家中に警戒態勢が敷かれたかのようだった。

一体何が起きているのだろう？　そのときドアをたたく音がした。フレディーだった。少し前に別れたときには粋なタキシード姿だったのが、今は乗馬用のズボンに、ブーツ、田舎風のジャケットを身に付けていた。

「さあ、服を着て」彼はひどく興奮した様子で私に言った。「すごい狩りができそうだぞ」

「狩りって、何の？」

「いいから、起きて！」彼は私の問いには答えずに陽気に言った。「楽しむぞ」

気は進まなかったが、それでも私は起きた。そして何分か後には、私も動きやすい服装に着替えて下の広間にいた。そこにはすでに家の主たちと客の大部分が集まっていた。誰もが見るからに興奮していた。「今日こそは仕留めてやりましょう……そう、大物らしいわね……狂暴だろうと問題じゃないわ。いいこと、首よ。肝心なのは首をねらうことだからね……」厚手のショールに包まったアグネス叔母さんは、この最後の助言の言葉を念を押してくり返した。

その間、フレディーは武器を配った。意外なことに、二連発の猟銃やカービン銃ではなく、弓矢や弩《いしゆみ》、槍、大きな焼き串、投げ槍だった。

「一体何を狩りに行くのか教えてくれないか？」私は幾分困惑しながら尋ねた。

フレディーは、曖昧な笑みを浮かべながら私を見た。「まあ、見てなって。イタリアではきっとああいうものにはお目にかかったことがないだろうな」そう言って、先が鋭く尖った鋼の細い棒を私に手渡した。重さは七キロもあった。

「どうして、こんな中世みたいな得物を使うんだい？」

「ぼくたちはスポーツを楽しみたいからさ」フレディーは言った。「銃だとあまりに簡単すぎるしね。野獣（彼はそう言った）にも、チャンスを与えるべきだろう？」

「教えてくれよ、一体どんな野獣なんだい？」

「見てなって。すぐにわかるから」

私たちは、博物館から借りてきたような武器を持って館を出た。二人のアルミーダは、狩猟用のスーツを着込んで、羽根飾りのついたとても優雅な帽子を被っていた。外は真夜中だった。私たちは車で、二キロばかり行ったところにある四つ辻に向かった。到着すると、フレディーは私たちを道端に下ろし、灌木の後ろに隠れるように指示を出した。

誰ひとりちゃんと説明してくれないので、私は心の中であれこれ考え続けていた。『こんな道路で一体どんな野獣を待ち伏せしようというんだろう？　猪？　狼？　熊？　狩りをするのにふさわしい場所だとは思えないのに』

戦略的に人員を配置し終えると、フレディー・トロッターは私の傍らにやってきて、にやにやしていた。ほかのメンバーたちは押し黙っていた。寒くて暗かった。タバコの火だけがあちらこちらで点々と光っていた。

私は尋ねた。「だいぶ待たないといけないのかい？」

「どうかな」

ふたたび沈黙が訪れた。私の国と同じように、コロオギが鳴いていた。周囲の木々は、黒々と奇妙な形をしていて、薄気味が悪かった。湿った草の上に腰を下ろした私はうんざりしてきた。

「見ろ！　近づいてくるようだ」たっぷり半時間は過ぎた頃、フレディーが自分の弓の端で私の肩を叩きながら知らせた。

私は目を凝らした。何も見えなかった。ただ、ずっと遠くに、車のヘッドライトのような光が見えた。きらきらした光輪は大きくなっていた。

『やれやれ。いま車が来たら、獣は驚いて逃げてしまうだろうに』と私は思った。

車はやってきた。いや、車ではなかった。バイクだった。けたたましい音から判断するに、別荘の近くを通り過ぎたのと同じ、例の暴走バイクだろう。

「来るぞ！」暗闇の中から誰かが叫んだ。

辻で交わる四つの道路のうちのひとつの向こうから、けたたましい爆音と咆哮を轟かせながら、不吉な存在が、流星のごとく十字路に向かって疾走してきた。ヘッドライトのまばゆい閃光、飛び去っていく黒い輪郭、ヘルメット、燃料タンクの上に伏せた体、空気抵抗を少なくするために後ろに突き出した尻。そのすべてが不敵で禍々しい印象を与えていた。ライトの光が閃いた瞬間、私の傍らで一斉にすばやい動きが起こった。鞭を振るうようなパシッという音や、ヒュンと風を切る音が聞こえ、目にも留まらぬ速さで飛んでいった。それから、アスファルトの上でカチン、カチンという大きな音がして、火花が散った。バイクは凄まじい轟音を響かせながら、闇の中に呑み込まれていった。空気中には、ただ、焼けたヒマシ油の嫌な臭いが残った。

「ちくしょう！」フレディーが悪態をついた。「完全にミスった！」

「何をミスったんだい？」私は自分の焼き串を握りしめながら尋ねた。

「見ただろう、その目で！」

『きっと、バイクが通過したときに、狙っていた野獣は逃げてしまったんだな。たぶん混乱に乗じてまんまと逃げおおせたんだ』と私は思った。

「ぼくは何も見なかったけど」私は言った。「見たのは、忌々しいオートバイ乗りだけだ」

「そうとも、まさしくあいつだよ」

「何だって？」私は声を張り上げた。「あいつを狙っていたのかい？」

「じゃあ、何だと思っていたんだ？」

「だけど、人間じゃないか！」私は憤慨して言った。

「人間？　あれを人間と呼ぶのかね？」

「ええっ？　この国じゃバイク乗りを狩るのかい？　法律がそれを許しているのかね？」

「狩っているのは獰猛なケンタウロス[2]だ。マフラーなしで走っている連中だ。ぼくたちは危険で有害な動物を狩ってるだけだ」フレディーは堂々と胸を張って答えた。「きみたちの国じゃ、小鳥たちを取り尽くしているじゃないか。それなのに、そんなきれいごとを言うのかい？　あの野獣たちがもたらした災いを知ってるか？　あいつらのせいで、卒中や精神分裂症や心筋梗塞がどれだけ増えたことか！　だから、野蛮なオートバイ乗りを一頭倒せば、四万ポンドの懸賞金が支払われるんだ……それに、機関銃を使うわけじゃない。弓矢と槍だ。きみにだってわかるだろう、これは至極真っ当なことだということが……」

言われてみれば、彼の主張にはもっともなところがあった。私は受け容れはじめた。順応しはじめた。気に入りはじめたと言ってもいい。そして、あらためてずしりと重たい焼き串を握りしめた。

「で、もどってくると思う？」私は尋ねた。

「そう願おう。こんどこそ逃さないぞ」

その間、狩人たちは懐中電灯の明かりで、空振りに終わった矢と槍を回収し、ふたたび待ち伏せを開始した。

『来るのか、来ないのか？』今や皆と共通の熱に取りつかれながら私は心の中でつぶやいた。野獣を串刺しにしてやるのだと考えると、私はすこぶる愉快な気分になった。

今回はさほど待つ必要はなかった。ほら、地平線にヘッドライトの光が見えてきた。ほら、聞こえてきた。轟き、唸り声、爆音、穢らわしい咆哮、雄叫び、腸をえぐる嫌らしい振動の高まり、死の凱歌が。野獣は、時速百四十キロは超えるスピードで、私たちのほうに向かってきた。

金髪のアルミーダが先陣を切って矢を放った。彼女は私の正面に、道の向かい側にいた。ヘッドライトの光が一瞬、彼女の口許に当たり、残忍に食いしばった歯を光らせた。続いて、たくさんの矢と槍が雨あられと浴びせられた。一本の黒く重たい槍が――私がいるところからは逆光だったがはっきりと見えた――野獣の、ちょうどヘルメットの下に突き刺さった（残念ながら、私の槍ではなかったが）。バイクは怒り狂ったように激しく爆音を上げながら、横滑りした。そして、車体が激突する、ガシャーンという凄まじい金属音が響きわたり、それから暗闇と静寂がもどった。

バイクが転倒した場所に私が駆けつけたときには、ドゥードゥル氏がすでに、持っていた狩猟用のナイフで、妻の助けを借りながら、血抜きのために野獣の喉を切り開いていた（そうしないと、肉の赤味が強くなりすぎるのだそうだ）。すばらしい獲物だった。みな嬉々としていた。

二晩のちに、屋外で、バグパイプの音を伴奏に、それは華やかな宴が催された。老トロッターがヴァイオリンで「ワラキアの伝説」を弾き、拍手喝采を浴びた。首を切り落とされた獰猛なケンタウロスは、巨大な焼き串に刺して、ビャクシンの木を焚いた火で焼かれた。彼らは腹一杯食べた。私はというと、ほんの少しだけ味わってみた。やはり野生の獣の味がしたものの、なんというか、心なしか人間臭いところがある感じがして、当惑した。

よい知らせだ。あとで知ったのだが、この狩猟の獲物となるエンジン付きの野獣、地元のものはすでに絶滅してしまったので、わざわざイタリアから輸入されているという。そして檻に入れられた彼らは、（狐狩りの狐のように）適当な時期に放たれるのである。狩りの獲物としては、イタリア産のものは最高だそうだ。なにしろ、すこぶる野蛮で、騒々しくて、獰猛だから。

（「コッリエーレ・デッラ・セーラ」一九五七年八月十一日）

（1）アルミーダ――十六世紀の詩人トルクァート・タッソの叙事詩『解放されたエルサレム』に登場するサラセンの魔女の名前。

（2）ケンタウロス――イタリア語の centauro（ケンタウロス）には、「オートバイ乗り」を指す比喩的な意味もある。

出世主義者

L'arrivista

私が通りを歩くと、犬たちが私を見る。立ち止まって振り返り、私をじっと見つめるのだ。私を嫌っている風には見えない。だがその頑固な瞳には、私に何かを望んでいる感じもない。恐れや不安や心配の色もうかがえない。けれども私を見るのだ。犬はけっして、私を見るときの、あの食い入るような異様な目で、主人や美味しそうな骨や逃げてゆく狩りの獲物を見つめたりはしない。そして、そんな風に犬に見つめられるとき、私は得体のしれない、何かねばねばしたものが体にまとわりつくような感じがする。

妻のエレナは――私たちは少し前に結婚していたのだが――婚約していた頃から、私のこの奇妙な特質に気づいていた。「ディーノ」ある日彼女は言った。「どうして犬はあなたをあんな風に見るのかしら？」

「犬だって？」私は、空とぼけて訊き返した。「ぼくにはまるっきり覚えがないんだけど」

「まさか。あなただってはっきり気づいているはずよ、ぜったいに。たとえあなたが救世主《メシア》だって、あんな風には見ないわ」

なぜだかエレナは犬が好きではなかった。少なくとも口ではそう言っていた。私も犬を飼ったことはなかった。だが、嫌いではなかった。いや、実は……。

「バカバカしい」私は答えた。「一体、何を言い出すやら」

どうやら彼女は、そのことを少々不快に思っていたのだ。だから、その話にこだわった。「少なくとも犬にとって特別な何かをあなたが持っているようには見えないんだけど。大男ではないし、浮浪者みたいな格好をしているわけでもない。肉屋や食料品店の主人やチーズの商人でもないし、特別な匂いを発しているわけでもないのに」そう言うと、不快な笑い声を上げた。「じゃあ、どうしてあんな風に見るのかしら？　あなたは、自分で不思議に思ったことはないの？」

「何をバカな」私は答えた。「別にぼくを変な目で見たりはしないよ」そう言って、話題を変えようとした。

だがある日、私とエレナは、ある女友だちに付き合って、ドッグショーを見に行った。何か言い訳をこしらえて断れただろうか？　そんなことをすれば、かえって藪蛇になるだけだろう。

周囲に椅子を並べた大きな四角い空間の真ん中で、審査員たちが十頭あまりのベルジアン・シェパードを品定めしていた。そして、私が犬たちから二十メートルのところまでやってきたときだった。その見事な犬たちが、まるで私が超自然的な呼び声を発してそれを聞きつけたかのように、一斉にぱっと頭をめぐらせると、彫像のように立ち尽くしたまま私を見つめたのだ。主人たちの声に耳を貸そうともせずに。「おい、ディック！」「ジャック、どうしたの？」「こっちだ、こっちを見ろ、レックス！」いくら呼んでも無駄だった。犬たちは催眠術にでもかかったように動こうとしなかった。

「ほら、ごらんなさい」すかさず妻が言った。「私の思い込みなんかじゃなかったでしょ？　あなたが犬たちに魔法をかけたのよ」妻は怯えたように、さらなる証拠を求めて、周囲を見まわした。もちろんそこには犬がいくらでもいたので、その現象はそこら中に広がっていた。長い顔、大きな顔、毛深い顔、押しつぶされたような顔。まわりにいる犬たちが一匹残らず、私のほうを向いていた。観客たちも気づきはじめ、私を指差している者もいた。

「ディーノ」エレナは顔をこわばらせながら言った。「もういや。行きましょう」

私たちは会場の外に出た。囲いの外に出ても私は、しばらくの間、あの恐ろしい視線の重みを背中に感じていた。

私たちは黙って歩き続けた。エレナは何を考えているのだろう？

「だけど、犬たちは吠えてはいなかったよ」私はその場を繕おうとした。「クンクン鳴くわけでも、不安げでもなかったぞ」

「なおさら気味が悪いわ」彼女は言った。「あんな風に見つめるなんて。私には耐えられない」

彼女はすっかり参っていたのだ。黙っているほうがいい。それに、どんな弁解ができるというのだ？　真実を話すのか？

そう、私は真実を知っていたのだ。数か月前に啓示を受けて。それは、まるで遥か遠い過去において、幕がさっと開いたかと思うと、またすぐに閉じてしまったかのような、一瞬の出来事だった。そのとき私はインフルエンザに罹っていた。高熱が出るアジア風邪の一種だ。体温計で計ると三十九度を超えていた。頭がぼーっとして横になっていた。不快とまでは言わないが、意識が朦朧としていた。無秩序で、意味を欠いた、とりとめのないいくつものイメージが頭の中で渦を巻いていた。そのとき、私は見た。まさに一瞬のひらめきのごとく、埋れていた未知の記憶があふれ出るのを。そして、すべてはふたたび荒れ狂う混沌の中に溶け込み、消えていった。だが、私は知ってしまったのだった。

前世のひとつにおいて——正確にいつかはわからないが、おそらく前世紀の終わり頃——私は犬だった。どんな種類の犬かはわからないが、ともかくブルジョワの家庭で暮らす、ブルジョワ階級の犬だった。けれども、驚くべき理解力を具えた犬で、非常な野心家だった。

生まれて二か月で、すでに上手にお手ができたし、カーペットの上におしっこをしてはいけないことを覚えていた。六か月になると、新聞を取りに行くことができた。その後の私の出世欲は留まるところを知らなかった。アルファベットが書かれた紙を一枚一枚選んでいって言葉や文を作ることなど、朝飯前だった。じっさい、人間たちが言っていることは何でもすぐに理解した。政治の話でさえも。フランス語もすぐに覚えた。ただ、英語はうまくいかなかった。平方根は、すぐに私のお気に入りの「出し物」になった。

私は驚くべきスピードで、知識の階段をどんどん上っていった。そのため、ご主人たちを不安がらせないように、急に頭が悪くなったふりをすることもしばしばだった。もしも私がもはやただの犬ではなく、ご主人たちと肩を並べる存在であることを知ったら、彼らはそれを受け入れられただろうか？　家族全員が外出しているときに、こっそり彼らの本を読んだ。興味深いものもあったが、つまらないものも多かった。たとえば、いわゆる恋愛小説にはまったく吐き気がした。

ほかの犬たちについては？　正直なところ、ほとんど興味がなかった。粗野でちっぽけな精神しか持ち合わせていない彼らは、私にとっては同類ではなかった。そう、肉体的には惹かれる小型のプードルの雌犬がいた。だが、その精神の薄っぺらいことといったら！　すぐにうんざりしてしまった。それに率直に言えば、私は色恋には向いていなかった。学び、理解し、精神を高めること、それが私の心を占めていることだった。

何を目指そうというのか？　おそらく私にもわかっていなかった。私を駆り立てていたのはおそらく無意識だった。私は、天が与えてくれた短い歳月をとことん利用し尽くすのだ、わずかな時間も無駄にはすまい、と心に決めた。大それたゴールに向かって、一層の高みに上ってゆくために。

一体どこへ行こうというのか？　それは、まさしく私が到達したこの場所。つまり人間だ！　死後の世界で何が起こるのかはよくわからない。だが、明らかに、私の魂は犬の体から離れるや、大いなる試験にパスし、運命の階段を上ったのだ。あなた方の目に映っているような、人間になったのだ！　大きな保険会社に勤め、まずまずの出世が見込めそうな若いサラリーマンに。

それでは、犬だった時の名残を何か留めていないのかって？　いや、何も。（あの一瞬の啓示をのぞいては）いかなる記憶も。犬たちの鳴き声や、奇妙な仕草や、気まぐれや、執着心の意味が、私にはさっぱりわからない。彼らはまったくの異邦人なのだ。

だが不思議なことに、彼らは、犬たちのほうは知っているのだ。匂いによってではないだろう。私が人間とは異なる匂いを発しているとは思えないから。そうではなく、私を見ただけで、彼らの仲間だったことを、神秘的な直感によってたちまちに気づくのだ。そして、字が読めない牛飼いがノーベル賞を受賞した同郷人を眺めるような目で私を眺める。偉大な人物、勝利者、種の軛《くびき》から自らを解き放つことができた恐るべき強者。

彼らは、驚きと、尊敬と、そしておそらくは畏敬の念とともに、私を仰ぎ見る。だが、愛をもってではない。ふつうの犬には、単純な魂の持ち主には、出世主義は好まれないのだ。人間たちも理解できるだろうが、彼らは進歩には無関心なのだ。どうして逃げ出し、自己を否定し、魂の安らぎを与えてくれる幸福な無知を拒むのか？　大理石の家や電灯や水洗便所や自動車や飛行機を持つためにか？　それとも、徳を身に付けるためにか？　だが、徳に先立つのは罪だ。それに、そんなことをして一体何の役に立つのか？　愛からなる徳がある。だが、そんなものなら、犬は生まれつき持っている。禁欲によって得られる徳もある。だが犬にとって、それは単に驕慢でしかないし、そのうえ愚かでさえある。だから、上昇しようとあくせくしない。自由になることを願わない。反乱を夢見ない。自分の境遇に甘んじ、食べるものが少なかろうが、たまに棒で殴られようが、寝床が汚かろうが、永久にしもべの身分にあろうが、それに満足して生きるのだ。哀れで愛しき者たちは。

今、私はあなた方に問いたい。私は妻に打ち明けてもいいだろうか、と。妻は私を理解してくれるだろうか？　それとも私を狂人扱いするだろうか？　嫌悪するだろうか？　女というのは不合理な生き物だ。まさに私が成し遂げたこと、その努力、偉業ゆえに、私を軽蔑する可能性だって大いにありうる。彼女にはその価値を認めることのできないことがあるのだ。生まれ変わって人間になった犬。きっと、そのような奇跡は、せいぜい百年に一度しか起こらないことであっても。

ともあれ、私が道を歩けば、犬たちがじっと見る。クラスの一番や天才を見るような目で。彼らの悲しげな目に宿っているのは称賛か、ひょっとしたら妬みか？　ああ、彼らは、純真な心で私を憐れむ。私は夢のアメリカに移住した。最後の境界を乗り越えた。金持ちになり力を得た。私は人間だ！　だが犬たちは、彼らの穢れなき天国から、呆れ果てたように私を見る。脱走者の私を、彼らは憐れんでいるのだ。

けれども正直に言えば、私自身、来た道を振り返るとき、時折、言葉にはできない満たされない思いと悔恨の念をおぼえる。かつての自分とくらべれば、今の私は限りなく優れた存在だ。だが、以前より幸せだろうか？　戦場での活躍を足掛かりに一介の兵士から皇帝にまで昇りつめた男は、夕闇が降りる頃、黄金の玉座の間で悲しみにとらわれ、遠い故郷の村に思いを馳せ、冠が重く彼にのしかかる。

「ねえ、ディーノ」妻が声をかけた。「おかしなことを言うなんて思わないでほしいんだけど、一体どうして犬はあなたをあんな風に見るの？　きっと何か理由があるはずだわ、あの犬たちには！　ねえ、私たちも犬を飼ってみない？」

「だめだ」

（「コッリエーレ・デッラ・セーラ」一九五九年一月二十五日）

衛士の場合

Il caso del vigile

兵士のステーファノ・コロンボは軍曹に呼ばれ、こう言われた。

「おまえは新米だが、有能そうだ。明日の朝、皇帝庭園の警備に当たるのだ。知ってのとおり、皇帝庭園は神聖な場で、初代皇帝にして我らの神であらせられるゲロソミノ陛下の像が立っている。全身金箔で覆われた像だ。そこには、金の蹄をした皇帝の鹿が棲み、金のくちばしをした皇帝の雀がさえずっている。庭園は完全に開放されているが、誰も、いかなる理由があろうと、足を踏み入れることはできない。そこに近づく権利をお持ちなのは、我らがフェデリーコ皇帝陛下だけだ。だが、陛下とて裸足にならなければ中に入ることはできないし、神聖な動物を狩ることは許されない。崇敬の念を示さねばならんのでな」

「もし、違反する者がいたら？」ステーファノは尋ねた。

「違反する者がいたら、おまえは銃を構えて、誰何《すいか》するのだ。もし相手が止まらなければ、撃て」

軍曹は太く黒い眉毛に、深い声をしていた。「かしこまりました」兵士のステーファノは、「気を付け」の姿勢を取った。

翌朝早く、衛士のステーファノは任務に就いた。庭園の端で、銃を肩に担ぎ、よい印象を与えるように胸を張り、指定された場所に立つと、軍人らしい歩調で行きつ戻りつした。左に五十メートル行ったところに、別の兵士が立っていた。五十メートル右には、また別の兵士がいた。だが、兵士同士で話すことは禁じられていた。彼らは言葉を交わすことなく、時々、目を見交わした。

八時半頃だっただろうか、ステーファノは不意に、境界を越えて茂みの中に分け入ろうとしているひとりの男を見た。

すぐに銃を構えた。だが、こういうことには不慣れだったので、行動に移る前に、左右の仲間たちに目を遣った。彼らも、自分と同じように、よそ者に気づいているはずだった。ところが、右側の兵士も左側の兵士も、二人そろって、顔を上に向けて雲を眺めていた。兵士同士で話すことは禁じられているため、ステーファノは彼らを呼ぶわけにはいかなかった。

そこで、勇気をふるって、男が消えた茂みのほうに向かい、大きな声で誰何した。「誰か?」

とつぜん茂みの中からひとりの軍人が現れた。ステーファノの上官の軍曹だった。

理屈の上では、彼は発砲しなければならなかった。だが、相手は直属の上司だ。それに今は、普段とは打って変わって、軍曹は微笑んでいた。だからステーファノは、いっしょに警備に当たっている両隣の仲間たちの反応を見るために、目を遣った。ところが二人は、なぜかあいかわらず雲を眺めていた。

撃つべきか、撃たざるべきか？ 命令は明確だった。だが軍曹はニコニコして、すこぶる和やかな顔をしている。ステーファノはこんなににこやかで愛想のいい軍曹を見たことがなかった。日頃はぶっきらぼうで横柄な軍曹は、やけに親しげな口調で言った。

「しっかり務めを果たしているようだな。おまえには目をかけてやろう。おまえには満足しているぞ。おまえの母さんはどこに住んでいる？」

「ここから十キロのところにある小さな村の、ベロラーノです、軍曹殿」

「そうか。母さんに会いに行けるように日曜日に褒美の休暇を与えよう」

どうすればよいのだ、ステーファノよ？ 命令に従って彼を撃つべきか、それとも礼を述べるべきか？ 言うは易しだ。

「ありがとうございます、軍曹殿」ステーファノは言った。そして軍曹は、笑みを浮かべながら足を踏み入れることの許されない草地に向かって歩き出し、まもなく視界から消えてしまった。

一時間ばかりは何事もなく過ぎた。やがてステーファノは、境界を越えて、庭園の真ん中に向かってまっすぐに進んでくるひとりの男を見た。ふたたび彼は、同僚の歩哨たちの反応を確かめるべく、右側の兵士と左側の兵士を横目でちらりと見た。だが、彼らは気づかないふりをして、妙に熱心に雲を眺めていた。

そのとき衛士のステーファノはふたたび軍用銃を構え、誰何した。すぐに男は振り返った。曹長だった。

曹長はステーファノに近づくと、言った。「よろしい。しっかり警備しているな。おまえには満足しているぞ。おまえの母さんはどこに住んでいる?」

「ベロラーノです。ここから十キロ離れた小さな村です」兵士のステーファノは銃を下ろしながら言った。

「では、母さんに会いに行けるように、三日間の特別休暇を与えよう」

規則に従えば、ステーファノは彼を撃つべきだったろう。だが、相手は曹長で、しかもずいぶん優しげにニコニコと微笑んでいた。部隊の鬼曹長も、このときはまるで仏のようだった。

「ありがとうございます。曹長殿」ステーファノは「気を付け」の姿勢を取りながら、もごもごと答えた。そして曹長は、神聖な草をまるでわが物のように踏みつけながら去っていった(この間、右と左のほかの衛士たちは、顔を上に向けて、雲に目を凝らしていた。何も見ていないのは明らかだった)。

さて、それからまたかなりの時間が過ぎた。職務には極めて忠実な若い兵士のステーファノは、三たび、二連式の猟銃を肩からつるし境界を越えて庭園の中に入ってくる人影に気づいた。将校の服を着ていた。

三たびステーファノは、どう対処すべきか答えを得るために、右と左の仲間の反応を見た。けれども、役に立つ情報は得られなかった。もう雲はすっかり消えていたにもかかわらず、二人とも空を凝視していたからだ。

そこで兵士のステーファノは勇気を奮い起こして、銃を構え、ありったけの声で尋ねた「誰か?」

相手は振り向いた。ステーファノが所属する部隊を指揮するペルティカーリ中尉だった。

「ああ、警備の兵士か。結構、結構。うれしく思うぞ。名前は何という？」

「ステーファノ・コロンボであります。中尉殿」兵士のステーファノ・コロンボは規則に則って「気を付け」の姿勢を取りながら答えた。

「よろしい」将校は言った。「おまえの母さんはどこに住んでいるのだね？」

「ベロラーノです。ここから十キロ離れたところです」

「大変結構」相手は言った。「おまえに七日間の褒美の休暇を与えよう」そして、この上ない優しさを湛えて微笑んでいた。これ以上感じがよくて善良そうに見える人間はいなかっただろう。まさしく彼は、ペルティカーリ中尉は、典型的な悪党だった。

撃つべきか、撃たざるべきか？　言うは易しだ。ステーファノはさっと見事な「気を付け」をした。「ありがとうございます、中尉殿。喜んで頂戴いたします」すると相手は、もう一度にっこり微笑むと、花壇を踏みつけながらすたすたと庭園の奥に向かった。

勤務時間は――およそ信じられないことだが――連続して八時間だった。そして、この八時間の間にステーファノは、皇帝庭園への侵入者に「止まれ」と命じるために八回銃を構えた。だが、毎回銃を下ろし、毎回「気を付け」をした。彼らは、大尉、少佐、中佐、大佐、連隊長だった。みな、彼を誉め、厚遇や褒美を約束し、足早に庭園の中に向かった。まもなく、そこから銃声や爆発音が聞こえてきた。そのお偉方たちが、禁じられた狩りを行い、動物たちを殺している証しだった。

ようやく勤務時間が終わり、ステーファノは無念至極な思いを抱えて兵舎にもどった。彼は命令を遵守しなかったことをひどく悔やんでいた。かといって、他にどうすることができただろう？ありがとうございます、大尉殿、ありがとうございます、少佐殿……そう言うしかなかった。そして彼らはことともなげに通り過ぎていった。そのあと、激しい射撃の音が庭園の奥から聞こえてきた。将校たちは神聖な鹿や神聖な雀や、楽園に暮らすその他の動物たちを殺して楽しんでいた。その間、ほかの歩哨たちは青空を眺めることにひたすら集中して、身じろぎひとつしようとしなかった。

その晩、ステーファノは一睡もできなかった。翌朝は、熱が出て歯をカチカチ鳴らした。医務室に送られ、彼の代わりに、ジュゼッペという名前の新兵が皇帝庭園の監視の任務に就くことになった。

ジュゼッペは素朴で人のよい若者だった。彼は規則をすっかり暗記していたので、たとえどんなに奇妙な状況に出くわしても対処することができた。だから、朝の九時頃、ひとりの男が禁じられた境界を越えて聖なる草地をずんずん進んでいくのを見たときも、彼は迷うことなく銃を構え、大声で誰何した。「誰か？」

相手は驚いた様子で振り返った。要塞を指揮する将軍だった。階級章や星章や勲章をいっぱいつけていた。

だが衛士のジュゼッペは、法に基づく命令はどんな偉い将軍にも勝るものであることをよく心得ていた。なぜなら、その法は皇帝陛下御自身が定めたものだからである。そこで彼はためらうことなく、ふたたび誰何した。

「若者よ」将軍は近づきながら、殊更にニコニコ笑顔を浮かべながら声を掛けた（彼も高級な二連発銃を肩にかけていた)。「規則をしっかり頭に入れているようだな。うれしいぞ。おまえの母さんはどこに住んでいる?」

「庭園から出ろ! さもないと撃つぞ」相手が取り入るような甘ったるい笑顔を向け続けても、新兵のジュゼッペは険しい表情でどなった。

すると、将軍の表情はたちまち一変した。和やかな笑顔から恐ろしい怒りの形相になり、顔を真っ赤にしていた。

「貴様、その口の利き方は何だ!」将軍は大声でわめき出した。「一体、何様のつもりだ? 銃を下ろせ!」

将軍は笛を取り出して吹いた。甲高い音が鳴り響き、たちまち四十人ばかりの兵士が駆けつけた。

「この裏切り者を逮捕しろ。武器を取り上げ、たっぷり棒で殴って、銃殺刑にするんだ!」

衛士のジュセッペは、茫然自失したせいで、すぐに引き金を引くつもりだったのが、その機会を逸してしまった。そして捕らえられ、武器を奪われ、殴られ、縛られ、背中から撃たれるべく(近く家の)壁に顔を押しつけられた。『なんてことだ!』彼は絶望した。『自分の義務を果たしただけなのに、この若さで死ぬことになるなんて!』

射撃隊はすでに配置についていた。将軍自らがサーベルを振り下ろして「撃て」の合図を送ろうとしていたまさにそのとき、大きな物音が聞こえた。それとほぼ同時に、全身くまなく武装した騎兵の一団が乱入してきて、銃殺は取りやめになった。

何が起こったのだろうか? クーデターが起きたのだ。その結果、王は王位から追放され、代わりにライバルの家系から、別の王が王位に就いたのだった。兵士のジュゼッペにとっては思わぬ幸運だった。縛めを解かれ、慰められ、力づけられた彼は、除隊となって家に帰された。

けれども、体制が変化しても皇帝庭園の警備が不要になったわけではなかった。警備の任務は続いていた。そして、翌朝すっかり健康を取りもどした兵士のステーファノ・コロンボは警備の任務にもどった。今やこの世の中の仕組みを理解した彼は、前日よりもずっと穏やかな気持ちでいた。

だから彼も、目立つ制服に身を包んだひとりの人物が庭園の境を越えたとき、同僚たちと同じように、空を仰ぎ、雲の動きと色にすっかり見入っているふりをした。

だが、銃声が彼の耳をつんざいた。そのすぐあと、何か重たげなものが彼の足元にどさりと倒れた。見れば、金の蹄をした聖なる鹿の一頭だった。重傷を負いながら、最後の力を振り絞って必死に逃げていく途中で彼にぶつかったのだった。

どうして見なかったことにできるだろう？　ステーファノはゆっくりと目を上げた。非常に高い地位を示す軍服を着こみ、獰猛な顔つきをした堂々たる人物がそこに立っていた。ステーファノは姿勢を正しながら微笑んだ。

「なぜ笑っているんだ？」相手は金切り声を張り上げて尋ねた。

「お見事でした、陛下！」ステーファノは相手が誰だか当て推量して答えた。

前日の経験から、少なくとも、お褒めの言葉か、表彰か、小さな勲章を期待していた。

ところが大物は激怒した。「なるほど、これがおまえの警備のやり方か。わしが王だから、発砲する代わりに手を抜くのか。おまえの任務は何だ？　わしの威信はそれほど低いのか」

「お許しくださいさい、陛下。ただ今、任務を果たします」衛士のステーファノは答えた。そして弾を込めた銃を王の胸に向けた。相手は、『もうよい。このくらいにしておこう』と言うように、右手を小さく動かした。

だが、ステーファノは間髪を入れず引き金を引いた。弾が発射され、王は即死し、地面に倒れた。

その後その国では、ついに物事がより良いほうに向かった。

（「コッリエーレ・デッラ・セーラ」一九五九年八月十一日）

チンパンジーの言葉

Parola di scimpanzé

最初にはっきりさせておきたいが、おれは英雄になりたいなんて思ったことは一度もないし、今だって思っていない。おれは、安楽な生活に向いているのだ。惑星間空間を全部合わせたよりも、一個の熟れた梨の実のほうに百倍も心惹かれる。

今やみんなはおれをかわいがり、おれにちやほやし、エニーという愛称で呼んで、前から後ろから横から、まるでおれが世にも珍しいものでもあるかのように写真を撮りまくる。おれは好きにさせておく。微笑みに応えてやることもある。ことにご婦人方に対しては、つとめて親切にしている。だが、心の中ではある憤りを抱えているのだ。

おれの言うことを聞いてくれ。人間どもは実に卑怯だ。おれたち猿は彼らほど発達していないせいで、それをいいことに、おれたちを獣のように扱おうとする。そして今、実験の名のもとに、おれたちをあのいまいましい装置に閉じ込めて宇宙に送り出す。連中は自分たちが作ったものを信用していなくて、怖いからだ。そして、おれたち猿が命を落としたってかまわないのだ。

今もまた、何やら実験の準備をしているようだ。このアメリカで暮らすようになった一年半前から、いろんなことを学んだ。英語も少々覚えた。おれたち猿は言語の素質には恵まれていないから、覚えると言ってもたかがしれているが。それでも、おれを使ってよからぬことを企んでいるのを察するには十分だった。たとえば、「発射」「ロケット」「周回軌道」「宇宙飛行士」「打ち上げ」「カプセル」「宇宙船」といった言葉が何ひとつよいことを予感させないことには薄々勘づいていた。

それに加えて、絶対に外れない法則がある。それは、人間たちがおれたちにつきまとって、なにくれとなく世話を焼き、ちやほやし、大切にし、家族同然に扱うのは悪い徴で、かならずあとで何か不愉快な目に遭うということだ（同じようなことは彼らにも起こると聞いたことがある。女たちが男にふだんより優しく愛情深いそぶりを見せるときには、かならず何か裏があるそうだ）。

さて、しばらく前からおれは、自分が重要な存在になったことに気づいていた。連中はおれの体中を触り、特別な台の上に寝かせ、奇妙な機械とコードで繋がれた輪を手首や足首に取り付け、めまいや吐き気がするまで独楽のようにくるくる回した。おれはおとなしく、されるがままになっていた。だだをこねたり、反抗したりすれば、ろくなことにはならないことをよく理解していたからだ。

彼らのいまいましい実験！　やつらの顔や声の調子から、何かひどく難しいことを追求しているのは明らかだった。おれがくしゃみをひとつするか、ため息をひとつ漏らすだけで、白衣を着た人間がすっ飛んできて、深刻な表情でノートに記録を取った。それから、みなで話し込んでいた。だが、あのひどいアメリカ人の発音では、何を話しているのかさっぱり理解できない。

これが初めてではなかった。アメリカにやってきて以来、おれは科学実験ばっかりさせられてきた。そう、食事はまずまずだった。不平を言うのは不当だろう。住まいは——正確には牢獄だが——清潔だった。冬も寒さに苦しむことはなかった。夏は冷房がきいて涼しかった。他の仲間たちにくらべると、みなおれに敬意を払ってくれた。それは否定できない。それでも一日中研究室であのひどく馬鹿げた訓練をさせられるのには、まったくうんざりだ。人間たちのほうは、なぜだか、すこぶる満足していたが。

叔父のひとりがよくおれに説教した。「一体なぜ、おまえはそんなに熱心なのだ？　力づくでやらされるわけでもなかろうに。おまえが科学者たちの好きにさせればさせるほど、あいつらはますますおまえを利用するのがわからないのか？　ひょっとしておまえは野心家なのか？　自分の高い知性を見せつけたいのか？　気をつけろ、今にとんでもない目に遭わされるぞ。少しはおれを見習え。おれは最初から頑に馬鹿のふりをした。理解できないふりをした。愚か者の役を演じてきた。だから今はそっとしておいてくれる。それなのにおまえは……」

残念なことだが、実はおれはとても食いしん坊なのだ。面倒な実験を行う時には、やつらは、あとでご褒美としてくれる、美味しい果物やアイスクリームやキャンディーを見せびらかした。叔父のありがたい助言などどこへやらだ。こうしておれは出世した。

まあ、要するに、美味しいものに釣られたというわけだ。食い意地が張っているおれは、白衣の人間たちに協力し、彼らはおれの体に触ったり、縛りつけたり、わけのわからないゲームをさせた。

つまり、あのいまいましい偉大なる科学の進歩とやらのための、実験室での実験だ。だが、実験と、おれを宇宙に発射し、軌道に乗せるのとでは大違いだ！　もし最初にきちんと説明されていたなら、たとえ残りの一生は飲まず食わずの生活を送ることになったとしても、おれはけっして同意しなかっただろう。

みなさんは、おれのことを怯懦《きょうだ》なやつだとお思いか？　意気地なしだと？　ちょっとはおれの立場になってみてほしい。小学校も出ておらず、宇宙飛行のことなどほとんど知らない哀れな猿の立場に。そして、とつぜん鉄の箱に閉じ込められ、腸がひっくり返るような衝撃とともに、空に放り出されるところを想像してくれ。小窓から覗くと、地球が、パイナップル、リンゴ、パパイヤ、桃、バナナ、ビートで一杯の故郷が、どんどん小さくなってゆき、足元でゆっくりと回っているのだ。チンパンジーとはいえ、自分がどれほど理不尽な状況に置かれているかわからないほどおれは馬鹿ではなかった。

それでもまだ足りないかのように、彼らはいつもの、はっきり言ってあほらしいゲームをふたたび始めた。小さな赤いランプがともると、おれは小さなレバーを押すことになっていた。ランプが緑なら、別のレバーを動かすのだ。もしおれがぼんやりしていたり、すぐに従わなかったりすると、足の裏を電気で刺激された。なんとすてきな遊びだろう。でも、ご褒美にバナナ味の砂糖菓子をもらえたんだろうって？　新聞に書かれていることなんて鵜呑みにしてはいけない。まずいとは言えないが、それに近い代物だった。

一体どんな感覚だった？　みんなが、無事に帰還したおれに尋ねた。何を見たの？　何を考えていた？　怖かった？
それはもう快適でしたよ。で、あなた方は恥知らずにも、もう一度おれを利用するつもりですか？　だめだめ。真実を知ったいま、あなた方は二度と信用しない。こんどはおれが一杯食わしてやる番だ。おれは今朝、タイムライフ社との契約にサインした。五万ドルと、おれを自由にしてカメルーンへ無事に帰してくれるのを条件に、独占インタビューに応じるという内容の。驚いたかね？

だから、宇宙旅行に関しては、ノーコメント。だが今日はここで、おれを、哀れなチンパンジーを利用して手柄を立てている有名な科学者たちに、ひとつ言っておきたいことがある。

みなさん、宇宙に出ていくのには慎重になりなさい。自信過剰にならないことだ。あなた方はあそこで、宇宙に散らばる星々で、何を見つけることになるかわからない。ひょっとすると、予想もしない悪い出来事に出くわすかもしれないのだから。たとえば、宇宙の辺境に、猿が支配している惑星が存在する可能性を否定できるだろうか？　彼らの文明はあなた方のものよりもはるかに進んでいて、着陸したあなた方を捕らえて、あなた方がおれにしたのと同じように扱わない保証があるだろうか？　銀河間を航行する宇宙船のテストのために、あなた方をカプセルに閉じ込めて、何億キロものかなたに飛ばさないという保証が？　もしその場面に立ち会えるなら、おれはどんなことだってする。そのときは、きっと腹を抱えて大笑いすることだろう。だから、チンパンジーの言葉には、ちゃんと耳を傾けたほうがいい。

（「コッリエーレ・デッラ・セーラ」一九六一年十二月一日）

海の魔女

Le streghe del mare

小さな港の埠頭にモーターボートが係留されると、私の友人のステーファノが捕まえた巨大な魚を船から降ろすのに一苦労した。少し前には、暖かな夜の帳が降りていた。まるで地面からわき出てきたかのように、若者たちや数人の漁師が集まってきた。土地の名物男である年老いた小人のカルレットもいた。みな、魚を見て驚いていた。ひとりが言った。

「これは……」だが、名前が出てこなかった。

「これは……」別の者も言いかけて、あとが続かなかった。

「死んでるのか?」漁師のひとりが尋ねた。

「もちろん死んでるさ」ステーファノが答えた。「水から出て二時間くらいだろう」

「それでも口が動いている」

「まさか」

「本当だ」別の者が言った。「おれも見た。二、三度口をパクパクさせたぞ」

「バカ言え！」ステーファノが言った。「それより、手押し車が必要なんだが」

日が暮れる頃、魚が餌に食いついたとき、海の上では壮絶な戦いが繰り広げられた。とてつもなく大きくて、奇妙な魚だった。ステーファノも、船員でエンジンの修理工をしているチェーファロも、何なのかわからなかった。船の上に引き上げるのはとうてい不可能だろうと思われた。

半時間の格闘の末、船縁まで引き寄せられていた魚は、針が外れて自由になった。水の中に血が広がっていた。だが、口の中の裂傷がひどかったにちがいなく、怪物は海にもぐっていくかわりに、衰弱して水面に浮かんでいた。ステーファノがすかさず銛で刺し貫いた。

崖に這い上るように広がる小さな村はすでに眠りについていたにもかかわらず、チェーファロが、どこかからおんぼろの手押し車を見つけてきた。だが、魚を載せるのは大仕事だった。

「きみたち、誰か手を貸してくれないか？」見物人たちにステーファノが声をかけた。誰も動こうとしなかった。みな、怖れているかのように、遠巻きにしていた。

魚は、長さが二メートルはあり、巨大な頭をしていた。マグロでも、ハガツオでも、ハタでも、イルカでもなかった。頭はどことなく……何か、そう、何かに似ていた。何に似ているのだろう？私は自問してみたものの、わからなかった。魚の中には時折そういうものがいるが、竜やヒキガエルやライオンに似ているわけではなかった。それは、硬く引き締まって張りがあり、どっしりとした重量感と、内側からみなぎる名状しがたい力強さに満ちていた。その口には、サメのようにあざ笑っているような感じも、私たちの食卓に上る哀れな魚たちの、あっけにとられたような感じもなかった。閉じていて、恐ろしい秘密を秘めているように思えた。

　三人でその巨体をどうやって手押し車の上に載せることができたのかは、神のみぞ知るだ。それから、私たちは荷車を押しはじめた。大きな敷石を敷いた道路は、急な上り坂になっていて、小さな村のくたびれた家並みの間を抜けて、海際の崖っぷちまで続いていた。野次馬の群れが、ぞろぞろ私たちの後をついて来た。

　彼らの声が聞こえてきた。

「あんな魚は見たことがない……」「まだ生きてるぞ……尻尾が動いた……」「手押し車がはずんだのさ……」「車のせいじゃない、さっき動くのを見た……」

　最後に、小人のバリトンの声が聞こえた。「あれは魚じゃない。魚なもんか。老いぼれカルレットの言うことを信じろ。生まれてこのかた、わしゃ、魚は山ほど見てきたが、あんな顔の魚は見たことない……若い衆、関わるんじゃない。あれは魚なんかじゃないぞ」

　ステーファノがかっとなって、振り返った。

「なら、何だというんだ？　馬か？」

「馬？　かもしれんな、旦那」小人は曖昧な口調で答えた。「そいつはただの魚なんかじゃない。もっと恐ろしいものじゃ。百年に一度姿を現す、魚の中の魚じゃ。わしが子どもの頃、爺さんや曾爺さんが話してくれた。魚の中の魚、すべての魚の王じゃよ、船長さん。爺さんたちは、殺すのは罰当たりだと言っておった。殺せば、大きな災いがふりかかると」

「それなら、あんたが殺されちまえ！」

「まあ」小人はなおもしゃべった。「若い衆、ともかく、おまえさんたちは関わるでないぞ」

時折、街灯の光だけが弱々しく道を照らしていた。死んだ魚を押しながら、私は夜の闇の深さをしみじみ感じた。老人の話にはうんざりだった。だが、連中を追い払うこともできなかった。

そのとき私たちの背後で、女のしゃべり声がした。振り返ってみた。（おそらくどの便かで港に上陸したのだろう）三人連れの女性たちが、村のほうに上ってくるところだった。三人ともとてもおしゃれで、宝石さびれた寂しい風景の中で、それは思いがけない出現だった。三人ともとてもおしゃれで、宝石を身につけ、その歩き方からは、自信が感じられた。

誰だろう？　どこへ行くのか？　あの国道の向こうには、洒落た大きなホテルがある。今晩あそこでパーティーがあるのかもしれない。それともどこかの金持ちの別荘で？

一人目の女性は、すらりと背が高く、黄色とオレンジ色の大きな花がプリントされた絹のチュニックを着ていた。花々は闇の中で淡い光を放っているかのようだった。二人目は、背が低く小太りで、緑と金のブロケードのシースドレスを着ていた。小柄でほっそりした体つきの三人目は、白のケープを羽織っていた。三人は小声でしきりに話していたが、何語かわからなかった。時折、馬のいななきに似た、甲高い笑い声を弾けさせた。

坂道をゆっくりと懸命に進む私たちを、彼女たちは追い越していった。しなやかで軽やかな足取りで、地面に触れるときもヒールの音さえ立てずに、まるで風に運ばれていくかのように進んでいた。

きっと気後れを感じたのだろう、彼女たちが通り過ぎるときに、私たちのあとをついてくる男たちがさっと脇へよけたのに気づいた。だが、そのとき道は暗かった。たとえ目を向けても、三人の顔はよく見えなかった。私たちの前方で角を曲がって見えなくなったあとも、まだ馬のような笑い声が聞こえていた。

「きっと三人ともイギリス人だ」私たちの後ろで誰かが言った。

「イギリス人なものか。おれはイギリスにいたことがあるんだ」

「ドイツ人さ。ひとりが『Ｊａ、Ｊａ』と言っていたような気がする」

「ドイツ人なもんか」小人が言った。「わしは誰だか知っている」

「一体、誰なんだい？」

「それは言えん。言えんのじゃ。おやすみ、みんな……関わってはいかんぞ……」

道を上れば上るほど、手押し車を押すのが大変になった。一メートル進むごとに、魚が鉛に変っていくようだった。

このとき、私たちは、背後に近づいてくる声を聞いた。やはり女性の声だった。別の観光客の一団だろうか？　振り返って、私たちは唖然とした。しなやかでゆったりとした歩調で、港のほうから、夜会服を着た三人の女性が道を上っていた。

ひとりは、とても背が高く、大きな花をプリントしたチュニックを着ていた。別のひとりは、緑と金の服。三人目は白いケープを羽織っていた。こんなことってありうるだろうか？　さっきと同じ女性たちなのか？　道は一本しかないのに、どうやって降りたというのだ？　それに、なぜ？

ぐらぐらした敷石の上を踊るように、私たちのそばを通り抜けていった。明かりは、三十メートルごとに灯った街灯の青白い光だけなので、暗かった。三人でくすくす笑っていた。私は彼女たちの顔をよく見ようとしたが、だめだった。そのときは示し合わせたように顔を下に向けていたのだ。なぜだかわからないが、私は手押し車から手を放して、脇へ寄った。

「何をやってるんだ?」ステーファノがどなった。「気でもちがったのか? 魚が海に転げ落ちてしまうぞ」

「でも、見ただろう?」

「何を?」

「あの三人さ」

「おいおい、頼むから押してくれ」

「でも、気づかなかったのか? 同じ女たちだったのを……」

どこからか、小人の不吉な声が聞こえてきた。「おやすみ、若い衆……関わるでないぞ……」

三人の謎めいた女たちの姿は、曲がり角の向こうに消えて、もう見えなかった。私は後ろを振り返った。若者たちの姿も消えていた。

ちょうど、まばらな街灯のひとつの下を通っていたとき、手押し車の右の車輪が穴の中にはまり込んだ。魚がバウンドした。あやうく地面に滑り落ちるところだった。

「頑張れ、頑張るんだ!」ステーファノが励ました。「一晩中、ここにいたくはないだろう」

三人とも力を込めて押した。だが、手押し車はびくとも動かなかった。

と、そのときだった。三たび、後ろから、甲高い笑い声が混じった女たちの声が突然聞こえてきた。

三人だった。ひとりは背が高く、二人はもっと小柄。ひとりは黄色とオレンジ色。二人目は緑と金色。三人目は白いケープ。大股でずんずん道を上ってくる。あと少しで私たちに追いつくだろう。華やかなパーティーに参加するためにおしゃれした今風の女たち。とうとう、その顔がすっかり光に照らし出された。顔ではなかった。黒く醜いひび割れがいくつも走る、形の定まらない白い腫瘍のようなものだった。それは、笑うたびに振動でぴくぴく脈打っていた。

窓がひとつバタンと開いた。さらに別の窓が開いて、大声で叫ぶ声が聞こえた。「魔女だ！ 海の魔女だ！」

手押し車が手から離れた。それはポンと跳ね上がったかと思うと、謎の魚を載せたままがたつい た敷石の上を猛スピードで下っていき、遠ざかるにつれてどんどん黒い闇に溶け込んでいった。もう見えなくなった。やがて、ドボンと荒々しい水音が聞こえた。海に落ちたのだ。

絹と宝石で着飾ったおぞましい三人組は、私たちのそばでゆらゆら揺れていた。一番小柄でやせた女が、からかうような仕草で、ステーファノのほうに腕を伸ばした。

「魔女だ！ 魔女だ！」村人たちは叫び続けた。周囲の家々が騒がしくなったかと思うと、棒や銛や包丁を手にした寝間着姿の男たちが現れた。「魔女をやっつけろ！」私も走ってみんなの後を追った。

私たちは、崖を削って作られた国道の上に出た。そのとき、三人の女は石造りのガードレールの向こうに身を躍らせた。

私は覗き込んだ。その下は、谷のように切れ込んだ、目の眩むような断崖になっていた。崖の下では、谷の奥底に向かって次々と波が砕けて物悲しい音を立て、せわしなく波飛沫が上がっていた。

若者のひとりが石を持ち上げた。

「あそこだ、左のほうだ、投げつけろ！」

若者は、波に揺られながら深淵へ消えてゆこうとしている化け物めがけて石を投げた。三人は腰を大きくひねってよけ、石は岩礁に当たって砕けた。

いつしか他の者たちも競うように、敷石や小石、はてはガードレールの剝がれた石材までも下に向かって投げていた。石は崖下で恐ろしい音を立てながら砕け散った。だが、三人の忌まわしい女たちは、不気味に身をくねらせると、甲高い笑い声を残して、暗い水の中にすでに姿を消していた。

恐怖は去り、男たちも行ってしまい、私はひとり残された。ステーファノはどうしただろう？

私はふたたび道を下った。その間も、大気中には重苦しい海の秘密が驚くべき力で脈打っていた。

ステーファノは、ロボットのような歩き方で、こちらに向かって歩いてきた。

「ぼくに触れたんだ。ほら、見てくれ」そう言って、手を見せた。

右手の人差し指と親指の間の、日焼けした皮膚の上に、ボタンくらいの大きさの白い小さな染みがあった。それは、見る見るうちに広がっていった。


（「コッリエーレ・デッラ・セーラ」一九六三年八月二十五日）

舟遊び

Una gita in barca

クラウディア・セロディーネ・ストラッツァ夫人、三十五歳は、友人たちの一団を、ティチーノ川の下流にある彼女が所有する別荘、ラ・ブルサーダ荘（一八五六年に三ヘクタールの森を焼いた火事にちなんでこう呼ばれていた）に招待した。彼女の猟場を蛇行しながら流れる水路や小川をボートで巡るためだ。

その辺りの標高では、川はすでになだらかな平野に身をゆだね、穏やかに流れていた。そして、それまでまとまっていた水の流れは、ひっそりとした森の奥で、迷宮のような沼地に散らばり、広がっていた。

ほとんど未開で、手つかずの自然が残された森があるのを知っているのは、二、三人の友人たちだけだった。近くの自動車道を走る者は、そんな森が存在するなんて誰ひとり想像もしないだろう。緩やかな小川の流れは、所々で広がり、よどんで、池や沼になっていた。別荘からほど近い、そうした池のひとつの岸辺に、五艘の平底ボートが待っていた。頭の後ろでつばが反り返った十九世紀風の帽子をかぶった猟場の管理人たちがボートを操縦することになっていた。

「で、どこに連れていってくれるんだね？」

「いつものコースよ」クラウディアが答えた。「いつもの……」

馬術家の若いルード・ヴィアデネ伯爵が彼女の言葉をさえぎった。どもり癖があるが、大変な自信家の男だ。「ねえ、クラウディア、ネルコラに行こうよ。きみは何度もあそこの話をしたじゃないか。一度も連れて行ってくれないのは本当に不思議だよ」

「遠いからよ」クラウディアは、子どもが何かに反対するときのように、唇をねじ曲げながら答えた。

「そのネルコラって何？」日頃から俗世間の冒険にすぐに飛びつく、金髪の建築家ジュリア・ベサーナが尋ねた。

「怪物が棲んでる沼さ」ヴィアデネが説明した。

「怪物なんてとんでもない」クラウディアが声を上げた。「カエルよ。大きなカエルだってうわさよ。桁外れに大きなカエルだって。ウルルンって呼ばれてるわ」

「それじゃあ、ヒキガエルね」

「クラウディア、きみは見たことがあるの？」

「いいえ」

「そこに行ったことも？」

「行ったことはあるわ。去年の夏、ゴムボートで。ひとりで。六、七回ほど。その場所に行って待ってみたけど、黒いカエルは姿を現さなかった」

「黒い?」

「そう言われているの」

「ねえねえ」ジュリア・ベサーナが声を上げた。「その大ガエルを見に連れていってよ」

「雨が降らないと、ウルルンは姿を見せないんです」猟場管理人の長のセラフィーノがひどく真面目な口調で話に割って入った。

「それなら、今日は大雨でも降ってきそうだわ……」

セラフィーノは目を上げて空を見た。「いや、今日は降りません」彼は断言した。それから女主人のほうを向いて言った。「ともかく、行かないほうがいいです、奥様……私の考えはおわかりでしょう。あの場所はどうしても好きになれません」

「何が起こるっていうんだね?」ヴィアデネが尋ねた。

「わかりません。二年前、ニュースにもなりましたが、私たちのひとりのレミージョ・ヴィスカルドーニがその黒いカエルにとりつかれて……ひとりでネルコラに行ったんです……カエルを捕まえるための特殊な銛も用意していました……次の朝、私たちは仰向けに浮かんでいる彼を発見しました。体がパンパンに膨れ上がって、こんな風に目を見開いて」

「セラフィーノ、やめて」クラウディアは不機嫌な様子で言った。「でも、ヴィスカルドーニがいつも酔っぱらっていたのはみんな知っているわ」

ともかく、一行はボートに乗り込んだ。各ボートに四名ずつで。猟場管理人たちが船頭を務め、舟の上に立って、水底をつかむための鉄のフォークが先についた一本の長い棹を操っていた。

一隻目のボートには、クラウディアの伯父の、愛想のよい老人エルネスト・ガヴォッラーノ、婦人科医のエンツォ・クリストーフォリとその妻のエレットラ、それにファッション・デザイナーのワンダ・プロッシが乗っていた。

ボートは一列に並んで漕ぎ出し、曲がりくねった狭い小川を進んでいった。

「クラウディア」二隻目のボートから、ひどく太っているせいでボートを傾かせている画家のジョルジョ・システィが声をかけた。「カエルのところに連れていってくれるよね？」

「そんなに行きたいなら」とクラウディアは答えた。

二隻目のボートには、画家のシスティのほかに、作家でジャーナリストのソフィーナ・レーティ、ジュリア・ベサーナ、そして大使館の参事のベルト・クポリスが乗っていた。

女主人が乗るボートの船頭を務めるオレステが言った。「でも、奥様、距離がありますよ、ネルコラまでは。それにネルコラに行ったって、何も見つかりませんよ。私の言うことを信じてください、奥様。ウルルンなんてまったくの作り話です。あたしゃ、何百回とあそこを通ったことがありますが、葉っぱ一枚動いたためしがありませんや」

三隻目のボートには、ヴィアデネ伯爵、代議士の妻のジョヴァンネッラ・アルピッツィオ、製鉄工場のファブリツィオ・コリオとその妻でイギリス人のリリベスが乗っていた。

いつもの舟遊びのように、出発したばかりの頃は、ボートから陽気な笑い声やおしゃべりの声が上がっていた。だが、それも次第に途絶えがちになっていった。舟がゆっくり進むにつれ、小川の両側には、水草や葦の深い茂みや、古い倒木や、折り重なるように生い茂る植物の壁が現れた。それらは見事な入り江や、円形劇場や、後陣や、洞窟を形作っていた。そして森と水の上には灰色の空が広がり、空では、鉛色の布地でできているかのような雲が北に向かって足早に流れていた。一行がしばしのあいだ沈黙すると、聞こえてくるのは、水の流れる音ではなく、棹をさすポチャンという柔らかな音だった。だが、客たちがしゃべったり、笑ったりしている間も、ボートの頭上では、岸から岸へ鳥たちが鳴き交わしていた。生い茂る緑の中で鳥たちの姿は見えなかったが、たくさんいるにちがいなく、声の調子からすると、常ならぬ興奮にとらわれているような感じがした。なかでも、一羽のカッコーは、いつものように二回ではなく、音程を下げながら三回くり返して鳴いていた。その三つ目の調べはまるで、『これはぼくのいつもの合図じゃないから注意してね。これは、特別な状況のための取っておきの合図だ。森の生き物たち、ぼくの言うことを聞いて。どうか耳を傾けて』と言っているかのようだった。

四隻目のボートには、クラウディア・セロディーネ夫人、ピエルルイージ・パトゥルノ侯爵と妹のマリーア・レティツィア、そして建築家のエミリオ・サニタが乗っていた。

よどんだ沼の所々で、パトゥルノの婚約者のヌンツィアテッラ・コデカが、ボートから、水面に広がる葉やぬるぬるした藻の間にほっそりとした手を伸ばして、ふっくらと丸い睡蓮の花をつかもうとした。だが、水の下では、深い闇の中で不吉な水草がもつれあっていた。

「セラフィーノ、あなたは雨は降らないって言いましたよね?」

そのとき、タール色の重たげな厚い雲が空のむこう側から広がろうとしていたのだ。

「ええ、今日は降りません……残念ながら。行っても無駄ですよ……」

ボートは、曲がりくねりながら複雑に入り組む水路を通ってゆっくりと進み、ため息が出るほど美しい池をいくつも横切った。時折アオサギに似た、見たこともないような奇妙な鳥たちが高い枝から飛び立ち、宙を舞った。だが、鳥をのぞけば、何もかもが動きを止め、謎めいた雰囲気を漂わせていた。

本当に、わずか数十メートル先には道路が走っているのだろうか？　本当にここはロンバルディアなのだろうか？　ほんの少し行ったところには、本当に人が住む町があるのだろうか？　水道や電気が通っていて、ガソリンスタンドがあり、町長がいるのだろうか？　それとも、あまりに深くまで入り込み、境界の柵を越えて、いまや恐るべき夢の保留地を進んでいるのだろうか？

だがこのとき、ボートの一団は緑の堤に囲まれた広い池に出た。最初は葦が立ち並んでいたが、やがて生い茂る水草が水面を覆い、倒木や雑草、枯れ枝や茨が加わり、さらにつる草が垂れ、ねじくれ、絡み合っていた。だが、まるでひたすら待ち続けているかのように、あらゆるものがじっと静止し、ぴくりとも動かず、葉っぱ一枚揺れていなかった。ひとけのない教会の内部のような異様な静けさだった。そして、その静寂の中で、カッコーの三重の鳴き声が響き渡り、遠くに谺した。黒い雲の広がりが空を覆い、徐々に光を閉ざしていった。

五隻目のボートには、社会民主党の議員ジュスト・アルピツィオ、ヌンツィアテッラ・コデカ、建設会社に勤める美男のアントニオ・クエールラとエジプト人の画家のアニー・シビリが乗っていた。

「あそこよ、あそこに違いない！」クラウディア・セロディーネが、その洞窟を、植物が幕のように垂れ下がっているほら穴を、水がよどんでいる暗い空洞を指差しながら言った。だが洞の手前には、背の高い葦がカーテンのように密生していたので、水面は見えなかった。

大雨の予兆のような光が一同の顔を青白く照らした。それは、死せる魂にさえも、森の、あるいは未知の神の奥深い息吹のように感じられる、事物と時間が織りなす魔法の瞬間だった。

「あの向こうよ。あの向こうに、深い穴があるの。で、ウルルンはその底で眠っているの」クラウディアが説明した。だが、彼女の笑みは、『みんな、真に受けないで。これはただのたわいのない作り話。ごめんなさい、冗談に過ぎないの』と言っていた。

「あそこではありません、奥様」猟場管理人のイニャッツィオが口をはさんで正した。このときはもう五隻のボートは互いに横付けになっていたので、楽に話ができた。「あの穴にはウルルンは入り切りません。ウルルンはもっと大きいんです」

「大きいって、どのくらい？」

「ずっと大きいんです」それがイニャッツィオの答えだった。

「そろそろもどる時間です、奥様」セラフィーノが知らせた。「雨が降らなければ、あそこのあれは息を潜めています……ですが、もうすぐにわか雨が降ってきそうです」

「私のセーターを取ってちょうだい」ヌンツィアテッラがクエールラに言った。「湿っぽくて、寒くなってきたんじゃない？」

「ずっと、ずっと大きいんです」イニャッツィオがなおも言った。

一同は、禍々しい淵を覆う緑の聖堂に目を向けた。だが、そこに動くものはなかった。ただならぬ出来事の予兆となる青白い闇が訪れた。森の上では、黒雲の覆いがたわみ、西のほうにわずかに残った切れ目から光が射した。

「奥様、もどりましょう」

それは、奇跡の巡り合わせによって、世界の果てに、境界の上に立つことのできる稀有な瞬間だった。そこからむこう側へ行くには、あらゆることが可能になる未知の王国に入っていくには、足を一歩踏み出しさえすればいいのだ。

長く強烈な自然の魔法の中で、舟遊びの一行は、私たちを呼び続けている、あの、ありえない現実へと開かれた曖昧な場所で、今まさに宙ぶらりんの状態になっていた。

はたして、俄かに、水がざわざわと波立ちはじめた。風が吹いただけかもしれない。だが、そうではない可能性もあった。もしかすると、闇からの呼び声なのかもしれなかった。水はざわめきはじめ、ボートが揺れて、ぶつかり合った。

「クラウディア、何が起きてるの?」

一隻目のボートから、ヒステリックな叫び声が上がった。ふざけた調子ではなかった。そして、一本の白い腕が伸びて、黒い丸天井を指差して言った。「あれは雲じゃないわ!」

そのとき一瞬、ほんの一瞬だが、彼らは見た(あるいは、意識を集中していたせいで、見たと思った)。闇の天蓋の端が持ち上がったかと思うと、降りてゆき、また持ち上がり、まるで巨大なヒキガエルか悪魔の恐ろしい顎《あぎと》のように上下に動いたのだった。

まるでそれはウルルンの恐るべき口で、彼らはその口の中にいるかのようだった。そしてその口が開閉し、今にも呑み込まれてしまいそうだった。

だがそのとき、紛れもない彼女の声が、クラウディアの声が聞こえた。物悲しげな、どこか間延びした、まるで自分自身をなだめるかのような声だった。彼女はボートの上で立ち上がると、みんなに呼びかけた。

「さあ、みなさん、もどりましょう。残念ながら、私たちもう、お伽噺を信じる子どもじゃありませんから！」

ほかの者たちは何も言わなかった。さらば。船頭たちは、ボートを帰途に向かわせた。

まさにその瞬間、葦の茂みの中から、怪物が棲むという淵の中から、一匹のカエルの鳴き声が聞こえてきた。小さいけれど、生意気な感じのする声だった。若いカエルが笑っているのだった。


（「コッリエーレ・デッラ・セーラ」一九六五年六月十一日）

恐るべきルチエッタ

La terribile Lucietta

インパラ社のメッセンジャーボーイを務めるグリエルモ・フォッサドーロは、夜の十一時頃に帰宅したとき——妻はすでに寝ていたが——玄関の間を一匹の小さなネズミが物珍しげにちょろちょろ歩き回っているのを目撃した。

フォッサドーロは温和な人物で、熱心なアマチュア写真家だった。彼は、これはすてきなスナップ写真をものにできるかも、と期待に胸をふくらませながら、カメラをしまってある戸棚に急いだ。夜間撮影用の機材を準備しながら、『でも、あいつはもういなくなっているだろう』と彼は思った。

ところが、予想に反した。玄関の間にもどってみると、ネズミはあいかわらず呑気に歩き回っていた。

（その間もピントを合わせながら）細心の注意を払いながら、フォッサドーロは四メートル、三メートル、二メートル、と近づいた。あと二メートル足らずの距離まで来たところで、フラッシュを焚いた。その時になってようやく、ネズミは走り去り、どこかの隙間に消えていった。

フォッサドーロはめったにないチャンスに興奮していた。いつもならもう寝る時間だったが、暗室を準備し、さっそくフィルムを現像した。ポジが出来上がり、定着が終わったときには、すでに二時半を回っていた。驚きながら、ポジを何度も見た。アップで写ったネズミは、愛想のよい魅力的な表情を浮かべて彼のほうを見ているように思えた。翌朝、本社に出勤したインパラ社の出版および宣伝・広報部門の副部長ジャコムッツィ氏は、自分の席で数枚の写真をしげしげと眺めているフォッサドーロを目に留めた。

興味をそそられた彼は、近づいて、覗き込んだ。実にすてきな写真だった。そのとき、ジャコムッツィの頭にすばらしいアイデアが浮かんだ。

それから約一か月後、街中の壁に、あるポスターが出現した。インパッリーノ、すなわち子どもや体の虚弱な人にお奨めの小ぶりなサイズのチーズの宣伝ポスターである。チーズのそばにフォッサドーロが写した小さなネズミが配されていた。気の利いた修正を施したおかげで、ネズミの愛らしい表情は一層際立っていた。

インパッリーノは市場で爆発的に売れ、ネズミをキャンペーンガールにすることに反対した重役たち——彼らは華やかな金髪美人のほうがはるかに効果的だと主張したのだが——が間違っていたことを証明して見せた。製造部門は不意をつかれた。需要の勢いは雪崩を打つようだったからだ。工場長にとっては目の回るような日々だった。人員を雇い、新しい設備を急ごしらえし、新たな流通のリズムを構築する必要があった。にわか景気に沸き、勝利に酔いしれた。何億個もの商品が飛ぶように売れた。

だが、その頃、研究開発部門は、カマンベールとタレッジョチーズの風味を併せ持った新しいタイプのチーズを準備しつつあった。市場に革命を起こすにちがいない、実に画期的な新商品だった。もちろん、宣伝・広報部の部長エルベルト・フィウッジ氏は製品の広告戦略の企画立案を任せられた。それは、買わずにはいられないようなインパクトのあるものでないといけなかった。

フィウッジ氏は、ジャコムッツィ氏と長く話し合った。ジャコムッツィ氏は、彼にしては珍しく、迷うことなく、再度ネズミを使うことを提案した。

言うのは簡単だ。だが、はたしてあの愛らしいネズミをふたたび見つけられるのか？ ジャコムッツィ氏はメッセンジャーボーイのフォッサドーロを呼んだ。フォッサドーロによれば、ネズミは時々姿を見せるとのことだった。だが、新しいシャッターチャンスに巡り合える保証はないとフォッサドーロは言った。ジャコムッツィ氏は、成功したあかつきには特別ボーナスを出すと彼に約束した。

ネズミを待ち伏せし、写真に収めるために、フォッサドーロが熱心に任務に取り組んだことは言うまでもない。幾晩も徹夜した。だが、ネズミは事情を察したかのように、なかなか姿を現さなかった。

ついにある晩、台所の食器棚の下からネズミが飛び出してきた。フォッサドーロはネズミを見つめた。ネズミも彼を見つめ返した。すでにカメラをかまえているフォッサドーロは、狙いを定めた。

「まあまあ、落ち着いて」ネズミは小さな、だが張りのある声で言った。「私が事情を知らないとでも思ってるのかしら？　あなた、私を利用したでしょう」こう言いながら、ちょろちょろ走り回って、まともな写真が撮れないようにした。

「さあ、坊や。いい子だから、もったいぶらないでくれよ」フォッサドーロは、レンズで相手を追いながら言った。

「坊やですって？　とんでもない！　私は女の子よ。ルチエッタっていうの」ネズミは、いかにも愛らしく答えた。

「わかった、ルチエッタ！　きみの写真を撮ってあげるから、ちょっとの間、動かないでおくれ」

「で、いくらもらえるの？」

「いくらもらえるかだって？　頭がおかしいんじゃないよね。猫を呼んだっていいんだぞ」

「いくらもらえるの？」かわいらしいネズミは生意気そうに小さな頭を上げながらもう一度言った。「五以下じゃ、ＯＫしないわよ」

「五百リラ？」

ルチエッタは、ネズミにできる精一杯の笑い方で、長く笑った。「私を誰だと思ってるの？　ひょっとして私の額にジャコモって書いてある？　五十万リラよ！　もしそれでだめなら、協力してあげない！」そう言うと、百メートル走の選手のようなスパートで、食器棚の下にもぐり込んだ。

フォッサドーロは、がっかりして、翌朝、ネズミの要求をジャコムッツィ氏に報告した。ジャコムッツィ氏は一笑に付した。ネッラ・アルトリベーネとかいうファッション・フォトモデルが呼ばれ、写真が撮られた。彼女の美しい顔と高級感あふれる究極のチーズ「スーペルカゼイーノ・インパラ」が写ったポスターが街の壁に登場した。

だが、スーペルカゼイーノは売れなかった。消費者はなかなか手に取ろうとしなかった。倉庫に山のように積まれた在庫は腐ろうとしていた。

ある日、フィウッジ氏はジャコムッツィ氏に言った。「まあ、五十万でも、試してみる価値はあるんじゃないか？」

お望みどおりの返事をネズミに伝える任務を仰せつかったフォッサドーロは、小さく口笛を吹いて彼女を呼んだ。ルチエッタは姿を現した。やけに挑発的な様子だった。

「何か御用かしら？」

「ああ、そうだ」フォッサドーロが答えた。「受け入れることになった」

「受け入れるって、何を？」

「五十万リラのギャラさ」

「だめだめ」ネズミはあざ笑いを浮かべて言った。「虫がよすぎるわ。あれから事情が変わったの。今は三百万ほしい。でなきゃ、この話はなし」

「何だって！」

「三百万。一リラだってまけないわよ」

「きみの脳みそは腐っちまっているんじゃないのかい、おちびちゃん？　ネズミの写真に三百万だって？」

「やれやれ」彼女はそれだけ言うと、姿を消した。

スーペルカゼイーノのせいで、インパラ社は山のような負債を抱えていた。支出はすでに五億を超えていた。それにくらべれば、たかだか三百万が何だというのだ？　会長のバソットロ氏は条件を呑むことにした。

だが、不安の感情がインパラ社の上層部に広がっていた。この調子で行くと、しまいにはどうなるのだろう？

ともかく、実に愛らしくポーズを取ってくれたネズミのルチエッタのおかげで、スーペルカゼイーノは主婦層の心まで掴んで、爆発的に売れはじめた。会社の経理担当者は数字を記帳するのに追われた。売り上げはそれくらいすさまじかったのだ。

インパラ社は大躍進を遂げた。新しい工場がイタリア中に、さらには海外にも建てられた。奇跡のような勢いはとどまるところを知らないかのように思われた。

だが、時間とともに、スーペルカゼイーノは西洋諸国の半分の食卓を席巻したのち、巷の他の製品と同じように、翳りの兆しを見せはじめた。

そして研究開発部は、驚くべき新商品を生み出した。ビタミネッロである。それは、現在知られているビタミンはもちろん、未知のビタミンをもすべて含み、優れた体力増進の効果を備えた、競争社会のストレスと戦うために欠くべからざる未来のチーズである。つまり、栄養と美味しさと薬効と美容効果を兼ね備えたチーズなのだった。

フィウッジ氏は、それにふさわしい宣伝方法を考え出すために、すでに優秀さは証明済みの頭脳をフル回転させながら徹夜を重ねた。販売促進部の主だったメンバーたちは、象か、スーパーマンか、あるいはフィデル・カストロのイメージを使うことを提案した。

結局、スーパーマンが採用された。だが、ビタミネッロは、出だしこそ好調だったものの、売り上げが伸び悩んだ。誰もが信じられなかった。国内の、そして海外の拠点から、がっかりするような知らせが届いた。ここで、ジャコムッツィ氏は、今一度ネズミを使うよう提案した。激しい議論になった。結局、ジャコムッツィ氏の案が通った。そして、特別ボーナスのおかげでヴァレソットに別荘を建てた、仕事熱心なフォッサドーロに、妥当な条件で交渉を行う任務が与えられた。

だがその間に、ネズミは正気を失ってしまったらしい。ルチエッタは、ふたたび写真を撮らせる条件として、こともあろうに、少し前につれあいを亡くした、御年七十五歳の会長のバソットロ氏との結婚を要求したのだ。

「老いぼれ爺さんだけど、まあ、そこのところは目をつむるわ」ネズミは厚かましくもそうつけ加えた。

バソットロ氏とネズミのルチエッタとの結婚式は、夜が明ける前に、教会ではなく市役所で極秘裡に挙げられた。そしてその晩、バソットロ氏は梗塞で亡くなった。

遺産内容が調査され、バソットロ氏はインパラ社の株式の八十五パーセントを保有していることが明らかになった。そしてルチエッタが包括相続人に指定されていた。

しかるべき厳粛で立派な葬儀が執り行われ、七日間の喪に服したのち、ルチエッタは会社の重役陣を招集した。

ルチエッタは、最高級のチーズを四十トン、工場の中庭に置くよう指示した。チーズが用意されると、社長が門を開けるように命じた。

おびただしい数のネズミたち、種類も大きさも品性もさまざまなネズミの大群が世界中から駆けつけ、なだれ込み、チーズをむさぼり食った。

中庭がすっかりきれいになると、ルチエッタは、満足して去っていく仲間たちを見送った。それから、ふたたび建物に入ると、会長専用のエレベーターで二階に上り、バラ色のモケットを敷いた廊下を通り抜け、会長のオフィスの重々しい扉を開けさせた。そして最高の指揮を執る肘掛け椅子のところまで行くと、その上によじ登り、三十ある呼び鈴を鼻でひとつずつ押していき、功労勲章《コンメンダ》受勲者《トーレ》で社長のエザージェリ氏、副社長のエルモージェネ氏、総務部長のヴォロンテ氏、人事部長のファゾレーテ氏、製造部長のカラマイオ氏、購買部長のミッリオリーノ氏などの面々――もちろん、全員が学士の肩書を持っていた――を招集した。

彼らは駆けつけた。部屋に入ると、軽くお辞儀をし、会長の机に座ってひげを舐めているネズミを見た。ネズミは言った。

「さあて、みなさん、楽園暮らしはもうおしまいよ」

（「ラーゴ・デッラ・ブッソラ」一九六六年、第一号）

犬霊《いぬだま》

Il Cane Universale

ボンペンシエーロの田園地帯の、川にほど近いところに、大学で哲学史を教えるデオダーティ教授の別荘があった。ある夏の夕方の六時頃、そこに犬霊《いぬだま》の呼び声が届いた。それは吠え声なのだろうか？　それとも遠吠えか、唸り声か？　ともかく、その声は、私たち人間の耳には聞こえないが、犬には聞こえるのだった。

血統の定かでない老犬のフリッツが、それを聞きつけた。フリッツは、若い頃には主人の狩りのお共で役に立ったが、今ではただ、番犬の役目を与えられていた。野原をほっつき歩いて面倒を起こさないように、デオダーティは、フリッツを昼も夜も長い鎖に繋いでいた。鎖の端は二メートルの高さに張り渡された鉄線に通してあり、犬小屋が置かれている玄関ポーチの縁から八メートル離れた梨の木まで動くようになっていた。だからフリッツは、およそ長さ十メートル、幅三メートルの範囲をほぼ自由に移動することができた。

だが、十五歳になったフリッツはすっかり年老いてしまい、しばらく前からもう歩くことも、吠えることもなかった。数日前からは、餌に口をつけようともせずじっとうずくまっていた。もうじき死ぬのだろうと教授は推測した。だが、さほど心を痛めるわけでもなく、彼の聡明な頭に獣医を呼ぶという考えはよぎらなかった。どうして三千リラを無駄にする必要があろう？

犬霊《いぬだま》は、犬たちの小さな魂でできていた。人間の魂には行きつく場所があると言われているが、犬の魂にもそのような場所がどこかに設けられているかどうかは定かでない。要するに、犬の魂は、私たちの魂よりもずっと貧弱で、もろいのだ。それは、ひとつずつでは、時の流れや、風雪や、悪臭芬々たるこの世界の大気の中をめぐっている有害なものに耐えることができない。だが、たくさんの魂が集まれば、凝縮し、強固になって、悪しき力にも耐えることができるのだ。

こうして、この地球上の知られざるどこかに、そこまでたどり着くことのできた犬たちの魂からなる犬霊《いぬだま》が、幾千年も前から存在する。それは、今では高さが三百メートル近くもある巨大な犬の姿をしている。もちろん大部分の犬の魂は、そこへ向かう途中で哀れにも道に迷ってしまう。だが、数世紀前からは、空飛ぶおんぼろ荷車を利用した素朴な魂の回収のシステムが設けられていた。荷車ではなくて、荷馬車や大型馬車、ワゴン車、乗合馬車、おんぼろ自家用車の場合もあるが、どれも二頭の屈強なマスチフ犬によって引かれている。そして、それらの乗り物は、紐に結んだ大きなソーセージを垂らして、毎日、低い所を飛びながら一定の場所を巡回している。もし、そこに死にかけている犬がいれば、力一杯そのソーセージにかぶりつくだけでよい。そうすれば魂は、惨めで儚い肉体から抜き取られ、車に引き上げられて、永遠の救いが得られるのである。

時計が夕方の六時を打ったとき、デオダーティの別荘に犬霊《いぬだま》の呼び声が聞こえてきた。それは吠え声なのだろうか？　それとも遠吠えか、唸り声か？　だがフリッツは、自分を呼んでいるのだと即座に理解した。

すると、もう何日も声を出していなかった彼は、鎖を外してもらおうと哀れっぽくクンクン鳴きはじめた。不思議な本能が、何としても川辺にたどり着かなければならないことを伝えていた。そこに行けば、独りで死ぬことができるし、迎えがやってきてくれるのだ。

鳴き声に引かれて、デオダーティ教授が、株の仲買人をしている息子とともに出てきた。フリッツは、彼らを犬の恐るべき目で見つめた。そして何とか立ち上がると、下の草地のほうに向かって弱々しく鎖を何度も引っ張った。

「一体何がしたいんだろう？」本でたくさん勉強したにもかかわらず、命のことにはまったく疎い教授が言った。そのうえ教授は、おそらく哲学者たちにとっての最大のテーマであるはずの死についてはさらに冥《くら》かった。

「きっと」息子が言った。「もうじき死ぬのを悟って、ここから出ていきたいんじゃないかな。死期が近づいた犬は、独りで死のうとして、どこかに行ってしまうものだから。たぶん主人を裏切るように思えて、死ぬところを見られたくないんだよ」

「鎖を外そうなんて考えるなよ」父親が心配そうに言った。「死ぬのなら、ここが一番ふさわしい場所だ。自由にしてやれば、面倒を引き起こすかもしれんぞ」

こうして父と子は議論を始め、一方フリッツは、打ちひしがれた犬の恐るべき目で二人を見つめていた。そして、遥か彼方に空飛ぶ馬車が近づく気配を感じて、クーンクーンと鳴き続けながら鎖を引っ張っていた。

ついに——だが、もう手遅れではないだろうか？——犬を哀れに思った息子が首輪から鎖を外してやった。するとフリッツは、死にかけているとは思えない勢いで飛び出すと、草地を駆け下った。転びもしたが、それでも駆けていた。

息を切らせながら走っていくフリッツを見て、斜面の縁にそびえているクルミの大木が声をかけた。

「ひとりで、一体どこへ向かって走っているんだね、フリッツ？　すぐにバテるぞ。一休みしたらどうじゃ。おまえさんはよく、わしの木陰で気持ちよさそうに眠ったじゃないか」

だがフリッツは、走りながら、『時間がないんだ、時間が』と言うように頭を振った。

こんどは、アルファルファの畑が声をかけた。「止まれ！　そんなに走るもんじゃない。きみの歳ではそんなに無理するのはよくないぞ。無茶はよせ、老いぼれフリッツ。むかし、きみはぼくの草が好きだったじゃないか」

だが、犬にはもう答える元気もなかった。すでに空飛ぶ馬車が風を切る音が近づいていた。すでにソーセージの美味しそうな匂いがしていた。

「そんなに勢いよく走っちゃだめ」デオダーティ教授の土地の境に植えられている生垣が言った。「どうして、そんな思いつめた顔をしているの？　憶えてない？　むかし、私たちは友だちだった。あなたは毎晩ここに来て、ペルリーナと愛を交わした。ねえ、ちょっと待ってなさいよ。暗くなる前に、いつもここを猟犬風の雌犬が通りかかるの。きっと、あなたは気に入ると思うわ」

だが犬には、頭をめぐらせて『だめなんだ』という仕草をする力もなかった。

その場所は、一種の山脚で、左には細い支流の小川の川床があり、右には石がごろごろころがる大きな河原が広がっていた。川の向こうには丘や村が続き、夢のように美しい山の峰々がそびえていた。山脚は、二つの切り立った崖に支えられ、説教壇のように突き出ていた。ひっそりとして、ひときわすてきな場所だった。

フリッツが、あと五十メートルしかないところまで近づいたとき、ちょうど魂を乗せる馬車がやって来た。おんぼろなみすぼらしい馬車だったが、そんなことは問題ではなかった。

フリッツは残された最後の気力をふりしぼって、馬車が通過する地点を目指して走った。走った？　いや、まるで酔っ払いか、今にも行き倒れそうな者のように、体はふらつき、こけつまろびつ、脚はもつれ、よろめいていた。

まさに数秒の勝負だった。一メートル足らずの高さにぶら下がった聖なるソーセージが、フリッツの目の前をすばやく通り過ぎた。だが、彼はまだ準備ができていなかった。もう、ひとかけらの力も残っていなかったが、一か八か、最後の跳躍を試みるしかなかった。

パクッ。犬の歯は宙を噛んだ。空振りに終わり、フリッツは、彼を憐れんで大きな木々が嘆きの声を上げるなか、ドスンという音とともに、草の上に落ちた。夕日が最後の輝きを放ちながら、蒼い峰々の向こうに沈もうとしていた。

けれども、激しい痛みの中で、彼の魂は口から出ていった。そして、魂は馬車に追いつこうと宙に飛び出した。だが、いまいましい二頭のマスチフ犬たちには、あと一歩で追いつくことができなかった。二、三度後ろ脚で宙を蹴ると、哀れな霊は、まるで憐れみを乞うかのように、一寸だけ待ってほしいと懇願するかのように、片脚を持ち上げたまま、空中で力尽きた。

これで、第二の生ともおさらばだった。彼は、秋の木の葉のように、ゆらゆらと揺れながら、崖の下に、葦と背の低い柳の木立とかぐわしい草の茂みの間に落ちていった。そこは、若い頃、狩の季節に駆け回るのが大好きだった場所だった。

けれども、人目につかず、心地よい、そのような場所で永久に消え去ってゆくのはさいわいだった。そこを訪れるのはカワセミか、満月の夜のヒキガエルくらいだった。そして、下のほうでは、水が岩間をせせらぎながら、いにしえの物語を語っていた。

（「コッリエーレ・デッラ・セーラ」一九七一年四月二十五日）

動物譚
Bestiario

モグラ

その病人は、毎晩のように車椅子で運ばれて、波打つように連なる草原と生垣と森に臨む田舎の家のテラスに出る。そして、ひとりにしてもらう。尖った山の峰のむこうに太陽が沈んでゆくように、彼は、自分の体から生命がゆっくりと消えゆこうとしているのを感じていた。

目の前の風景は、ひっそりと静かで、このうえなく美しかった。そのとき突然、滑らかな広い草原の斜面で、小さな麦わらロールのような、丸い瘤ができはじめた。それは見る見るうちに大きくなり、二メートル半はあろうかという高さにまで達した。そして大きくなりながら、まさに彼のほうに向かっていた。まるで、草原は柔らかなウールの毛布でできていて、その毛布の下で、何かの生き物、怪物のように大きなカタツムリか、あるいは巨大なモグラが這い進んでいるかのようだった。じっさい、丸かった瘤は、すでに細長く伸びて、背中のような形になっていた。その後ろには、尻尾のようにも見える、ずっと低い隆起が続いていて、それらは一体となって移動していた。巨大なモグラだろうか？　地下に棲む蛇だろうか？　深淵の生き物か、それとも神が起こし給うた奇蹟なのか？

彼は、人を呼んで、その驚くべき現象を分かち合おうかとも思った。だが、思いとどまり、奇蹟をひとりで味わうことにした。

彼は、今にもその恐るべき隆起物が割れて、中から竜が現れるのではないかと思い、しばらく見守った。だが草原は、強靱な革のように屈することはなかった。『このほうがいい』と彼は思った。『このほうが、神秘性が損なわれないから』

それは、その特別な日の最後の輝きだった。老人は、自分のためだけに示された運命のお告げなのだということをはっきりと理解した。おそらく、今夜のうちに旅立つことになるのだ。けれども、長い人生の中で一度も感じたことのない至福感に満たされていた。

ガレー船

ヴェネツィア共和国の輝かしいガレー船や夢のようなビッソーナ船〔八本櫂の祭礼用の大型ゴンドラ〕は、水上バスやモーターボートであふれる大運河から姿を消してしまった。今ではもうヴェネツィア人たちは、数日間の祭りの折に引き出されるときにしかそれらを拝むことができなくなった。だが、数多の勝利に彩られた艦隊は不滅である。ガレー船は、小さく、極々小さくなってしまった。そう、まるでヴェネツィアそのものが古きよき共和国時代の痩せ細った幻影になってしまったように。そして本土に退却してしまった。残念なことに、人間たちの貧しい想像力と化学物質からなる有害な瘴気のせいで殺され続けて、ますます数を減らしている。だが、変わらぬ優雅さと威厳をもって、いにしえの漕艇術を完璧に今に伝えながら、航海を続けている。もはや海や潟を行くことができないので、ずらりと並んだ櫂を滑らかかつリズミカルに動かしながら、われわれヴェネト人の家々の壁の上を進んでいる。船端を叩く水音も、波のざわめきも、奴隷の漕ぎ手たちを叱咤する声もなく静かに。

それら「ガリーア」、つまり小さなガレー船は、一般にはScutigera coleoptrata（ゲジ）と呼ばれている。ヴェネト人ではない者か、あるいは歴史の記憶をわずかでも伝えるすべを知らぬ者がそう名付けたのだ。

それでは、何世紀にもわたるヴェネツィアの栄光は、かくもみすぼらしい残滓になり果てたのか、と問う者がいるかもしれない。だが、がっかりはすまい。聖母の加護を受け、殺せば災いをまねくという言い伝えもある、この均整の取れた小さな生き物をよく見てごらんなさい。

非の打ちどころのない形姿に、貴族的な繊細さ、そして潟に建ち並ぶ壮麗な館に通じる完璧な律動感を備えてはいないだろうか？　この無邪気な「ガリーア」たちが、ごくごく慎ましやかにではあるが、ブラガディン家やヴェニエール家やモロジーニ家の輝かしき事績を思い出させてくれるように、為政者たちがこの町の美と威信を守ってくれることを願うばかりである。

大群

毎年秋になると、十月の半ば頃の昼のさなかに、私の家族の家からほど遠くない鬱蒼としたモミの林の中から騒々しく鳴き立てる声が聞こえてきたかと思うと、実に種々さまざまな鳥たちからなる――カラスよりも大きな鳥もいれば、ミソサザイのように小さな鳥もいる――大きな群れが飛び立ってゆく。そこにそれほどの数の鳥が潜んでいたとは想像もつかない、何千羽、何万羽もの鳥たちだ。まるで尽きることがないかのような夥しい数だった。それにどうして、あのように異なる種が群れを作っているのだろう？　鳥たちは、時には稠密な柱を作りながら、二時間以上も飛び立ち続け、まもなく空に広がって、南のほうに全速力で飛び去っていく。小さい頃から何度も目にし、なぜだか私の心に物悲しい印象を残した壮大な光景だ。

土地の人々はその現象のことを知ってはいるが、口にしたがらない。私は周囲の人々に何度も尋ねてみた。だがみな、何のことやらわからないといった顔をしたり、私を頭のおかしい人間のように扱ったり、「ツバメの群れが旅立つところさ」と答えたりした。ツバメだなんてとんでもない。

あるときとうとう――なぜもっと早く思いつかなかったのだろう？――鳥の神様に、コウモリと昆虫を除く、世界中のあらゆる空飛ぶ生き物を統べる神様に、尋ねてみた。彼は頻繁に私たちの地方を通りかかるのだ。きっと、天から与えられたそのスピードをもってすれば、二十四時間のうちに七回世界をめぐることだって可能だろう。

海の竜巻のように近づいてくる鳥の神様を目に留めた私は、手招きした。すると彼は親切にも足を止めてくれた。神様はがりがりに痩せているが、その背丈たるや二百メートルは下らなかった。

「鳥の神様」私は彼に言った。「お忙しいところを呼び止めてしまって申しわけありません。でも、教えてもらいたいことがあるんです。毎年十月になると、あそこのモミの木立から大群で飛び立っていく鳥たちは、何なのですか?」

鳥の神様は、そんなことを訊くなとでも言いたげに頭を振った。

「渡りの季節なのさ」そう言うと、一瞬、口許に苦い笑みを浮かべた。「夏の間、きみの友人たちが銃や網や鳥もちや罠で殺した鳥たちだよ。その鳥たちが永遠に旅立っていくんだ」

「どこへ行くのですか?」私は訊いてみた。

「きみたち哀れな悪党たちもすぐに行くところさ」

牛たち

アンジェラ・ナルド・チベーレ著『ベッルーノを中心としたヴェネト地方の動物にまつわる民間伝承』(一八八七年、パレルモ刊)には、こう書かれている。『牛たちは年に一度、クリスマス・イブの夜におしゃべりするという話は、この地方の農民たちの間で広く信じられている。それゆえ彼らは、ある時間を過ぎると家畜小屋にいようとはしない』
さらに伝承によれば、ある者が伝説に挑み、牛小屋の隅に隠れていたが、たちまち切り株に変ってしまったという(おそらく同じような迷信はイタリアのさまざまな地方に伝わっていると思われる)。
私の友人のひとりが、この冬、農家の同意のもとで、危険を冒さずに事の真偽を明らかにしようと試みた。家畜小屋の天井の梁に、紐を使って遠隔操作できるテープレコーダーを仕掛けたのだ。装置は二十三時三十分に動き出し、二時間あまり録音し続けた。以下が、その乏しい成果である。

家畜小屋の長老である牡牛のトーニが、方言でこう言った。「じゃあ、しゃべるとするか。おまえ、どうしてしゃべらないんだね？」

ビーザという名前の牝牛が答えた。「そりゃあ一年ぶりだもの、積もる話もいっぱいあるんだけどね。でも、今夜はやめとくよ」

数日前に北部のプステリア谷から来たばかりのクルトという名前の子牛が言った（彼はわれわれの方言を完璧に理解できたが、アルト・アーディジェ地方の人間によくあるように、意固地にドイツ語で話した）。「Warum?（どうして？）」

ビーザが答えた。「なぜって、ゲス野郎が、この上に、あたしたちの会話を盗み聞きする電話を取りつけたからさ」

すると子牛のクルトが叫んだ。「Donnerwettersakrament!（くそっ、いまいましい！）」

そして、みな黙り込んだ。

青蠅

私は、何十年も前に自分が生まれた部屋の、そこで生まれたベッドで横になっていた。夏の暑い午後の二時だった。だが、なかなか寝付けなかった。青蠅が一匹、しつこく飛び回っていたからだ。おまけに、その羽音はずっと続いているわけではなく、リズムを刻むように、聞こえなくなったかと思うと、またすぐに再開した。それが、ますますいらいらさせた。おおよそこんな感じだ。

SSSSSSSSS-SS-SSSSSSSSSS - SSSSSSSSS - SS - SS- SSSSSSSSS.

この奇妙な羽音は、とつぜん意識の奥底から、ある夏の午後にまったく同じように飛び回っていた別の青蠅の記憶を呼び起こした。やはりこの家の、隣の部屋だったが。もう五十年近く前の話だ。

私は記憶がいいほうではない。それでも、その午後のことが、不思議にありありとよみがえった。それは、思春期特有の——少なくともその時代にはそうだったのだが——不可解な苦悩を抱えていたある日のことだった。そのとき、そのいまいましい羽音は、まったく意地悪くもあり、またふさわしくもある伴奏だった。

家族ともめごとがあったわけでも、恋に悩んでいたわけでも、勉学の不安を感じていたわけでも、友人と喧嘩したわけでもなかった。特別な理由は何ひとつなかった。ただ、泣いてもけっして気持ちが晴れることのないような、重苦しい、絶対的な憂鬱だった。

それほどの深い憂鬱だったにもかかわらず、その底には、漠然とした希望、不安、期待、運命の予感がないまぜになった、名状しがたい、生への亢奮が存在した。まるで、この不幸の内には、将来芽を出すことになるかもしれない、たくさんの慰めの種子が含まれているかのように。

そして今、私は、同じように重苦しく、底知れぬ憂鬱を抱え、同じようなリズミを刻む羽音を聞いている。

「蠅よ、蠅よ」と私は呼びかけた。

もちろん偶然の一致かもしれないが、蠅はすぐに天井からつり下がっている電灯の傘の上にとまった。

「蠅よ」私は尋ねた。「教えてくれ。おまえはあのときと同じ蠅なのか?」

もし奇跡によって——蝿の寿命はせいぜい数か月だということはよくわかっていたが——本当に同じ蝿か、その生まれ変りなら、答えてくれるはずだと私は確信していた。

はたして、答えるだろうか？　蝿は、同じ羽音をずっとくり返しながら、すぐにまた部屋の中を飛び回りはじめた。SSSSSSSSS- SS - SS - SSSSSSSSS - SSSSSSSSS - SS - SS- SSSSSSSSS.

ただ、現在の憂鬱は、当時のものとはまったくちがっていた。寒々とした悲しみ。ただ、それだけだ。もはやその憂鬱の底に、私自身には理解しがたい、あの神秘的な希望を伴った暗い亢奮はなかった。もしかすると途中で途絶えているかもしれないし、多くの苦難に出遭うことになり、悪魔が待ち伏せているかもしれなかったが、かつては遠い地平線の果てまで続いていた長い長い道は、もはや私の前に伸びていない。いま、その道は、霧の中に垣間見える、あのすぐ近くの垣根のところで終わっている。

私は、戸棚の中に、一発百中の金属網の蝿叩きがあることを思い出し、取りに行った。そして半開きになった窓のそばで待ち伏せた。蝿は時々その窓ガラスの上にとまりにくるのだ。はたして、蝿はやってきた。

私は蝿叩きを振り上げた。命中は確実だろう。だがそのとき、か細い声が私にこう言った。「だめだ、だめだ」

とまれかくまれ、それは、再現された私の遠い青春の思い出だった。不思議にもよみがえった私の人生の遠い断片だった。なのに、それを自ら消し去ってもいいのだろうか？

（「コッリエーレ・デッラ・セーラ」一九七一年九月八日）

塔の建設

La costruzione della torre

若い石工のアントニオ・シッタは、彼が暮らしている丘の上から、丘のふもとの平野に広がる大きな町をいつも眺めていた。そして町のそこここには、有力者たちが建てた高く壮麗な塔がいくつもそびえていた。

それらの塔は彼の目に非常に美しいものに映った。うまく言い表せなかったが、すばらしく好ましいものに思えた。彼にとっては、幸福か何かそのようなものを象徴していたのだ。そこで、酔狂者の彼は、自分と家族と丘の上で暮らす友人たちのために、塔を建てることを思い立った。アントニオはそれを、自分ひとりの力と二人の見習い工の助けだけでやろうというのだから、まったく呆れるような事業だった。

さてそこで、彼は小さな窯をこしらえて、レンガを焼きはじめた。一日に焼くことのできるレンガはせいぜい十個から十二個が限度だった。それを見て、ある者が言った。「アントニオ、どうやって塔を建てるっていうんだね？　一日に十個では、出来上がるのに千年かかるぞ」すると、アントニオは答えた。「ぼくはただ全力を尽くすだけだ。もしそれを神が嘉し給うなら、きっと力を貸してくださるだろう」

彼がそう言い終えぬうちに、川のほうから四羽の鳥が飛んできた。クロウタドリだった。見ると、大変苦労しながら、くちばしで一個のレンガを支えていた。鳥たちはバタバタ激しく羽ばたきながら、そのレンガをアントニオの足元に置いた。「ほら、ごらん」石工は言った。「助っ人が現れたよ」

するとこんどは、ひと塊になって飛ぶ四羽のカササギが空に現れた。彼らもまた正確な大きさのレンガをひとつ運んできて、アントニオの足元に置いた。さらに、別の鳥や小鳥たちも加わった。なかには、たった一羽でレンガ一個を運びきった年寄り鳥もいて、記念すべき偉業となった。一方、雀たちは、三十羽か四十羽で力を合わせなければならなかった。こうして、レンガは積み上げられていった。

その話を聞きつけて、その辺りの窯で働くレンガ工たちがアントニオのところにやってきて抗議した。ひとりが言った。「鳥どもがおまえの塔のためにレンガを運んでいるそうだな。一体どこから持ってくるんだ？　どこかの窯から盗んでるんじゃないのか？」「でも、あなたのところでレンガが無くなったのですか？」アントニオは尋ねた。「いや、おれのところはちがうが、きっとほかに無くなっているところがあるだろうよ」「では、あなたの窯では？」アントニオはほかのレンガ工たちに次々尋ねた。「あなたは？　それじゃあ、あなたは？　あなたのところは？」だが、レンガを盗まれたと言う者はひとりもいなかった。結局、彼らはぶつぶつ言いながら帰っていった。

けれども、そのすぐあとに、こんどは労働組合の代表者たちがやってきて、彼に言った。「塔を建てようとしているというのは本当かね？」「そうです」アントニオは答えた。「ひとりで？」「そう、ひとりでです。二人の見習いと鳥たちが助けてくれますが」「鳥が助けてくれるだと？」労働組合の代表者たちは語気を強めた。「職にあぶれている者がたくさんいるというのにか？　雇用義務に関する規則を知らんのかね？　鳥は組合員ではない。もしおまえさんがひとりでは無理だというのなら、ちゃんと労働組合に加入している工員を雇わねばならん」「でも、人を雇うお金なんてありません」アントニオが言った。「では、どうしようもない。あきらめるんだな。わかったかね？　ともかく、鳥には手伝わせないように。さもないと、やっかいなことになるぞ」

彼らはアントニオをにらみつけると、帰っていった。するとアントニオは、仕方なく、空でレンガを相手に奮闘している鳥たちにむかって、もういいよ、と身振りで伝えた。もう助けは必要ない。きみたちが手を貸すことは禁じられたんだ。ともかく、どうもありがとう。

すると鳥たちは、悔しそうな叫び声を上げると、苦労しながら運んでいたレンガを下に落として、各々の巣に帰っていった。草地に落ちたレンガは、地面に深い穴を穿った。

有能な協力者たちを失って、アントニオはその場に立ち尽くしていた。この先どうすればいいのだろう。鳥たちが助けてくれることに、今ではすっかり慣れ切ってしまっていたのだ。だが、もう日も暮れていたので、二人の見習い工とともに、妻が食事を用意している粗末な家に向かった。

ところが次の朝、塔の壁ができかけている場所にもどった彼が見たのは、誰かが夜の間に運んだ新しいレンガの山だった。一体誰の仕業だろう？　アントニオがその日の夜に見張っていると、その謎が解けた。

フクロウやメンフクロウやミミズクなどの夜の鳥たち、とりわけミミズクたちが運んでいたのだった。さらに、やる気のあるコウモリやヨタカの群れも作業に参加していた。残念ながらこれらの生き物たちは飛び方が乱雑だったので、時々、荷物を落としてしまった。その結果、朝には、かなりの数のレンガが、そこかしこに散らばっていた。それらを回収するのに、アントニオは歩き回らなければならなかった。

ともかく、うまい解決策だった。夜なので、労働組合の連中に気づかれる怖れもなかった。

こうして塔は築かれていった。周囲の壁は高くなっていった。やがて壁の内側から塔全体を見ようとすると、頭を真上に向けなければならなくなった。すると、白い雲が空を陽気に漂っているのも見えた。ついに塔のてっぺんにテラスも造られ、広大な平原がその向こうの海岸線に至るまで一望できた。

ワクワクする仕事だった。塔はついに完成した。だがその間、歳月が過ぎ去っていた。そしてある日、彼はじつに久しぶりに鏡を覗いて、自分の顔をしげしげと眺めた。すでに老人になっていた。白い髪としわを刻んだ顔が映っていた。すると悲しくなった。『どうして町の人たちは誰もぼくの塔を見に来ないのだろう』と思った。まったく見向きもされないことを彼は寂しく思った。

だが、そうではなかった。町の人々はみな、丘のてっぺんでアントニオの塔が少しずつ高くなっていくのを見ていた。塔ははるか彼方からでもよく見えた。そして人々は自問した。誰があの塔を建てているのだろう？　ひょっとして、我々町の者への挑戦だろうか？

だが、こっそり様子を見に行った者たちが目にしたのは、作業に没頭している慎ましやかな石工ひとりだけだった。結局、彼らは何もわからないまま町にもどってきた。

こうして、町の有力者たちの間に不安と懸念がつのっていった。

けれども、ひとたび塔が完成するや、アントニオは検査委員会の訪問を受けた。建物が出来上がるたびに、この検査委員会は、建築物が規則に適合しているか確認するためにやってくるのである。アントニオは委員長をたいそう丁重に迎え入れ、塔を案内し、隅々まで見せてまわった。委員長は眺めているだけで、何も言わなかった。

一行が、目も眩むような頂上のテラスまでやってきたとき初めて、委員長は尋ねた。「アントニオ、どうしてきみはこんなに高い塔を建てたんだね？」

アントニオはその言葉を一種の賛辞だと受け取った。だから微笑みながら、こう言った。「実に見事な出来でしょう？」

委員長は、自分をからかっているのではという疑いを強めた。「おしゃべりは結構。この塔は誰のために建てたのだね？」

委員長の推測では、アントニオはただ建設したにすぎず、彼の背後に、誰か名前を知られたくない有力な人物がきっといるはずだった。

「自分のために建てたんです」アントニオは答えた。

「で、建ててどうする？」

「町の塔と同じくらい大きな、いや、もっと高い塔を建てるという思いつきに、すごくワクワクしたんです。それだけです」

「ともかく」検査委員会の委員長は結論を述べた。「きみに残念なことを伝えねばならない。規則では、いかなる建物も、いかなる塔も、その高さは六十メートルを超えてはならないと定められているんでね。きみの塔はそれをはるかに超えている」

「だと思います」アントニオは誇らしげに言った。「私の塔は八十メートルを超えているでしょう……」

「それゆえ」委員長は続けた。「我々は承認するわけにはいかない。きみの塔は取り壊されねばならない」

哀れな石工は息が止まった。そんな！　四十年も汗水流して、その苦労の成果をいま、ふいにしろというのか？

「私の塔を取り壊せですって？」彼は口ごもった。

「レンガひとつに至るまでな」

アントニオは泣き出しそうになった。「あのう、委員長さん」彼は言った。「こうしましょう。塔を二十メートル縮めます。それなら、規則違反にはならない」

「それだけでは不十分だ」相手はすっかりむきになって、聞く耳を持たなかった。「高さだけではなく、壁の大きさも、階段の長さも規則違反だ。要するに、何もかもが間違っている。だから、塔は壊して元どおりにしなければならん」

実際のところ、検査委員会の委員長にはそのようなことを命じる権限はなかった。だが、誰が塔を建てさせたのかアントニオに白状させるために、そう言ったのだった。

「では、法に従いましょう。たとえ、それが不当であっても」アントニオは諦めて言った。「でも、塔を倒すなら、私も倒してください。委員会のみなさん」

こう言うと、アントニオは塔に入り、内側からしっかりと閂を掛けて、中に閉じこもってしまった。ほかにどうしようがあっただろう？　彼はその塔のために一生をかけて働いたのだ。それなのに今になって、彼らは規則を盾に取って彼から塔を取り上げようとしていた。塔を壊す？　ならば、自分は瓦礫の下敷きになるだけだ。

検査委員会の面々は、眼窩から目が飛び出るくらい激怒した。長い仕事の経験の中で、このようなことは一度もなかったのだ。

取り壊しの準備をするために、すぐに伝令が町に派遣された。じっさい、つるはしや木槌やその他の必要な道具類を手にした屈強な石工の一団が丘の上に到着するのにさほど時間はかからなかった。彼らはダイナマイトも用意していた。万一、それでも十分ではなかったときのために備えて、砲兵隊までやってきた。

だが、塔は頑丈で、びくともしなかった。四十年間の血と汗の結晶はそう易々と打ち壊されはしなかった。壁はレンガではなく、花崗岩でできているかのようだった。何度も打撃が加えられた。だが、つるはしは先が折れ、木槌はバターに変ってしまったかのようだった。周囲は、野次馬の群れでごったがえしていた。彼らは、警察官の制止を受けて遠巻きに見物しながら、ああだこうだと言い合い、あちらこちらで笑い声が上がっていた。もし塔を壊すことができなかったら、当局はとんだ恥を晒すことになるだろう。

そこで、しかるべき慎重さをもってダイナマイトが仕掛けられ、点火された。恐ろしい音とともに爆発したが、風が硝煙を吹き払うや、塔には傷ひとつついていないのが確認された。爆発した場所に、小さな黒い染みができただけだった。

塔の中では、アントニオが隅っこにしゃがみこんで、最期の時を待っていた。つるはしや木槌が打つ音が聞こえた。カチッ、カチッというかすかな音が聞こえていた。それから、ズーンという爆発音がした。さらに大砲が轟いた。心臓が激しく打ちつけ、彼は天井を見上げた。今にも、瓦礫が滝のように頭の上に崩れ落ちてくるだろう。だが、うっすらとした埃さえ、ほんのわずかな塵さえも降ってはこなかった。

大砲の轟きはますます頻繁に、暗く、荒れ狂った。おそらく、町から追加の砲兵隊が到着した徴だ。だが、壁は鉄でできているかのようだった。ひとつのレンガも落ちてこなかった。

ついに——もう何時間も過ぎたにちがいない——突然、しーんと静まり返った。ずっと隅にうずくまっていたアントニオはとどめの一撃を待っていた。

そのとき彼の耳に、信じがたい、別の音が鳴り響いた。楽の音だった。陽気なファンファーレの演奏だった。それから、誰かが扉を叩きはじめた。「開けてください、アントニオさん」と彼を呼んでいた。「どうか開けてください！」

もう、これ以上悪いことがあるだろうか？　アントニオは扉を開けて、顔を覗かせた。太陽が輝いていた。そこには、大勢の群衆と、美々しく着飾った立派な人々の一団がいた。彼らは最高の敬意を示しながら彼に挨拶した。それればかりか、兵士の一団がささげ銃をしていた。

塔は、つるはしにも、ダイナマイトにも、大砲の攻撃にも耐えた。それはその塔が、非常に力のある方の、彼らよりもさらに力を持った方のものである徴だった。それゆえついに、町の人々は畏怖の念を抱くに至った。そしていま、彼らはアントニオのところへ、すばらしい塔を建設してくれたことへのほうびを、山のような贈り物と伯爵の称号を用意してやってきたのだった。

アントニオは混乱しながら謝意を述べた。最初は散々ひどい目に遭い、そして今は褒め称えられるとは、一体自分は何をしたというのだろう？　彼にはまったく理解できなかった。だが、この世とはそんなふうにできているものなのだ。

彼は勝利した。もう誰も塔を傷つけたりはしないだろうし、受け取ったほうびで平穏に暮らせるだろう。だが彼は、もう年老いて、疲れて、何も望んでいなかった。もう幸福など何の役に立つだろう？

（未発表作品　一九五〇―五五年）

訳者あとがき――ブッツァーティが描く動物たち――

本書『動物奇譚集』は、作者ディーノ・ブッツァーティの没後、一九九一年にモンダドーリ社から出版された作品集『動物譚』(*Bestiario*) に収められた短篇小説三十六篇を訳出したものである。同書は、作者の妻アルメリーナ夫人のアイデアを基に、クラウディオ・マラビーニが編纂した作品集で、動物が登場する短篇小説三十六篇と動物をめぐる記事やエッセイ十六篇が集められている。三十六の短篇のうち二篇は未発表作品で、それ以外は、一部の例外を除き、そのほとんどが新聞や雑誌上に発表されたのち短篇集には収録されぬままになっていたものである。ちなみに、二〇一五年には、ロレンツォ・ヴィガノの編纂によって、作者の生前に刊行された短篇集に収録された作品も含めて網羅的に集めた二巻本の増補版『ディーノ・ブッツァーティの動物譚』(*Il «Bestiario» di Dino Buzzati*) が、やはりモンダドーリ社から出版されている。いずれも、〈動物〉という視点からブッツァーティの作品世界の重要な側面に光を当てた、非常に意義深いアンソロジーである。

本書に収録された短篇は――原書でも同様だが――発表年（あるいは執筆時期）の順に配列されており、各短篇の末尾に記載された発表年を見ればわかるように、この一冊の中には、〈動物〉という共通項の下、作家のデビュー当時から最晩年に至るまでの作品が集められている。その中には、彼の伝記的な要素と密接な関わりが伺えるものもあるので、まずはそれを指摘しておこう。

例えば、「ホテルの解体」（三二）や「動物界のファルスタッフ」（三三）は、一般には彼のデビュー作と言われる長篇『山のバルナボ』（三三）とほぼ同時期に書かれた最初期の作品であるが、擬人化された動物や自然描写が醸し出す雰囲気は、長篇『古森の秘密』（三五）とともに、ブッツァーティが少年時代から愛したイギリスの挿絵画家アーサー・ラッカムの絵の世界を彷彿とさせる。また「川辺の恐怖」（三九）は、当時イタリアの支配下にあったエチオピアでの特派員生活中に書かれたものだし、「驚くべき生き物」（四一）や「船上の犬の不安」（四一）は第二次世界大戦中に従軍記者としてイタリア海軍の巡洋艦に乗り込んで取材活動をした経験が背景となっている。一方、亡くなる前年――その年に癌が見つかっている――に発表された「犬霊《いぬだま》」（七二）や「動物譚」（七二）は、作者自身の死への意識や予感と無関係ではないだろう。

ブッツァーティの作品の中にはしばしば動物が登場する。『古森の秘密』や子ども向けの童話『シチリアを征服したクマ王国の物語』（四五）をはじめ、多くの短篇（および絵画作品）に、（想像上の生き物をも含む）さまざまな動物たちが登場し、〈動物〉は、『動物譚』の編者マラビーニが序文で言っているように、「彼の物語世界を構成する非常に重要な要素」である。ブッツァーティは、晩年のインタビュー（『ある自画像――イヴ・パナフィウとの対話』一九七三年、モンダドーリ社）の中で、「幻想的な表現手法」は「ある種の観念の描出を強化し、より鮮明にすることに資するとしたうえで、「動物たちはある種の観念や自然の精神的な力を具現化するのをしばしば助ける」と述べ、動物が表象するものの例として「迫害」「復讐」「苦悩・強迫観念」「謎・神秘」を挙げている。すなわち、彼の物語の中では、動物が多様な寓意的な機能を担っていることになる。動物と寓意を結び付けた寓話と言えば、中世ヨーロッパに流布した動物寓意譚――そこでは動物の習性や特徴がキリスト教的解釈や道徳的教訓に結び付けられている――が思い浮かぶが、ブッツァーティが挙げる寓意は、何より〈動物〉と〈人間〉との関係性の中で意味を帯びてくる。

ブッツァーティはまず、動物対人間という図式の中で、人間の気紛れや悪意によって理不尽にも虐待され、迫害される存在、人間の恣意的な暴力や搾取の対象としての動物を描く。例えば、「竜退治」（岩波文庫『七人の使者・神を見た犬』）や「剣闘士」（東宣出版『魔法にかかった男』）などの短篇がその典型的な例である。本書の中では、一羽のペリカンの無意味な死を描く「川辺の恐怖」、科学者たちによって残酷な実験の道具にされる動物たちを描いた「実験」「チンパンジーの言葉」「動物界のファルスタッフ」、人間の都合で理不尽な苦しみを与えられる家畜の話「空っぽの牛」、あるいは人間の手で絶滅の危機に追いやられようとする動物を取り上げた「蠅」「しぶとい蠅」「鷲」などが、迫害・虐待される動物を描いた例として挙げられよう。

だが、現実世界では人間は動物に対して生殺与奪の権を振るうことができる圧倒的な力を持っているとしても、幻想文学たるブッツァーティの物語世界では、人間はかならずしも一方的な支配者の立場にあるわけではなく、常に動物を意のままにできる絶対者でもない。「竜退治」「剣闘士」「実験」などの結末が暗示するように、時として、人間の傲慢さは人智を越えた神秘的な秩序の下で一種の応報を受けることによって、動物と人間の非対称的な力関係は覆されてしまう。

さらに一歩進んで、虐げられた弱者たる動物が人間に対して〈声〉を上げ、異議申し立てと抵抗と反逆の主体となって立ち現れるとき、物語は「復讐」の主題を形作る。

この主題を描く物語群では、「巨きくなるハリネズミ」(『魔法にかかった男』)や「目には目を」(東宣出版『現代の地獄への旅』)、「サイ」(河出書房新社『モレル谷の奇蹟』)のように、しばしば一種の擬人化を伴い、動物は人間の言葉をしゃべり、人間の行為によって苦痛を感じていることを告げ、そして怪物的な存在に変貌することによって人間の優越的な地位を脅かす。ブッツァーティは、その幻想的な物語装置の中で、人間を人間たらしめ、人間には備わっている一方で動物には欠如しているものとして伝統的に挙げられてきた諸要素、例えば、精神や思考、理性、意識、感情、言語といったものを動物たちに付与し、西洋哲学の底流に存在してきた、理性を基準として動物を人間と区別する考え方を見事に否定し、ひっくり返す。また「動物は苦しむことができるか?」という、ベンサムが『道徳と立法の諸原理序説』中で提起した問いに対しても、動物の側からの明確な応答を提示する。理不尽にも罪なき罰に苦しめられていた動物たちが、自らの存在と苦悩を主張する〈声〉を得るとき、あるいは隠されていた神秘的な力を発動し顕現させるとき、それまで人間の視点からのみ眺められていた世界とそれを支える論理や秩序は、脆くも崩壊してゆき、その結果、人間自体の存在の不条理をも炙り出すことになるのである。

このようにブッツァーティの物語の中では、「迫害」と「復讐」の主題はしばしば対を成し、そこでは人間と動物の位階秩序は逆転してしまう。

ヴィガノは、ブッツァーティは「残酷さから忘恩、無関心に至る人間の欠陥を示すために」、あるいは「我々の欠点――動物たちを扱うときにしばしば見せる卑しさ、残酷さ、エゴイズム――そして我々の矛盾を明らかにし、際立たせるために」動物を登場させると言う。動物たちの苦悩や悲劇は、人間存在をも含む世界の不調和の象徴であり、動物の反逆や蜂起は、人間たちの存在状況の不毛を暴露し告発する意味をもつ。動物は、「人間とは何者か?」という問いを私たちに絶えず突きつけてくるのである。

お伽噺に登場する動物たちはしばしば主人公を助ける援助者の役割を担うが、受難者であり警告の使者であるブッツァーティの動物たちも、パラドクシカルな意味での救済者、超自然的な助力者である。なぜなら彼らは、人間存在の矛盾や欺瞞や不幸、その生の不毛や硬直性の結果を自らの身に引き受けることによって、あるいは復讐という形で既存の世界の安定を覆すことによって、その歪みを是正する方向へと向かわせようとするからである。

ブッツァーティの物語に典型的な主題のひとつは〈不安〉や〈恐怖〉であるが、不安や恐怖や絶え間ない苦悩を人間に与える存在として、動物が描かれる場合もある。たとえば、「神を見た犬」(光文社古典新訳文庫『神を見た犬』ほか)、「鼠」(河出書房新社『待っていたのは』)、「怪物」(東宣出版『怪物』)、あるいは本書に収められた「狼」などである。ブッツァーティの動物たちは、日常と非日常、意識と無意識、理性と本能、合理と非合理といった二つの領域を越境し、侵犯する境界的な存在である。そして無意識や非合理の領域からやってくる動物たちは、人間の理解や理性による統御を越えた禍々しい力、抗しがたい不気味な力を表現している。だが、動物にまつわる話に関わらず、ブッツァーティの描く〈不安〉や〈恐怖〉の物語の典型的な特徴は、不安や恐怖を抱く者が、たとえその不安や恐怖を他の人々と共有している場合でさえも、それを他者に伝えることができず、ひとりで裡に抱え込まざるを得ない状況にある。真にブッツァーティ的な〈不安〉や〈恐怖〉は、不安や恐怖をもたらす事柄の出来《しゅったい》に、（これもまた彼の物語の特徴的な要素のひとつである）〈伝達不可能性〉が交わるところに生まれるのである。

人間に不安や恐怖をもたらす究極の形態は〈カタストロフィ（破滅的な事態・突然の大災難）〉であろう。ブッツァーティがくり返し取り上げている主題のひとつでもあるが、いくつかの短篇の中では、まさに動物がこのカタストロフィを形象化する役目を担っている。本書の「ティラノサウルス・レックス」などは、その好個の例であろう。ある日突然に現実世界に出現した古代の怪物は、平穏な日常を根底から覆し、人間という、取るに足らない存在と、その卑小な営為や人類が築いてきた文明をたちまちに蹂躙してしまうような圧倒的な暴力や破壊力のシンボルなのである。この他にも、絵とテクストからなる作品を集めた『モレル谷の奇蹟』や『絵物語』（東宣出版）には、苦悩や不安や恐怖を与える動物、カタストロフィの表象としての動物が数多く登場する。

動物はまた、「大蛇」（『魔法にかかった男』）や「コロンブレ」（『神を見た犬』ほか）、あるいは本書の「ひとりぼっちの海蛇」「海の魔女」「舟遊び」のように、人智を越えた謎、日常の世界の向こうに隠された神秘を表現する。

現実と非現実の閾《しきい》に現れる境界的存在であるブッツァーティの謎めいた動物たちは、現代の合理的な世界観によって追放・抑圧・排除されたもの、人間の有限性を超越したもの、秘匿された宇宙の真理と秩序を、（一瞬であれ）開示しようとする。それらの動物たちは、合理的な世界観に没入している人間の目には、不条理で不気味で得体の知れないものとして映るかもしれないが、一方で、彼らの出現は、局限化され断片化した現実を生きる人間にとっては、分裂したものをふたたび繋ぎ合わせ、不在を充塡し、生と世界の全体性を回復する可能性が垣間見える瞬間でもありうる。

「海の魔女」では、最後まで「魚」や「魔女」の真の正体が詳らかになることはなく、すべては人智による理解を拒み、一切の説明の埒外にある。一瞬口を開いた恐るべき神秘の深淵は、それを覗き込んだ者に不気味な徴を残して、再び閉じてしまう。また「舟遊び」では、人間たちは知らぬうちに幻想の領域へと通じる境界域に足を踏み入れ、現実の裂け目から現れた「未知の王国」の住人を目にする。彼らが怪物の影を通して垣間見たのは、もしかすると、生と世界の全体性・十全性を回復し、人間が真の全的な存在に戻ることを可能にする失われた楽園かもしれない。だが彼らは、おそらくは大きな代償を支払う覚悟なしには乗り越えてならない境界のこちら側に踏みとどまり、秘儀参入は成就することなく終わってしまう（これと対照的な結末なのが、「魔法にかかった男」であろう）。

さらに、ブッツァーティの動物譚には、人間から動物への変身を描くものが少なくない。変身とは、第一義的には形態の境界を越えることであるが、単なる外形の変化にとどまらず、身体感覚や感情、視座といったものも含めて、動物であることの意味を内的に把握する契機が〈変身〉の主題には内在している。そして動物から人間への変身、人間の動物化は、人間／動物の境界区分を揺るがし、崩壊させることにも繫がってゆくが、ブッツァーティの作品では、「ヴァチカンの烏」（『魔法にかかった男』）「キルケー」「十八番ホール」（『現代の地獄への旅』）「最後の血の一滴まで」（『怪物』）などに見られるように、動物の境位への転落は多くの場合、堕落、疲弊、無気力、無能など否定的な状況と結びついた悪夢的な性格を帯びる。一方で、本書に収められた「警官の夢」は、人間と動物、飼い主とペットの立場が入れ替わったあべこべの世界を舞台に、動物であることの体感をむしろユーモラスに語っている。また、輪廻転生のモチーフを用いた「出世主義者」は、動物から人間への変身を描いた数少ない例外的な物語である。さらに、SF的な設定の「アスカニア・ノヴァの実験」では、変身どころか、人間／動物間の生物学的な区分すら揺らいでしまう。

それにしても、ブッツァーティの作品には、単純に「動物」という大雑把なカテゴリーで括るのがためらわれるほどに実に多様な動物たちが登場する。彼がその文学・芸術空間に配置する動物たちは、犬、猫、猿などの哺乳類はもちろん、鳥、蛇やカエルなどの爬虫類や両生類、虫、さらには原生動物のような極微の生物や想像上の生き物にまで至り、その全体像はあたかも曼荼羅図のような宇宙的な広がりを呈している。

では、ブッツァーティが動物に対してこのように少なからぬ注意を振り向け、特別な関心を示すのはなぜなのか？　彼の動物譚に着目する研究者のひとりであるロベルト・カルネーロは「動物愛護的で〈環境保護的な〉感性」を指摘し、ヴィガノも作家を「〈先駆的な〉動物愛護家」と位置付ける。そうだとしても、おそらくそうした感性や姿勢の根底にあるのは、動物への深い共感と敬意であろう。動物という他者への真摯な共感的理解が物語を生み出す原動力となっているのである。それは、南アフリカ出身の作家クッツェーが『動物のいのち』（一九九九年）の中で作中人物である女性作家エリザベス・コステロに語らせた、「他の存在の立場になって考えることのできる「共感的な想像力」とも共鳴し合うものであろう。

たとえば、本書に収められた作品の中でもとりわけ美しく（また切なくもある）「犬霊《いぬだま》」は、動物への共感的な想像力が奇想天外な空想と結びついた好例である。この作品の中でブッツァーティは、幻想味あふれる設定と抒情性を湛えた語り口を用いながら、死を迎えようとしている犬を、犬の目線に寄り添って描き出す。そして犬の死と魂の問題を主題化することによって、「動物には魂が存在しない」というキリスト教の伝統的な考え方や、人間と動物とを区別する徴のひとつであり、人間に固有なものとして「死の意識」を挙げてきた哲学的伝統に対して、言わばアンチテーゼを突きつけている。ブッツァーティにとって動物は、むろんデカルト派が主張するような、精神を持たず自動的に反応する単なる機械などではけっしてなく、世界に対しても、死に対しても豊かに開かれた存在なのである。

ブッツァーティは動物を内側から把握するためにしばしば擬人化の手法を用いる。しかしそれは、文学における伝統的な擬人法の用法とはその機能が本質的に異なる。すなわち『イソップ寓話』や『狐物語』などの古典作品に見られる擬人化は、言わば動物のイメージを借用して人間を戯画化するための装置であるのに対して、ブッツァーティの場合は動物を、精神や意識、思考、感情、個性を備え、喜怒哀楽を感じ、愛や不安を覚えることもあれば、苦しみもする存在として共感を持って捉えるための擬人化なのである。

ブッツァーティが残した動物譚は、また、時代を先取りした先駆的意義を有し、きわめて現代的な意味も担っている。

デリダやアガンベン、シンガーといった現代の思想家たちは、動物と人間をめぐる問題を再検討し、人間と動物の区分・分割の恣意性や自明性、非対称性を問い直し、人間から動物への支配や暴力や搾取の問題を取り上げてきたが、ブッツァーティが描く動物と人間の関係にも同様な問題意識が垣間見える。いや、それどころか、そのような問題意識を思想家たちに先んじて作品の中に取り込んでいる感すらある。

例えば、「実験」（五六）「チンパンジーの言葉」（六一）「空っぽの牛」（三八）などの作品では、のちにピーター・シンガーが『動物の解放』（一九七五）の中で厳しく批判することになる残酷な動物実験や食肉用家畜に対する不当な扱いの問題性にいち早く目を向けている。「蠅」（五〇）や「しぶとい蠅」（五二）は、自然を人間の都合のいいようにコントロールしようとする試みの愚かさや傲慢さをアイロニカルに表現しているが、農薬や殺虫剤等の化学物質の過剰利用に警鐘を鳴らしたレイチェル・カーソンの『沈黙の春』（一九六二）が出版されたのはその約十年後である。「川辺の恐怖」（三九）や「鷲」（五一）でも、人間が自然にもたらす災い、すなわち環境破壊や種の絶滅の危機への憂いが滲み出ているし、現代のノアの箱舟の物語「大洪水」（五四）では、（ダニやシラミのような寄生虫やアメーバに至るまで）すべての生き物に人間に劣らぬ存在価値があることが確認され、今日で言う「生物多様性の保全」に通じる考え方が表明されているように読める。

生物を人間と動物に二分し、それによって人間の優越性を確保しようとする暴力的とも言える思考法は、時として権力によって人間同士の関係にまで持ち込まれ、一部の人間を〈非人間化〉、言い換えれば〈動物化〉してしまう危険性を現代の思想家たちは指摘する。ナチスによるホロコーストの例のように、人が人を「人間にあらざる者」、「動物に等しい存在」と見做すとき、そこには法の例外状態が生まれ、差別や迫害や暴力や搾取が起こる。ブッツァーティも、「テディボーイズ」(『怪物』)の中で、貴族たちから「虫けら」呼ばわりされ、まさに動物のように惨殺される平民の若者たち、アガンベンの言う「ホモ・サケル」の状態にある者たちを描いている(もっとも、ひねりの利いた動物譚でもあるこの物語は意外な結末へと反転するのだが)。

動物の立場にも共感しうる想像力を駆使してブッツァーティが描く動物たちは、あるときは人間からの理不尽な暴力の犠牲者であり、人間存在の不条理を映し出す鏡である。そしてまたあるときは、〈声〉を得て人間に対して異議申し立てをし、人間存在の本性を問い質し、あるいは超自然的な力や不気味な影響力をもって人間の優位を覆す。

だが、ブッツァーティの物語にあっては、そもそも人間と動物の境界はかならずしも不動ではなく、時として揺らぎや越境や転倒が生じ、容易に人間が動物の境位にまで落とされ、また逆に動物が声と力を獲得して人間のようにふるまう。人間の動物化、動物の人間化が生じ、そのとき人間と動物の非対称的な力関係は瓦解し、動物/人間の二項対立は無効化され、両者は人間でも動物でもない等しき存在者に還元される。そしてまた、現実と非現実の閾から立ち現われ、〈神秘〉や〈謎〉を体現するブッツァーティの動物たちは、近代的な合理主義や科学主義によって切り詰められた世界観に修正を迫り、生や世界の全体性の回復を促す存在でもある。

ブッツァーティの動物譚が開く地平、それは人間中心主義の解体、人間本位の物の観方の脱中心化である。マラビーニは、「(ブッツァーティの)動物たちは人類を捉え、別の世界へ繋ぐ輪に変わる。それは声と徴と問いと、おそらくは答えに満ちた媒介である」と言うが、ブッツァーティの文学において〈動物〉は、物語を展開するための道具立てや、単なる寓意の媒体を越えた根源的な役割を担っていることは間違いない。

現代において〈動物〉が喚起する問題は、哲学・倫理学、生態学や環境学など様々な分野と切り結びつつ、動物論はその重要性をますます高めつつあるが、動物をめぐるブッツァーティの諸作品は、そうした状況への文学の側からの、時代に先駆けた優れた応答であったと言えるのではないだろうか。

＊　＊　＊

本書のカバー画は、ブッツァーティが描いた「サン・ペッレグリーノの大きな犬 Cagnone a San Pellegrino」（一九六九年、アクリル、カンヴァス、百センチ×七十センチ、ミラノ、個人蔵）という作品で、イタリアでは二〇一五年版『ディーノ・ブッツァーティの動物譚』第一巻の表紙にも使われている。ちなみにサン・ペッレグリーノは、ベッルーノ郊外にある作者の生まれた場所で、背景に描かれている建物は生家である。ブッツァーティは大の愛犬家で、生涯に何頭もの犬と暮らした。犬種はボクサー犬、プードル、ブルドック、バセットハウンドで、ボクサー犬にはトロンバ、ナポレオーネ（二世、三世）、プードルにはトビー、ブルドックにはチッチ、バセットハウンドにはディアボリックと名付け、深い絆を結んだ。犬が登場する話が多いのも愛犬家ゆえだろう（本書でも犬が中心的な役割を果たす話は十篇に上る）。絵画作品でも、広場や庭を背景に巨大な犬を描いた絵などを何枚も残している。

＊　＊　＊

ブッツァーティは一九七二年一月二十八日にこの世を去った。それゆえ、今年は没後五十年に当たるが、節目の年に合わせてこの拙訳を上梓できたことを嬉しく思うとともに、ブッツァーティのさらなる再評価に繋がることを心から願っている。そして今年中にもう一冊、未訳作品の翻訳を上梓する予定である。また、本書では割愛した、動物をめぐる記事やエッセイについては、将来、彼のジャーナリストとしての仕事を翻訳紹介できる機会があれば、その中にいくつか収録したいと考えている。

二〇二二年　二月

長野徹

［著者紹介］
1906年、北イタリアの小都市ベッルーノに生まれる。ミラノ大学卒業後、大手新聞社「コッリエーレ・デッラ・セーラ」に勤め、記者・編集者として活躍するかたわら小説や戯曲を書き、生の不条理な状況や現実世界の背後に潜む神秘や謎を幻想的・寓意的な手法で表現した。現代イタリア文学を代表する作家の一人であると同時に、画才にも恵まれ、絵画作品も数多く残している。長篇『タタール人の砂漠』、『ある愛』、短篇集『七人の使者』、『六十物語』などの小説作品のほか、絵とテクストから成る作品として、『シチリアを征服したクマ王国の物語』、『絵物語』、『劇画詩』、『モレル谷の奇蹟』がある。1972年、ミラノで亡くなる。

［訳者紹介］
1962年、山口県生まれ。東京大学文学部卒業。同大学院修了。イタリア政府給費留学生としてパドヴァ大学に留学。イタリア文学研究者・翻訳家。児童文学、幻想文学、民話などに関心を寄せる。訳書に、ストラパローラ『愉しき夜』、ブッツァーティ『古森の秘密』『絵物語』、ピウミーニ『逃げてゆく水平線』『ケンタウロスのポロス』、ピッツォルノ『ポリッセーナの冒険』、ソリナス・ドンギ『ジュリエッタ荘の幽霊』、グエッラ『紙の心』など。

動物奇譚集

2022年3月26日　第1刷発行

著者
ディーノ・ブッツァーティ

訳者
長野徹（ながのとおる）

発行者
田邊紀美恵

発行所
有限会社 東宣出版
東京都千代田区神田神保町2－44　郵便番号101－0051
電話（03）3263－0997

ブックデザイン
塙浩孝（ハナワアンドサンズ）

印刷所
株式会社 エーヴィスシステムズ

乱丁・落丁本は、小社までご送付ください。送料小社負担にてお取り替えいたします。

ISBN978-4-88588-105-3　C0097

ブッツァーティ短篇集 Ⅰ

魔法にかかった男

ディーノ・ブッツァーティ
長野徹訳

誰からも顧みられることのない孤独な人生を送った男が亡くなったとき、町は突如として夢幻的な祝祭の場に変貌し、彼は一転して世界の主役になる「勝利」、一匹の奇妙な動物が引き起こす破滅的な事態「あるペットの恐るべき復讐」、謎めいた男に一生を通じて追いかけられる「個人的な付き添い」、美味しそうな不思議な匂いを放つリンゴに翻弄される画家の姿を描く「屋根裏部屋」……。現実と幻想が奇妙に入り混じった物語から、寓話風の物語、あるいはアイロニーやユーモアに味付けられたお話まで、バラエティに富んだ20篇。

四六判変形・２６９頁・定価２２００円＋税

ブッツァーティ短篇集 II

現代の地獄への旅

ディーノ・ブッツァーティ

長野徹訳

ミラノ地下鉄の工事現場で見つかった地獄への扉。地獄界の調査に訪れたジャーナリストが見たものは、一見すると現実のミラノとなんら変わらないような町だったが……。美しくサディスティックな女悪魔が案内役をつとめ、ジャーナリストでもあるブッツァーティ自身が語り手兼主人公となる「現代の地獄への旅」、神々しい静寂と詩情に満ちた夜の庭でくり広げられる生き物たちの死の狂宴「甘美な夜」、小悪魔的な若い娘への愛の虜になった中年男の哀しく恐ろしい運命を描いた「キルケー」など、日常世界の裂け目から立ち現れる幻想領域へ読者をいざなう15篇。

四六判変形・251頁・定価2200円＋税

ブッツァーティ短篇集 III

怪物

ディーノ・ブッツァーティ

長野徹訳

〈なんてこった！　おれたちは入っちまった！……〉謎のメッセージを残し、地球の周りを回りつづける人工衛星の乗組員が見たものとは？……人類に癒しがたい懊悩をもたらした驚愕の発見を語る「一九五八年三月二十四日」、古代エジプト遺跡の発掘現場で起きた奇跡と災厄を描く「ホルム・エル＝ハガルを訪れた王」、屋根裏部屋でこの世のものとは思われない、見るもおぞましい生き物に遭遇した家政婦兼家庭教師の娘が底知れぬ不安と疑念にからめとられてゆく「怪物」など、幻想と寓意とアイロニーが織り成す18篇。

四六判変形・２５９頁・定価２２００円＋税

古森の秘密

ディーノ・ブッツァーティ

長野徹訳

精霊が息づき、生命があふれる神秘の〈古森〉。森の新しい所有者になり、木々の伐採を企てる退役軍人プローコロ大佐は、人間の姿を借りて森を守ってきた精霊ベルナルディの妨害を排除すべく、洞窟に閉じ込められていた暴風マッテーオを解き放つ。やがてプローコロは、遺産を独り占めするために甥のベンヴェヌート少年を亡き者にしようとするが……。聖なる森を舞台に、生と魂の変容のドラマを詩情とユーモアを湛えた文体でシンボリックに描いたブッツァーティの傑作ファンタジー。

四六判変形・２２９頁・定価１９００円＋税

絵物語

ディーノ・ブッツァーティ

訳・解説　長野徹

「わたしの本職は画家です」——現代イタリア文学の奇才ブッツァーティが、ペンと絵筆で紡ぎ出す、奇妙で妖しい物語世界。絵画にテクストを添えた「絵物語」54作品に、掌篇「身分証明書」とエッセイ「ある誤解」を収録した画文集。解説・年譜も掲載。

わたしにとって絵を描くことは、趣味ではなく、本職である。書くことのほうが、わたしにとっては趣味なのである。だが、描くことと書くことは、詰まるところ、わたしには同じことだ。絵を描くのも、文章を書くのも、同じ目的を追求しているのだから。それは物語を語るということだ。——本書「ある誤解」より。

Ｂ５判変型・１７４頁・上製本・定価４０００円＋税